国家出版基金项目
NATIONAL PUBLICATION FOUNDATION
中宣部主题出版重点出版物

# 两岸家书

中国闽台缘博物馆 著
沈文锋 主编

海峡出版发行集团
福建人民出版社

# 回家：两岸家书的时光之旅

（代 序）

沈文锋

今天，当我们打开这本书，首先扑面而来的一定是两个字：回家！

这些家书是身处祖国大陆和台湾的两岸亲人间的家书。随着岁月的流逝，在信息技术高速发展、即时通信取代传统书写的当下，手写的家书渐渐为人们所淡忘，家书中的切切深情或已随着亲人的辞世而变得模糊。重拾家书，可以唤起深埋于人们心间不易被察觉的情感。“开拆远书何事喜，数行家信抵千金”，曾经，无数双手颤巍巍地接过跨海而来的家书，如今，后辈们重新展开封封泛黄的家书，其中动人的情愫将再次奏出扣人心弦的乐章，两岸同胞的心也将因此靠得更近。

## 一、两岸家书的历史脉络

两岸家书的内容与常规史书史论不同，读者是通过发生在当事人自己或者身边的故事，感受两岸历史变化的。

书写家书的当事人，正是两岸社会历史变迁的亲历者、见证者，他们对于那段历史很有发言权。通过两岸家书，读者可以了解些许大家知之甚少的历史。本书收录了中国闽台缘博物馆从馆藏的两岸家书以及文献里解读的22个故事，涉及家书近千封，时间跨度长达数百年，从17世纪的明郑时期到21世纪头20年。为此，本书以所选家书的时间轴线分成五个历史阶段，即筚路蓝缕（1895年前）、春愁难遣（1895—1945年）、云程发轫（1945—1949年）、咫尺天涯（1949—1987年）和血浓于水（1987年以后），期望广大读者透过不同时期的家书，管中窥豹，观察两岸的历史。

第一部分“筚路蓝缕”，选取的是1895年前三个人物的家书。考古发现和历史文献证明，台湾自古以来就是中国不可分割的一部分。和台湾相邻最近的福建人民在开发台湾的过程中发挥了关键作用，特别是明清以来，以颜思齐、郑芝龙为代表的一批福建先民开始成规模地来到台湾岛，前赴后继，筚路蓝缕，把祖国的宝岛从荒芜之地变为富庶之区。直到1895年4月17日，丧权辱国的《马关条约》将台湾及澎湖列岛割让给日本。这个阶段，我们选取了追随郑成功收复台湾的明朝遗臣王忠孝、1874年日本发动侵台战争时临危受命担任巡台钦差大臣的沈葆桢、清光绪年间泉州谦胜行的庄孙旭，通过他们的家书故事，从不同视角映射明清时期的台湾。

第二部分“春愁难遣”，指1895年至1945年日本对台湾实行殖民统治期间。辑名来源于保台爱国英雄、著名教育家、诗人丘逢甲的诗《春愁》：“春愁难遣强看山，往事惊心泪欲潸。四百万人同一哭，去年今日割台湾。”这首诗是割台一年后丘逢甲为抒发哀痛心情而作，表达其盼望祖国统一的强烈愿望。本书在这部分解读了五组人物的两岸家书，透过台湾最后一位进士汪春源、鹿港郊商许志湖、板桥林家林尔嘉、板桥林家的钱庄经理许桂芬和史学家连横的家书故事，管窥台湾人民在日本殖民时期的生活状况、情感交流、文化传承以及对于两岸关系的看法等。

第三部分“云程发轫”，比喻台湾重回祖国怀抱的光复时期，即1945年至1949年。这个部分的家书人物有台湾雾峰林家林正亨烈士、在台湾当警察的王云鹏以及肩负在台湾重建中华文化使命的台湾编译馆馆长许寿裳。光复初期的台湾，人民兴高采烈，满怀回归祖国的喜悦心情，同时台湾也处于全面接收和重建时期，特别是面临艰巨而重要的中华文化重建问题。

第四部分“咫尺天涯”，指1949年至1987年两岸特殊的历史时期。在此阶段，两岸之间交流十分艰难。国民党溃退台湾后，海峡两岸处于政治军事对峙状态，直到1979年1月1日全国人大常委会发表《告台湾同胞书》，两岸隔绝状态才逐步被打破。1987年10月，台湾当局开放台湾居民赴大陆探亲，此后两岸人员往来逐渐增多。这部分的三篇文章，涉及对象包括以“寡妇村”闻名的东山岛，那里有众多因国民党抓壮丁导致离散在海峡两岸的亲人，1946年去台湾当警察后无法返乡的颜期英以及20世纪40年代从台湾被抱养到石狮的章氏兄弟。这三组对象的家书往来都要通过转寄或托人捎带，且有政治风险。从他们身上，读者除了了解当年的两岸关系外，更多的是令人动容的同胞之情和思乡之苦。

第五部分“血浓于水”，时间段从1987年以后一直到当下。1988年两岸实现通邮后，随着邮路逐渐畅通，两岸通信进入井喷阶段，这个现象持续了将近20年。与此相对应，本书在这个部分选取了八组人物，他们有中华人民共和国成立之前被国民党从台湾征兵到祖国大陆作战的詹前芳、20世纪20年代从台湾返回祖籍地晋江的叶柑蔗、童年时被人收养去往台湾的李兰凤、台湾光复后去台湾工作的陈臻超、坎坷寻亲的“80后”谢清源、历经4年艰辛寻根之路的黄宗吉与黄天柱、想让故乡永远记住自己最精神样子的林硕卿以及在两岸博物馆馆长跨海助力下重拾亲缘的梁氏宗亲。每一封家书都是一份情感的传递，流露着割舍不断的血脉亲情，共同书写两岸血浓于水的历史，让人们感受到两岸同胞彼此的思念和关怀。

## 二、两岸家书中的小家庭与大时代

在中国闽台缘博物馆收藏的两岸家书中，每组当事人的家书数量各不相同，从一封、几封，到十几封、几十封，个别多达数百封。个人书写家书数量最多的首推陈臻超，他从金门写给福建二弟的信件总计600多封。纵览陈臻超的家书，仿佛在观看一部家庭题材的连续剧。他简洁理性的语言总是无法脱离两岸隔绝这个时代背景，而其笔触深处，是中华传统文化浸润的优良家教。陈臻超身上既体现了长兄如父的家族责任感，又有传统知识分子以天下为己任的使命感，同时还会让我们深切感受到两岸隔绝给同胞造成的痛苦和不幸（见《文化寻根——陈臻超家书背后的故事》）。这方面的故事是两岸家书的一个经典叙事。

家书是亲友间的通信，较少涉及国家大事，内容一般是家长里短，如婚姻、家庭、教育、经济等，有时传递信息，有时抒发情感。然而，人在社会中生活，家庭的事情也必然与社会和时代背景密切相关。家书中所体现的家庭内部的事情，也反映着当时社会和时代的风貌。在不同的历史时期和社会背景下，家书中所反映的问题和思考也会有所不同。因此，在阅读家书时，往往要结合彼时的社会和时代背景，才能更好地理解其中的内涵和意义，从而也就把个人命运与社会时代有机联系起来。因此，我们在解读这些家书时，都尽量按照信封上的地址以及书信里面的信息，通过查阅文献、开展田野调查等手段，寻访与当事人相关的资讯，以讲述他们的故事，体现小家庭和大时代的关系。

我们在解读这些家书的时候，总是从两个层面，即家书里面和家书背后，去挖掘故事。家书里的故事是指书信中描述的具体事件、情感、经历等。这些故事通常比较具体、直观，可以通过书信中的文字和描述来理解。而家书背后的故事则是指书信背后的背景、动机、情感联系等，是书信交流的深层含义和背景文化的体现。家书背后的故事可能涉及写信人的生活经历、社会背景、价值观等，因此，我们需要尽可能多地了解写信人的家庭生活、教育背景、工作经历等，以便更好地理解家书所表达的思想和情感。家书里的故事和家书背后的故事是两个不同的概念，它们既有联系又有区别。家书里的故事是直观的、具体的，可以通过书信中的文字和描述来理解；而家书背后的故事则是深层的、抽象的，需要通过了解写信人的背景和动机来理解。挖掘、发现家书里的故事和家书背后的故事是解读两岸家书的基本方法。

以下不妨简述本书各篇家书故事。

第一部分，筚路蓝缕。

《三封特殊的家书——明朝遗臣王忠孝家书故事》：因追随郑成功抗清而漂泊台湾的王忠孝晚年给儿子寄去了三封特殊的家书，实际上是遗嘱。“取我旧衣，于江干挂着，眷顾魂归”，“我老骨可遂首丘之怀也”。王忠孝在家书中再三叮嘱儿子，切记要了却自己身魂均归故乡的遗愿。这实际上反映了王忠孝寂寞凄苦的心境，正如他在家书中的自嘲：这一生，“上无补于国家，下无裨于生民”。满腔报国热血的王忠孝最终无力挽回大明王朝的倾覆，这成为他一生最大的遗恨。

《巡台事迹——沈葆桢家书故事》：1874年，日本发动侵台战争，沈葆桢临危受命担任巡台钦差大臣兼理各国事务大臣，渡海赴台湾处理此次事件。沈葆桢家书里记述了日本侵台事件和自己的巡台见闻，其背后的故事则是日本觊觎台湾的侵略野心，以及他对于加强清政府对台湾的治理，推动台湾的近代化乃至巩固中国的海防所发挥的积极作用。

《两岸风帆隐冤案——庄孙旭与雾峰林家的两岸家书故事》：清光绪年间，泉州谦胜行庄孙旭负责传递雾峰林家的家书。这些家书通过谦胜号的商船往来于福州与鹿港，内容涉及雾峰林家在两岸的商贸、家族事务。家书的背后隐藏着台湾望族雾峰林家不为人知的冤案故事，反映了清政府时期台湾地区错综复杂的政商关系和社会面貌。

第二部分，春愁难遣。

《骨肉之情　拳拳之心——汪春源的两岸家书故事》：汪春源的两岸家书反映的是台湾最后一位进士汪春源的人生重大转折，即入京参加科举考试，及其后内渡福建，寄籍漳州。其背后故事则是台湾被割让给日本后，同他一样满怀爱国之情，内渡归来的台湾文人群体的铮铮风骨和拳拳爱国之心。

《鹿港郊商往事——许志湖家族家书故事》：1895年，日本侵占台湾后，商人许志湖与儿子许经烟选择返回原籍泉州，同时留下春盛号在鹿港观望。许志湖家族家书讲述了许家通过书信经营鹿港的商行，并与泉州永宁东益号等商行保持密切商业往来的故事。随着鹿港形势的稳定，许家人重新考虑返回台湾……这些家书不仅见证了许家的兴衰，也映射了那个时代的社会动荡和历史变迁。

《饮水本思源　菽庄联两岸——板桥林家林尔嘉家书故事》：板桥林家林尔嘉家书叙述的是1895年台澎被割让之后，板桥林家之后林尔嘉随父亲林维源内渡回到厦门鼓浪屿生活的故事。林尔嘉是一位能干爱国的实业家，对台湾和厦门的近现代教育和实业都有贡献。他创办的菽庄吟社搭建了两岸文人交流的平台，是日本殖民统治时期闽台亲缘的见证。

《八卦楼与板桥林家的钱庄命运——许桂芬家书故事》：许桂芬的两岸家书勾勒出他在板桥林家当“职业经理人”期间遭遇的困境与变故，其背后故事则是他的东家林鹤寿斥巨资在厦门鼓浪屿修建八卦楼，因资金短缺导致他所在的、板桥林家所属的台北金长厚钱庄和厦门建祥钱庄破产倒闭，许桂芬也因此失业回晋江老家养老。

《欲求台湾之解放，须先建设祖国——连横家书的家国情怀》：家国危难之际，连横不忍儿子继续受日本殖民者奴役，毅然将他托付给旧友照顾，在祖国大陆谋职，但为保护和传承中华文化，连横本人则选择留在了台湾。

第三部分，云程发轫。

《只觉同胞遭苦难，敢将赤手挽狂澜——林正亨家书故事》：雾峰林家后代林正亨留下了数封家书，其中既有儿女情长，更有家国大义。抗战胜利，台湾光复，怀着喜悦，林正亨用伤残的手艰难地写下了给母亲的家书。1950年1月30日，已经是中共地下党员的林正亨在台湾惨遭杀害。看似平常的另一封家书成了他留给其子林为民的绝笔信，细腻的文笔满溢父爱，也见证了林正亨为民族的自由和光明所做的贡献。

《光复初年闽台之间的历史记忆——云鹏家书》：1946年至1947年台湾光复初期，一个名叫王云鹏的青年在基隆市警察局工作。他先后给父亲写了不少信，其中9封保存至今。王云鹏是福建晋江人，1944年高中毕业后报名参加“台干班”培训，并于次年10月开赴台湾参加警察事务接收。通过这9封家书，读者可以具体了解王云鹏赴台以后的工作生活情况、思乡之情以及闽台之间的亲友往来等，从而感受光复初期闽台两地密切的亲缘关系以及数十年后依然生动鲜活的社会历史场景。

《民族复兴的责任，放在我们的双肩——从许寿裳家书说起》：1946年7月，应时任台湾省行政长官陈仪之邀，许寿裳前往刚刚光复的台湾筹建台湾编译馆。中国闽台缘博物馆馆藏与台湾编译馆相关的信函上百件，记录了珍贵的时代资料。

第四部分，咫尺天涯。

《大海若知——东山岛的两岸家书故事》：1950年5月，国民党残部败退台湾前从福建东山岛抓走了数千名壮丁，使得很长一段时间这里因“寡妇村”而闻名。几十年间，两岸对峙隔绝，离散在两岸的亲人们对彼此的牵挂只能依托书信，且极为不便，须得从其他国家或地区转寄，或经由台湾渔民捎带，依托台胞接待站转交。这期间发生了太多故事。

《不变的思念——颜期英的两岸家书故事》：颜期英于1946年从晋江到台湾当警察。1948年，颜期英曾带着台湾妻子回家乡看望母姊兄弟。没想到一年后海峡两岸进入对峙状态，直到20世纪70年代后期颜期英才费尽周折和弟弟颜期湛通了书信，并于1985年在香港会面。但直至去世，颜期英都未能再次返乡探望亲人，这成了他此生最大遗憾！

《如果，能把海水喝干就好了——章氏兄弟家书故事》：20世纪40年代，年幼时便从高雄被抱养到晋江的章氏兄弟，与台湾亲人失散数十年。对亲人的思念让章天思常常徘徊在海边，望着家乡的方向，喃喃自语："如果能把海水喝干就好了，那样我就能回家了。"20世纪80年代，两岸的亲人通过家书重新联系上了。从此家书成为情感纽带，传递着思念与希望。故事感人至深，反映了两岸同胞难以割舍的血脉亲情与对团圆的渴望。

第五部分，血浓于水。

《回家，是永恒的力量——詹前芳家书故事》：1946年底，詹前芳被国民党从台湾征兵踏上祖国大陆作战，后起义加入人民解放军，参加淮海战役、渡江战役等屡立战功，1955年复员落户在晋江。两岸交往解禁后，作为台湾省籍老兵的一员，詹前芳携家带口回到阔别已久的家乡台湾。

《情牵两岸，家书述怀——叶柑蔗家书故事》：为了记录自己的源流不忘本，叶柑蔗手书了一份族谱以传后世。叶柑蔗的家书虽然不是关于迁徙的叙述，却也和两岸之间割不断的血脉渊源有关。在信中我们看到，12岁的叶柑蔗即将回大陆时，心里充满了对未来的期待——少年的他，转身带上了书包……这份梦想，成为他联系台湾亲人的不竭动力，从而在两岸解禁后再续亲缘。

《一家人，十五封家书，一次跨越海峡的探亲——李兰凤家书故事》：李兰凤从小因家境贫寒被一位同乡收养，后离开故乡，辗转到了台湾，从此亲人间便失去了联系。20世纪80年代，李兰凤凭着零星记忆辗转联系到浦城的亲人。然而，好不容易建立的联系，差点因为李兰凤身患阿尔茨海默病而中断。幸好儿子范植明偶然间发现了母亲的一封家书，利用里面的电话号码替母亲续写了两岸亲情，回到位于浦城的老家。更让他意外的是，舅舅舅妈珍藏着母亲写给他们的15封家书。

《文化寻根——陈臻超家书背后的故事》，其中故事见序言第5页。

《四代人的寻找　终圆寻亲梦——谢清源家书故事》：“吾祖尚有一系分支台南，乡（村）名仍为伍堡。民国卅年间，闻已有二千多人。……台南市或台南县或台湾南部有否伍堡寮（乡、村）之谢姓，恳请吾兄……代弟族查访。”这是1989年1月19日谢清源的父亲谢必明寄出的寻亲信。1874年，谢清源的曾祖父从台湾回到晋江修缮祖厝、修整族谱，自此留在晋江，1895年后与台湾的亲人失去联系，待到接续上谱系，族亲前来重聚，已是百年之后了。

《跨越海峡的乡愁——黄宗吉与黄天柱的书信故事》：黄天柱与黄宗吉之间的书信，讲述的是黄宗吉拜托大陆族亲黄天柱替自己寻根溯源的故事。令人欣慰的是，在黄天柱的努力下，黄宗吉顺利地寻到了自己的祖地——晋江永和镇内厝村。

《拳拳之心献桑梓——林硕卿家书故事》：林硕卿，一位少小离家去台湾的老人，经历四十年两岸隔绝，却以拳拳之心寄桑梓。他写下一封封无法寄出的家书，编成散文集《春晖》。他首次踏上返乡路时已年近古稀，却仍坚持在这之后十次返乡，热心家乡公益。他的家书，是信念的信使；他的行动，是深情的告白。

《隔海230年，我们回家了——梁栢楦家书故事》：1990年，南安翔云的梁昆清向海峡对岸的高雄发出了一封邀请信，希望梁栢楦能回乡祭祖。然而由于种种原因，这一愿望一直未能实现。直到32年后，梁栢楦通过台湾博物馆原馆长施明发写信给中国闽台缘博物馆时任馆长陈伟平，表达了希望重新对接两岸梁氏族谱的强烈愿望。

写信人将对亲人绵长的思念化为一字一句，朴实无华的文字处处流露着深情，可纸短情长，在厚重的情感面前，文字显得苍白无力。“情”字总使读者潸然落泪、难以忘怀。

这是人类在对美好愿景的向往驱动下天然形成的，后代更多的人看到这种人性光辉，内心会被深深地感动。

## 三、两岸家书的文化和情感价值

两岸家书记录着最纯粹真挚的情感，在特殊的时代维系了两岸情，并将这种情感传递下去。两岸家书唤起了两岸同胞的情感记忆。习近平总书记强调，两岸同胞是打断骨头连着筋的同胞兄弟，是血浓于水的一家人。对此，两岸家书是最好的佐证。重读两岸家书，感受复杂历史背景下难以阻断的深情，对促进“两岸一家亲”“以情促融”有现实的意义和帮助。

首先，两岸家书是两岸经济社会变迁和文化交流的记录。纵观两岸关系史，有缓流，也有急涌，有蜜月期，也有遇冷期。在每个大时代背景下，家书都是两岸同胞内心世界的真实反映，在沟通信息、表达情感的琐碎文字中承载着丰富的历史、文化信息，折射出不同的时代特色，见证了两岸关系跌宕起伏的发展历程以及由此带来的家庭结构变化。如果说英雄领袖是其所在时代的导向标，那么草根小人物的生活景况便是这个时代的真实写照。两岸家书离不开彼此牵挂的各种家事，从族业经营到子女教育，从家产分割到纠纷调解，事无巨细，都是两岸经济往来、文化传承的生动图景。两岸家书的民间性决定了它是两岸关系史最“亲民”的记录与佐证。

其次，两岸家书传承着中华民族优秀历史文化。李兰凤在信中叮嘱弟弟：“农事完全要勤，唯有勤才能发展，生活才会改善。”陈臻超多次劝勉二弟陈宜祥应勤于自修、勤于学习、勤于赚钱，方能安身立命有所成。勤，是中华民族的传统美德，深谙“勤”之道是我们中华民族之所以能生生不息的根本之一。在关注“勤”的同时，“孝”在两岸家书中也极受重视。李兰凤在信中反复交代弟弟李子和，要将父母的遗骨迁葬一处，并立一墓碑，为此她多次从台北汇来专款，只为了却心中所愿，略尽孝道。陈臻超在信中也多次提到“孝”，如“做人不忘本，只要心中有父母，心中有祖先，自然保有传统伦理观念”；“对父母的孝顺，但问自己能力”；“清明节上山扫墓事，是国人表达孝思不忘本，扫墓敬祖的仪式，不能以迷信论”等。和“勤”一样，“孝”也是中华民族的传统美德之一。“勤”“孝”均为儒家文化所倡，它们深植于每一个中国人的心间。从众多家书可以看出，两岸同胞拥有共同的生活记忆，同样重视中华民族传统节日与传统美德，在价值观念和行为规范上高度一致。这反映出两岸同胞共同的民族认同和文化认同。在此基础上，可以进一步上升到国家认同和政治认同的新高度。

再次，两岸家书是“两岸一家亲”的有力佐证。从清代至日本殖民统治台湾时期，两岸亲人往来的信件一直没有间断过。1949年后，台湾与祖国大陆之间无法直接通邮，信件转为经由中国香港、东南亚国家、美国等地邮局或通过侨胞辗转传递。1987年台湾当局开放台湾居民赴大陆探亲后，两岸的信件联系、人员往来达到前所未有的水平。两岸家书的真实性是其重要的价值，记录于家书上的文字虽短，却将特殊时期下的众生百态如实地勾勒出来。在两岸家书中，可以看到耄耋老人或拖着年迈之躯，不顾身边亲人反对，毅然决然踏上故土，或抬起早已不利索的双手，颤颤巍巍地书写对故乡的思念；可以看到生活困顿的老兵，毫不放弃地争取属于自己的权益，哪怕希望十分渺茫；还可以看到面对早已重组家庭的爱人，苦苦等待后的满腔失落之情；可以看到兄弟重逢欢天喜地，亦可见交往加深后摩擦冲突等情形。这些都是现实生活最真实的写照，使得读者有深深的代入感。虽然所处年代、所处境遇不同，但是信中人物的命运牵动人心，读者与信中之人同喜、同悲，也愿共同为早日团聚统一做贡献。

复次，两岸家书是推进两岸“心灵契合”“以情促融”的黏合剂。随着岁月的流逝，家书中的切切深情或已随着亲人的辞世而变得模糊，而重拾家书可以唤起深埋于人们心间的情感。家书在维系两岸同胞血脉相亲、心灵契合方面发挥了重要作用。

台胞对中华民族传统节日的重视、对中华民族传统美德的传承，是特殊时代背景下两岸人民的民族认同与文化认同的体现，是国家认同的重要组成部分。正如习近平总书记指出的：“两岸同胞要共同传承中华优秀传统文化，推动其实现创造性转化、创新性发展。两岸同胞要交流互鉴、对话包容，推己及人、将心比心，加深相互理解，增进互信认同。要秉持同胞情、同理心，以正确的历史观、民族观、国家观化育后人，弘扬伟大民族精神。亲人之间，没有解不开的心结。久久为功，必定能达到两岸同胞心灵契合。”传统文化是人们的心理归属，近年来台湾当局推行“文化台独”路线，继而否认台湾文化实为中华文化的一个分支，严重扭曲了台湾民众对中华文化母体的理解。而两岸家书从历史出发，正面驳斥“文化台独”，对反击现在岛内甚嚣尘上的“台湾主体意识”或有助益。

在新时代，“台湾前途在于国家统一，台湾同胞福祉系于民族复兴”，同样，中华民族伟大复兴也不能缺少台湾同胞的参与。同舟方能共济，荣辱必定与共。通过开展两岸家书抢救性收集保护，挖掘、活化文献价值，阐释其当代意义，讲好与群众生活联系密切的两岸家庭故事，有利于传承与弘扬中华优秀传统文化和思想价值，为探索海峡两岸融合发展新路提供新思考，从而实现中华民族伟大复兴。

家书连两岸，传递浓浓情感；问候跨山海，表达深深关怀。我们从一封封的家书中，看到了历史书中的人物，他们是那样熟悉，却又更加鲜活。原来我们翻阅的薄薄数页纸里，是几代人的“一辈子”，“回家”是其中不变的母题。就是这样一个最简单却又被时代裹挟的愿望，让我们落泪也让我们警醒，这是我们真正的创作动力。

我们将那些深藏在书信中的故事、思想和情感，以文字的形式真实地呈现给读者。这不仅仅是一本书，更是历史的见证，是两岸同胞情感纽带的象征。它让我们看到了两岸关系的曲折与坎坷，也让我们看到了两岸同胞的坚韧与执着。这不仅仅是一本书，更是一段真实的历史。它实实在在地发生过，甚至正在发生着。书信里的每个故事和故事里的每个人，都注视着我们，也注视着这个时代，和时代洪流里的两岸关系。这不仅仅是一本书，更是对历史的回顾，对未来的期许。它让我们看到了两岸文化交流与合作的广阔前景，也让我们看到了两岸关系和平发展的可能性。

在未来的日子里，我们将继续致力于推动两岸文化交流与合作，让更多同胞了解两岸血脉相连的历史渊源，增进理解、凝聚共识。福建晋江英林镇的海堤上刻着的“望祖”两个大字，承载着无数游子对故土的眷恋——这不仅是跨越山海的目光所向，更是镌刻在中华民族记忆中的共同呼唤。我们相信，在两岸同胞的共同努力下，“望祖”终将成为“回家”。

# 目录

# 一 筚路蓝缕

（1895年前）

# 三封特殊的家书

## ——明朝遗臣王忠孝家书故事

公元1665年至1666年，身在台湾的王忠孝[1]给在故乡的儿子王孔仁写了三封特殊的家书，告知自己或许将不久于人世的消息。

这三封最后的家书是王忠孝的遗嘱，写于王忠孝73岁（《遗嘱（一）》作于1665年）和74岁（《遗嘱（二）》《另嘱》作于1666年）时。

王忠孝终年74岁。

---

1　王忠孝，字长孺，号愧两，福建惠安南埔乡沙格村（今泉州市泉港区南埔镇沙格村）人。1593年（明万历二十一年）生，1628年（崇祯元年）中进士，授户部主事。南明弘光帝时授绍兴知府，以疾告归。隆武帝时授光禄寺少卿，后擢副都御史。郑成功起兵后，即投奔郑氏，对军政大事时有建言，在抗清复台中出力甚多。1666年（清康熙五年）王忠孝病逝于台湾，享年74岁。王忠孝著有《回居录》《孝经解》《易经测略》《四书语录》等。本篇所引三封遗嘱及《东宁上帝序》均收录于福建人民出版社2010年出版的《王忠孝公集》。

## 一、王忠孝坎坷的一生

1593年，王忠孝出生在一个名叫沙格村的小渔村。从小饱读诗书的王忠孝本可如寻常读书人那样“读书—科考—做官”一路攀升，但偏逢风雨飘摇的晚明，王忠孝最终走上的是一条孤独坎坷的道路。

王忠孝36岁时登进士第，随之而来的为官经历并不顺遂。因为他性格耿直、做派清廉得罪了当朝权贵，虽曾被朝廷褒奖，但终究逃不过奸佞的谗陷。《王氏谱系》记载了一则故事：王忠孝任蓟西密云粮储时，负责运粮的官员在运粮途中因遇雨弄湿了三百石粮食，按照当时律例应斩首。王忠孝不忍，为帮助这名官员便将湿了的粮食拿到太阳下曝晒。这件事被当时的监军太监邓希诏得知，他于是构陷王忠孝入狱，后经当地百姓入京请命，王忠孝才得以减刑。

之后王忠孝在仕途上一直郁郁不得志，这种情况延续到了南明时期。

明朝覆灭后，王忠孝誓死效忠南明，为南明的政治建设、吏治管理、民生民情等投入所有的精力。尤其是在协助郑成功收复台湾、对抗清廷上，王忠孝更是义不容辞、无怨无悔。郑成功是王忠孝的挚友，是并肩作战的盟友。王忠孝十分景仰郑成功的英雄气概，曾赞扬他“自为秀才，便以天下为己责”。

王忠孝像
（朱定波摄于王忠孝故居）

1662年，从荷兰侵略者手中收复台湾的郑成功病逝。两年后，失意的王忠孝移居台湾，自此与故乡亲友隔海相望。晚年的王忠孝体衰多病，寂寞又凄苦。他自知命不久矣，于是提笔写下了三封遗嘱寄给留在故乡的儿子王孔仁。1666年，王忠孝在台湾去世，享年74岁。

王忠孝一生奉行忠孝之道，忠于明朝，爱护百姓，渴望行孝悌之道侍奉在父母兄长身旁。但生不逢时，王忠孝试图力挽狂澜的反清复明事业一败涂地，自己也颠沛流离、客死他乡。自古忠孝不能两全，王忠孝却连“一全”也做不到，或许这就是他自号“愧两”的原因吧。

## 二、王忠孝与他的遗嘱

王忠孝晚年疾病缠身，在台湾照料他的侄孙王及甫先他一步去世，更使得王忠孝“呜呼痛哉”。他自知留给自己的时间不多，于是提笔写下三封遗嘱，将后事一一交代给儿子王孔仁。

《遗嘱（一）》原文如下。

> 吾年七十三矣，即终于地下，我亦复何憾？只生平上无补于国家，下无裨于生民，迭经遭君父大变，不能致身光复，以兹为恨耳！
>
> 此新年多病，幸饮啖如常。老人如风雨烛，况病乎！豫书数字，嘱尔曹执去，速携诸从行以归，与族党姻知，商榷取一照身，或海澄，或泉，求其当而已。
>
> 遣小舟来接大舟，此中收拾，尔断断勿来！旧衣巾履未至，开不得丧。至日开丧，照家礼，取我旧衣，于江干挂着，眷顾魂归，至七旬而止。遣人犹迟，开丧不妨勿作佛事。或尔曹心上不过，择寺中修斋诵经而已。
>
> 成服子侄准礼，别族人可辞之。亲友概勿受吊，即姻门只领香楮，勿烦几前一拜。朝夕哭奠而外，切勿多事。否则，大拂老人意也！
>
> 开堂后，姻门应致谢者，踵门稽颡。勿与人婚庆宴会；应致贺者，遣人送束可也。

所著《四书语录》《易经测略》《诗经语录》《孝经解》《四居录》及奏议诗文等若干卷，可详读，学究平实，语示□人。诸孙能成立，刊刻传家，亦可教子弟及两房诸侄孙，俱以孝友敦睦为首务，尔当躬先行之。吾若尚有数命，得入家国，则耳提面命，是吾家之福也。

犹记我白水山上有一穴，在陈桐关大路之东；峰峦镇重，颇似将军大坐，跌落数节而下，收龙田大溪水。穴前有大块石守穴，削去，堂便宽平。坐向记不真，僮子能知之，即不言亦看得出。中有小堆，乃佃户酉仔私堆，可移于他处，亦须安顿得好。否则，后戴尔兄不用者，穴将移而上，如坐体，亦可用，省傍求也。

葬照文公格式，用炭沟筑灰圹，封一抔土，小小一碑、一台，碑书“明故宦某公之墓”，勿填衔。葬用简素，以土为安。可炫同乎？如此穴在界外难筑，界内有穴，亦可。

尔婶旦暮人，同异归葬。余琐细分发，有纸在汤处，可取阅。二老妾从我于此，望代传尔婶。计尔夫妇及诸孙能体吾意也。

诸孙惟谨身读书是嘱。读书能明理，便成个人，不在急科名也。病间豫书。永历乙巳春三月初六日。

父愧两手书于旅舍。

《遗嘱（二）》原文如下。

保甫之居停见我，云人有传我死者。子瞻有云："疾病连年，人皆相传谓已死。"盖我自去冬末病，至二月初才好，不得出门，而坤哥又病不起，故人讹传也。然行年逾稀，亦其时也。

此数时，余又有滑肠病，数日即愈，但不能饮食。我生平多病，未尝不饮食，今日仅有五六碗粥，皆勉强吞啖，其实终日不食可也。补则动火不能寐，冷药不敢服，听之耳。

吾为坤哥没，傍无亲人，不免忧伤，盖七情之病也。万一不测，尔当与亲朋商一水居舡三四载者，来扶我归。即力不能，亦须向知己相援也。此边人泛泛耳，言之似赘。

又须于当道处明投一呈，内云："父某，自己丑年云游四方，多在舟山之间。去年舟山之变，附舟南下，闻在澎湖结茅而居，年已七十四矣。近云襄理扶归，谨呈。"明大意如此。托大力者送之，必当于原兄发一令票，雇他一押。舡跟官系我所见识者，同舡来此边，亦遣一舟护送至界而返。庶水次无虞，我老骨可遂首丘之怀也。当费此，勉为之！余详在豫嘱，此亦过计迂图，乘眼光犹能操笔，故缕缕耳。匆忽。

尔切勿亲来！违我不孝之罪。吾精神犹好，而气力甚倦，今但能饮啖则无病。父字。四月十一早冲。是夜病中不寐，故书寄尔。

《另嘱》原文如下。

吾初四日肋痛，补太早而发热。初八日热退，引病少出门，一切俗事弗问，惟正经旧交不得谢绝耳。

幸伯日相见，亦一快事。洪亲在澎，其父在东，澹澹而已。

尔婶药数寄来，渠病吃不得，熟地勿用。老病安得无，不时服数帖而已。

我欲用参，须为我求二三两先来，切切！十二日父字。

王忠孝先后写了三封遗嘱，唯恐自己因年高体弱猝然撒手人寰，遗下身后事无人帮扶。己身远离故土漂泊他乡，若死后再无法如愿魂魄归去，那便是孤魂野鬼了。因此，遗嘱中，王忠孝一再强调希望去世后能归葬故土，嘱咐子孙遣一小船往台湾，将自己的遗骨送还故土（“万一不测，尔当与亲朋商一水居舡三四载者，来扶我归”），“我老骨可遂首丘之怀也”。所谓“首丘之怀”就是思念故乡，希望落叶归根、归葬故土的心愿。

遗嘱中，王忠孝将自己的丧葬事宜做了一一安排：让亲人开具一份自己的死亡证明（“商権取一照身”），从台湾运送自己遗骨归来的随行者也要得到妥善的安排（“舡跟官系我所见识者，同舡来此边，亦遣一舟护送至界而返”）。遗骨归来后，要将生前的旧衣服挂在江边七七四十九天以召唤自己游走在外的魂魄回归故里（“取我旧衣，于江干挂着，眷顾魂归，至七旬而止”）。葬礼一切从简，至亲早晚在堂外哭丧祭奠聊表心意即可，切勿旁生他事（“朝夕哭奠而外，切勿多事”）。白水山上的洞穴也牵动着王忠孝的心，他选中此处为自己的墓穴，托付子孙妥当安顿（“如坐体，亦可用，省傍求也”）。坟茔仅封一抔土，立一碑，设一台，碑文只刻“明故宦某公之墓”几字便可（“封一抔土，小小一碑、一台，碑书‘明故宦某公之墓’”）。“明故宦某公之墓”道尽墓主无限凄楚：王忠孝一生忠于明朝，却目睹王朝的倾覆，他心中何尝不知抗争只是徒劳？但至死他都谨记自己是大明的臣子。他把自己对王朝不再的遗憾与有朝一日山河重光的希冀带进那座简陋的坟茔里。

作为中国农耕社会的儒家知识分子，王忠孝将“格物、致知、正心、诚意、修身、齐家、治国、平天下”奉为己任，并向下传承。遗嘱中，王忠孝叮嘱子孙应以孝顺、友爱、笃厚、和睦为首要任务，并勤勉治学（“教子弟及两房诸侄孙，俱以孝友敦睦为首务”）。

王忠孝心中放不下的还有家中老妻，她也同样垂垂老矣了，希望老两口百年之后能异穴同葬（“尔婶旦暮人，同异归葬”）。

王忠孝虽身羁台湾，但并非茕茕孑立、形单影只。《另嘱》中提到辜姓友人时常来看望他；好友洪氏父子虽未能前来探望，但因为心里有这两位好友，自己的心情还是恬静安宁的（“辜伯日相见，亦一快事。洪亲在澎，其父在东，澹澹而已”）。两个月后，王忠孝便与世长辞了。

## 三、王忠孝身后之事

王忠孝如愿归葬故土已是7年后的事了，据郑成功部将洪旭记：“癸丑年，东人送公柩归里，葬于惠北松亭之原。”《王氏谱系》记载，王忠孝“与司马公及子孔仁同葬在梅峰铺上亭山前陈乡边。穴是虎形……现载《惠安县志》卷三十四‘茔坟’”。据传王忠孝的棺柩是由施琅派船送回沙格村的。当船行驶到前亭村海边时，有人认为“惠北松亭之原”是块“五虎下山”的风水宝地，便在那儿安葬了王忠孝。

王忠孝身魂均还故里的愿望，与千百年来无数中国人叶落归根的心愿若合一契。其中饱含着他对故里魂牵梦绕的挂念，饱含着他心中不灭的复兴明王朝的希冀，也饱含着他对自身忠孝皆不全的愧疚。

王忠孝在《东宁上帝序》中写道：“安平、东宁，所见所闻，无非华者。人为中国之人，土则为中国之土……”台湾人民是中国的人民，台湾的土地是中国的土地，台湾自古就是中国不可分割的一部分。或许正是因为所寓居的东宁（郑成功称台湾为“东都明京”，郑经改为“东宁”）虽与故乡隔着海峡，但终究同在一国，王忠孝才能在生命的最后得到些许慰藉吧。

（张　筱）

# 巡台事迹

## ——沈葆桢家书故事

1874年，日本借口1871年琉球船民遇风漂流至台湾在少数民族聚居地遇害，以及伪称1873年日本商人被台湾少数民族劫掠，发动侵台战争，历史上称为“牡丹社事件”“日本侵台事件”。日本对台湾的经济及战略价值早有清楚的认识，也早有觊觎之心。事件发生后，日本在取得清政府有关居住在台湾山地、文明程度相对较低的少数民族是政令教化所不达的地方（“其未服者为生番，姑置之化外，尚未甚加治理”）的口实后，便打着“讨番抚民”和少数民族聚居地方没有统治者（“番地无主”）的旗号，积极准备侵略台湾。1874年4月，日本政府设立“台湾番地事务局”，任命西乡从道为都督，并且向英美等国租用、购买轮船火器，做出兵准备。虽然日本政府因其内部未能形成统一意见及英美不愿租借船只，一度下令中止此事，但是西乡从道拒绝接受这道指令，在4月27日率领军队出动。

对于日本意图侵略台湾这件事，清政府一开始并没有心理准备，直到英国、法国、西班牙公使等人先后询问清政府日本出兵之事和当月30日在厦门发现有日本兵船出没，才有所警觉和重视。台湾邻近福建，又是一座海岛，要较为稳妥地处理这件事，最好选派有海防经验的福建官员，担任总理船政大臣的沈葆桢成为最佳人选。5月14日，清政府谕令沈葆桢以巡阅为名前往台湾查看；5月29日，改授沈葆桢为钦差办理台湾等处海防兼理各国事务大臣，以妥善解决这一事件。

沈葆桢像

沈葆桢，福建侯官（今福州市）人，1866年担任首任总理船政大臣，了解海军、造船、航运等事务。担任巡台钦差后，从1874年6月到次年8月这一年多时间里，沈葆桢一方面积极布防，遏制日本的军事扩张行动，配合总理衙门和日本的谈判，迫使日本退兵，另一方面提出并实施了一系列涉及政治、军事、经济、文化的治理措施，用来促进台湾的全面开发和近代化，巩固中国东南海域的防线。巡台期间，沈葆桢与亲人常有书信往来，信件中有沈葆桢对此事件的记述和巡台见闻。

## 一、巡台准备及去台线路

沈葆桢于1874年6月14日从福州马尾出发，正式开启巡台，并于7月7日写下第一封家书，给长子沈玮庆和侄儿沈咏彤。在家书的开头，沈葆桢介绍了去往台湾的路线："我二十五出城以后，竟无暇再行晋省。初一登舟，晚泊南日；初二遵海，泊深沪；是极〔即〕[1]放洋，初三早至澎湖，踩勘地势。初四抵台湾。上岸之难，与他处海口迥不相同，益无避风之澳故也。"

1874年5月29日被正式任命为钦差办理台湾等处海防兼理各国事务大臣后，沈葆桢就着手做巡台准备，他用了大约半个月时间来筹措粮草、调回军舰和招集兵马，6月9日离开福州城前往马尾，等待福建布政使潘霨一起前往台湾。当时福建船政在马尾，是清政府花费巨资建设的近代

1　民间文书用字难免错讹、通假，或已简化为其他字，亦有难辨识之处。为窥原貌，书中均尽可能原文照录，只以"〔 〕"标注有可能影响理解的错讹、通假诸字，以"（ ）"补充漏字或予以说明，无法辨识的字则用"□"替代。

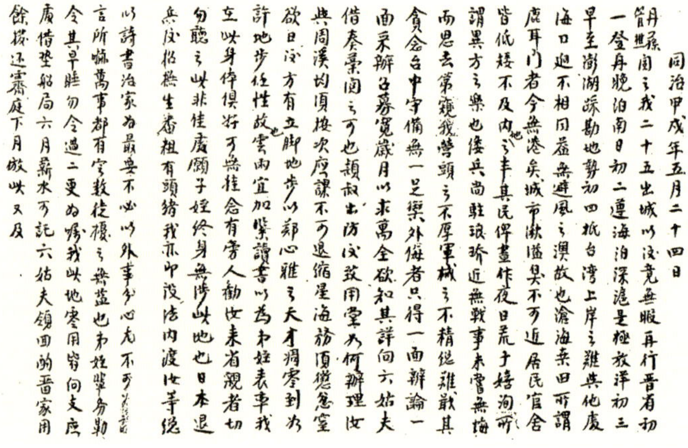
同治甲戌年五月二十四日
丹孫、笛孫閱之：我二十五出城以後，竟無暇再行晉省。初一登舟，晚泊南日。初二運海泊深滬，是極敖洋。初三早至澎湖，踏勘地勢。初四抵台灣上岸。台灣與他處海口迥不相同，蓋無避風之澳故也。滄海桑田，所謂鹿耳門者，今無港矣。城市淤溢，具不可近。居民官舍皆低矮，不及內地之半。其民俾晝作夜，日荒于嬉，洵所謂異方之樂也。倭兵尚駐琅𤩝，近無戰事，未嘗無悔而思去。第窺我營頭之不厚，軍械之不精，縱難戢其貪念。台中守備無一足禦外侮者，只得一面辯論，一面求辦各務。寬歲月以來，萬全欲知其詳，向六姑夫借奏稿閱之可也。穎叔出防，致用堂如何辦理？汝與周溪均須按次應課，不可退縮。星海務須從急定堂，欲日後方有立腳地步，以鄭心雖之天才稍零到於許地步，任性故也。雲雨宜加緊讀書，以為弟姪表率。我在此身體俱好，可無掛念。有旁人勸汝來省視者，切勿聽之。此非佳處，爾子姪終身無涉此地也。日本退兵後，始撫生番，粗有頭緒，我亦即設法內渡。汝等總以詩書治家為最要，不必以外事分心，尤不可為衙署言所惑。萬事都有定數，從積之無益也。弟姪輩務勸令其早睡，勿令過二更為囑。我此地需用，寄向支應處借墊，船局六月薪水可託六姑夫領回，為晉家用。餘俟還需庭下月繳。此又及。

沈葆桢巡台后首封家书（来源：《台湾文献汇刊·第四辑》第六册）

重要的船舶工业基地和海军教育基地。日本入侵台湾后，在马尾附近海面时有发现日舰窥探，于是在沈葆桢赴台后，清政府便派在闽丁忧守制的原陕西布政使林寿图（字颖叔）以稽查船政为名坐镇福建船政，以解后顾之忧。当时林寿图受聘担任致用书院第一任山长，因而沈葆桢在信中问及“颖叔出防后，致用堂如何办理”。

完成筹备工作后，沈葆桢一行人于6月14日从福州马尾出发前往台湾。他们兵分两路，潘霨乘坐“伏波号”直接前往台湾，而沈葆桢以船政水师的“安澜号”炮舰为旗舰，船政洋员日意格、斯恭塞格乘坐“飞云号”炮舰。舰只编队先巡视福建沿海港口并确认澎湖的防御状况后，再驶往台湾。

沈葆桢一行先后经过莆田南日岛、泉州深沪、澎湖，最终从台湾安平登陆。沈葆桢选择这一航线前往台湾，是为了探查福建地区海防状况和了解有无外敌船舰出没。14日晚，沈葆桢在南日岛就向海坛镇总兵黄连开询问他巡查海域的情况，得到附近海域安宁的报告。16日，沈葆桢到达澎湖，与澎湖镇总兵吴奇勋一起对澎湖防务进行查勘。澎湖的战略位置非常重要，在沈葆桢看来，澎湖是台湾的门户，但当时澎湖岛上只有一座单薄的砖砌炮台，而且严重缺少大炮。沈葆桢有心加强澎湖守备力量，从而构建整体海防体系，却苦于购置武器需要高额军费，感到无能为力。6月17日，经过4天的航程，沈葆桢一行从台湾府府城的安平港登陆，而直航的潘霨则早两天便抵达台湾。

在第一封家书中，沈葆桢还向子侄介绍了一番台湾的风土人情。鹿耳门是明清时期台湾岛西南岸重要的港口，1661年民族英雄郑成功登陆台湾，驱逐荷兰殖民者便是通过鹿耳门航道。清代鹿耳门作为台湾府城的门户，有水师把守。1823年后，鹿耳门港泥沙淤积，逐渐失去主港口的价值。所以沈葆桢在信中感慨道："沧海桑田，所谓鹿耳门者，今无港矣。"相比于当时大陆的城市来说，沈葆桢认为台湾府城的城市建设相对落后，房屋低矮，"不及内地之半"。当地人享乐嬉戏的风气相较于内地来说也比较重。

## 二、驱逐日军

关于与日本的战事，沈葆桢在信中写道："倭兵尚驻琅峤，近无战事，未尝无悔而思去。第窥我营头之不厚，军械之不精，总难戢其贪念。台中守备，无一足御外侮者，只得一面辩论，一面采办召募，宽岁月以求万全。"

1874年5月7日晚，首批日军抵达琅峤湾；次日清晨上岸，陆续于社寮集结。5月22日，日军在石门与牡丹社人发生战斗，双方互有死伤，但因为牡丹社酋长阿实禄父子战死，所以日军宣称"大获全胜"。同日西乡从道抵达台湾，带来增援军队。西乡从道抵台后，台湾南路同知袁闻柝携闽浙总督李鹤年的照会与之交涉，称台湾属中国版图，日本出兵有违万国公法，要求立即撤军。但是日军无视照会，6月初兵分三路入山作战，攻占并焚毁牡丹、高士佛等社。此时岸上的日军有2000多人（总兵力3000人）。他们一边招抚当地的少数民族，一边建营房、设立"都督府"、开辟道路，有长期驻扎台湾的打算。

沈葆桢一行人抵达台湾后立即开始认真细致地调查研究，听取官员的汇报，了解当地情况和台湾的防务问题，定下了"理论""设防""开禁"三项应变之策。"开禁"是指解除禁令，有计划地招募汉人入垦山地，扩大屯垦区域，完成台湾全岛的开发，并且有计划地促进民族融合。这是长远之计，等退却外敌后，才可以逐步实行。“理论”是指外交斗争。沈葆桢到达台湾后，派潘霨与西乡从道交涉。6月21日，潘霨和台湾道夏献纶等一行人携沈葆桢的照会前往琅峤与日方据理力争。这次交涉并没有取得太大的进展，说明光靠讲道理是行不通的，还需要武力的辅助，才能赶跑外来侵略者。“设防”是指加强军事力量和守备力量，积极备战。当时台湾的守备力量非常薄弱，陆军能作战的只有原先的驻兵1000人和从内地调来的1000名楚勇，也无火炮防御，“台中守备无一足御外侮者”。鉴于此情况，沈葆桢到达台湾之际便开始修筑安平炮台，在台招募团练乡勇，并下令从厦门调来了福建陆路提督罗大春所部和楚勇两个营镇守台北、苏澳等地，用来封锁日本军队的海上补给。7月，沈葆桢等奏请洋枪队援台获准，清政府接受李鸿章的建议，调最精锐的江苏武毅铭字营支援台湾。淮军6500名勇丁在唐定奎率领下，日夜兼程南下，由瓜州乘轮船驰援台湾。9月，援军陆续抵达台湾，并在凤山安营扎寨，用以防备日本军队。台湾陆上的守备力量逐渐充实的同时，沈葆桢也将邻近省份的船舰陆续调动来福建，防卫东南海疆。他以“扬武”“飞云”“安澜”“伏

驻台清军部队演练

波”“靖远”“振威”等六艘军舰常驻澎湖，确保台防后路安全；又命“福星号”驻台北，“万年清号”驻厦门，“济安号”驻马尾以固门户；“永保”“琛航”“大雅”等运轮，以及租来的“凌风号”、江南制造局支援的“测海号”，或用于运送军火、粮草，或用于台、闽、沪之间传递消息。

经过这一系列军事调动后，沈葆桢率领的清军实力已经远远超过日本军队，给了日军极大的心理压力。日军驻扎的台湾西南部当时环境较为恶劣，瘴气肆虐，日军伤、病员迅速增加。7月中旬，军中出现大量病号，军队的医师、护理等也都染病，短短一个月已病死560多人，8月便开始往国内运伤兵。日军士气低下，厌战情绪高涨。在这种情况下，日军主帅西乡从道一边派人请援，一边虚张声势进行军事演习。沈葆桢则采用稳扎稳打的战术，不断挤压日军的活动空间。从战争的局势看，清政府一方优势尽显，日本败退指日可待。

尽管清政府优势很大，但通过谈判和平解决此事件是清政府高层优先考虑的方式。8月，日本派遣大久保利通为全权大臣赴北京和清政府会谈，狡辩“番土非贵国所辖治”，恫吓清政府，勒索“退兵费”，双方展开了多轮谈判。沈葆桢是反对妥协的，这期间他上书指出，日本军队现在只能勉强支持，不能长远，希望上层可以坚持立场，不要迁就日本，越迁就越会助长日方得寸进尺的气焰。此次事件之所以花费大量钱财，不仅仅是为了台湾这一个战事，更重要的是为了以后这片海疆的防务，杜绝类似事件再次发生。沈葆桢的上书在一定程度上坚定了清政府的立场。但是在英、法、美的调停下，双方最终达成和议。1874年10月31日，清政府与日方签订《中日台湾事件专条》（又称《中日北京专条》），主要内容是：清政府承认日本出兵为“保民义举”；清政府抚恤“前次所有遇害难民之家”，并对日军建设的道路房屋“筹补银两”；双方往来的公文注销，“永为罢论”。在明治维新后，日本第一次侵略中国就取得了“不胜而胜”的结果。清政府的妥协无疑助长了日本的狼子野心，也为后来日本再次发动侵华战争埋下隐患。日本侵台事件随着合约签订及日本的撤军算是解决了，但是关于台湾的整体防务还有许多事情等着沈葆桢去做。

## 三、治理台湾

沈葆桢写下首封家书的时候已经预见到日本退兵是迟早的事情，对于如何做好善后工作他也是有一定想法的，因此信中有“日本退兵后，招抚生番”之语。沈葆桢抵达台湾后经过实地探查和听取意见，逐渐形成了关于“日本侵台事件”的善后措施，归结如下：建议福建巡抚移驻台湾、开山“抚番”、废除渡台禁令、设县开府、修筑城池、购置军备、开采台北煤矿、建立郑成功祠等。这些措施环环相扣，都是从全局出发考虑的。

加强台湾的防御力量可以防止类似日本侵台事件再次发生，并为后续的开山“抚番”、开发台湾提供有力保障。因此沈葆桢命人在台湾各地修筑相关军事设施，比如在台南建设二鲲鯓炮台（即亿载金城），建设恒春县城墙等。同时沈葆桢认为要积极开发东台湾地区，以免被外敌觊觎。清政府统一台湾后，对台湾的开发采取的是相对消极的态度：对大陆移民渡台实行限制，采取包括对想渡台的人员进行层层审查，严厉处罚偷渡者，禁止渡台人员携带家人等措施；在台湾岛上也禁止汉人进入“番地”。这些政策极大地限制了台湾的开发。沈葆桢先是上奏请求解除上述关于台湾的各种禁令，保证有足够的人力来移垦开发台湾。这一奏请得到了清政府的准许。随后沈葆桢调集兵力分三路开辟通往后山的道路：北路由苏澳至岐莱，中路由林圮埔至璞石阁，南路分别由赤山、射寮至卑南。在开山的过程中“抚番”，招抚台湾少数民族，促其汉化。同时为了提高开发速度，沈葆桢优化了台湾的行政区域划分（如设立台北府、恒春县等）。沈葆桢抵达台湾后，台湾的士人杨士芳等建议他奏请朝廷追谥郑成功，并准予建祠，台湾道、府的官员也表示赞同。沈葆桢认为郑成功是可以让台湾民众“知忠义之大可为”的重要旗帜，于是上奏获得清政府的批准，在台湾府城为郑成功建专祠。朝廷还追谥“忠节”，用以表彰其忠义精神。沈葆桢亲手为郑成功祠书写对联：“开万古得未曾有之奇，洪荒留此山川，作遗民世界；极一生无可如何之遇，缺憾还诸天地，是创格完人。”这些措施对于加强清政府对台湾的治理，推动台湾的近代化乃至巩固中国的海防，都起到了积极的

1939年拍摄的台南明延平郡王祠
（郑道聪供图）

作用。

面对日本侵台事件，沈葆桢在受命巡台的一年时间中，着眼全局的战略安排，取得了极大的对日优势。尽管因为政治原因，优势并没有转化为胜势，但沈葆桢不拘泥于当下，着眼长远的举措，有力地加强了台湾的防务，极大促进了台湾的近代化。

附：

沈葆桢巡台首封家书

同治甲戌年五月二十四日

丹荪、管樵阅之：我二十五出城以后，竟无暇再行晋省。初一登舟，晚泊南日；初二遵海，泊深沪；是极〔即〕放洋，初三早至澎湖，踩勘地势。初四抵台湾。上岸之难，与他处海口迥不相同，益无避风之澳故也。沧海桑田，所谓鹿耳门者，今无港矣。城市湫溢，臭不可进，居民官舍皆低矮，不及内地之半，其民俾昼作夜，日荒于嬉。洵所谓异方之乐也，倭兵尚驻琅峤，近无战事，未尝无悔而思去。第窥我营头之不厚，军械之不精，总难戢其贪念。台中守备，无一足御外侮者，只得一面辩论，一面采办召募，宽岁月以求万全。欲知其详，向六姑父借奏稿，阅之可也。颖叔出防后，致用堂如何办理，汝与周溪均须按次应课，不可退缩。星海务须惩忿窒欲，日后方有立脚地步，以郑心雅之天才，凋零到如许地步，任性故也。云、雨宜加紧读书，以为弟侄表率，我在此身体俱好，可无挂念。有旁人劝汝来省亲者，切勿听之，此非佳处，愿子侄终身无涉此地也。日本退兵后，招抚生番，粗有头绪，我亦即设法内渡。汝等总以诗书治家为最要，不必以外事分心，尤不可为谣言所吓。万事都有定数，扰之无益也。弟侄辈务勒令其早睡，勿令过二更为嘱。我此地零用，皆向支应处借垫。船局六月薪水，可托六姑父领回，酌留家用，余拨还霁庭，下月仿此。又及。

（林聪荣）

# 两岸风帆隐冤案

## ——庄孙旭与雾峰林家的两岸家书[1]故事

清朝末年，一封封承载着两地亲人复杂情绪的家书往来于海峡两岸。这些书信穿越岁月，让后人得以感受两岸行郊密切的商贸往来，又与雾峰林家在同治年间所遭遇的冤案交织在一起。

这是1883年6月19日（光绪九年五月十五日）谦胜行庄孙旭致福州林寿堂的信件，信封左下角盖有“谦胜”之书柬兑货印，左侧则印有两枚方形印记，印记内容分别为“郭恒丰信局住泉南门外路角宫口”“福省／林成兴信局住按司前卫巷内”。信封上书“内封要信”，表明信封内还有一封信，信中写道：“本日到栖舟，收栖一信，加封前去，到祈收阅便明。”其中的“栖”指的是今天台湾台

1　本篇中的信件图片和释文援引、参考黄富三等解读，“国史馆”2016年版《雾峰林家文书：闽台相关信函》。

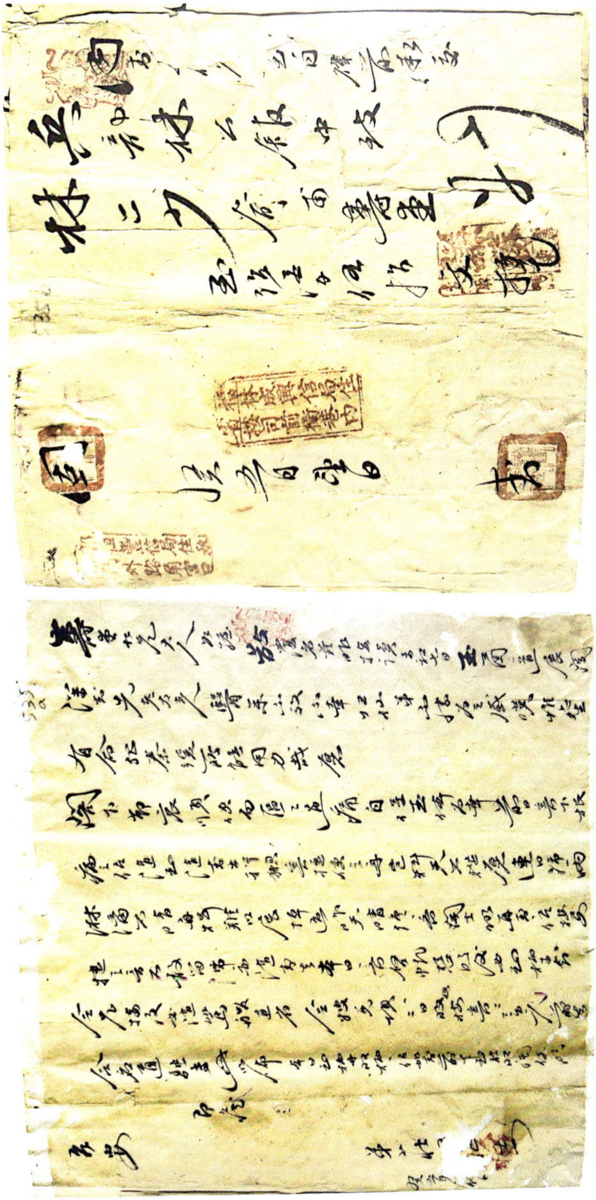

1883年6月19日（光绪九年五月十五日）庄孙旭致林寿堂信件

中市的梧栖港。由此我们可以知道，这是一封从台湾梧栖港寄到福建泉州，再由泉州寄往福州的书信。

## 一、信件相关人物

信件的相关人物包括泉州谦胜行的庄孙旭与雾峰林家的林朝栋、林寿堂等。清光绪年间，鹿港谦胜号由庄士哲经营，那么庄孙旭与庄士哲又是什么关系呢？

庄士哲（1852—1919），字孙贤，号仰山，其十八世祖允燣公为福建泉州晋江县（今晋江市）青阳人，于乾隆年间渡台，定居于今云林县麦寮乡，至二十一世祖梅郇公迁居鹿港。庄士哲的弟弟庄士勋（1856—1918），字孙重，号竹书。庄孙旭在1882年8月31日（光绪八年七月十八日）的信函中提到，其鹿港之堂兄弟庄孙重欲前往省布司房填报手续，并请林朝栋共同谋划下一步的发展。此处提及的庄孙重，即为庄士哲之弟庄士勋。由此可知，泉州谦胜行的庄孙旭与鹿港谦胜号的庄士哲、庄士勋乃同族之堂兄弟。

雾峰林家，老宅在如今台湾台中市雾峰区。1746年（清乾隆十一年），漳州平和埔坪村林氏的十四世孙林石迁往台湾彰化，最终在台中雾峰安家。此后，雾峰林家逐渐崭露头角，成为台湾望族之一，与基隆颜家、板桥林家、鹿港辜家、高雄陈家并称为“台湾五大家族”。

林朝栋像（林光辉供图）

林朝栋（1851—1904），别号松，字荫堂，因练武时一只眼睛受伤，人称“目仔少爷”，是雾峰林家的第六代传人。中法战争时，刘铭传赴台督战，派林朝栋率领熟悉山地作战的栋字营前往支援台北战线。林朝栋率军坚守在号称“狮岭匝云”的险要之地——基隆狮球岭上，多次击退法军，最终赢得胜利。他在月眉山防御战中的英姿还被画入《点石斋画报》。林朝栋和雾峰林家也因此赢得了刘铭传和李鸿章的信任。

随着战争结束，全台的地方武装被裁撤，唯有林朝栋与张李成的两支队伍不但得到保留，还被纳入清军的正式编制。中法战争成为台湾建省的重要契机，林朝栋也在台湾建省后得到提拔任用，为自己，也为雾峰林家的发展争取了机会。

《点石斋画报》中的作战场景

## 二、行郊与商贸往来

那么，为什么从台湾梧栖港寄到福州的家书，要经过泉州中转呢？这里，我们需要先了解一下清代海峡两岸对渡及商贸往来的情况。

1784年（乾隆四十九年），清政府决定开放鹿港与泉州蚶江为对渡口岸。这使得鹿港的商业日益繁荣，成为台湾中部最主要的商业港口之一。鹿港商人以传统的中式帆船为交通工具，掌握着与邻近港口及与大陆的商贸往来。

在这时期的商业发展中，“行郊”成为一个关键角色。清代时，台湾同一地区或行业的商户会设立帮会组织，以维护彼此的商业利益，这种组织称为“行郊”。值得注意的是，用“郊”指代商行，主要见于闽南和台湾地区。台湾的行郊大致可分为两类，一类是区域性行郊，以贸易区域划分，另一类是同业性行郊，根据从事行业的不同，分为糖郊、布郊、米郊等。

## 三、“联财对号”与两岸谦胜行

作为从事海峡两岸贸易的商业组织，行郊依赖船只进行货物运输。专营海峡货物运输的船头行趁势崛起。船头行不仅集采购、存储、运输与销售于一体，还在两岸的贸易活动中起了纽带作用。这些船头行除了货运，后来还兼营两岸信函传递、货币通兑等。谦胜号就是其中之一。这是一家鹿港行郊商号，以从事船头行业务起家。

在清咸丰年间，泉州与鹿港的行郊已经形成了“联财对号”的经营模式。所谓“联财对号”是指规模较大的郊商在两地设立对口商号，按股份集资，通过对口配运经销、年终结账、按股分利的方式进行经营。这样的商业组织大多以家族为基础，家族成员参与投资和运营。例如，谦胜行有泉州庄孙旭负责的谦胜行、鹿港庄士哲兄弟负责的谦胜号以及梧栖港的谦胜行等多个分号，这些分号由庄氏族人运营。

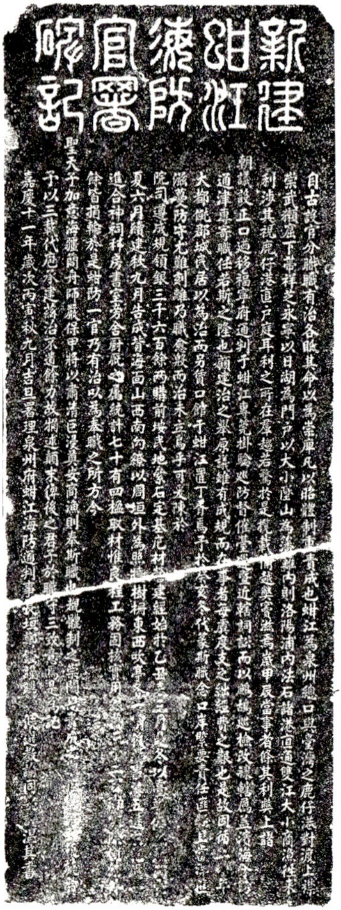

《新建蚶江海防官署碑记》

此外，分布于两岸的行郊分号，实际上承担了一部分邮政的功能。在19世纪中叶之前，郊商主要依靠中式帆船传递各种信函，甚至私人物件。为了确保信函物件能及时稳妥地寄送和递交，两岸的寄件人会尽量选择熟识或者存在合作关系的郊行船只运送。谦胜行，就是雾峰林家选择用以寄送信函物件的郊行。

## 四、家书内容与雾峰林家冤案

这些家书主要集中于清光绪年间，它们书写的契机与内容，都与当时雾峰林家的一桩冤案密切相关。

林家因昔年林文察平乱、家族扩充田产的过程中得罪了不少人，官司缠讼不断。官府也忌惮林家势力坐大，时任闽浙总督的英桂遂指派凌定国为专员，前往彰化查办。1870年（同治九年），凌定国以“露刃登堂，率众拒捕”为由突然发难，于公堂之上斩杀林文明，并把他的头颅割下，悬挂在城门上。而林文明便是林朝栋的叔叔。

林文明的死讯传回雾峰，族中男丁一度打算围攻彰化城，讨回公道。幸而林文明的母亲林戴氏挺身而出，拦下了莽撞的族人，终未发生叛乱事件，林家也避免了踏入灭族的不复之地。

这之后，为了给林文明平反，年轻的林朝栋率领家族成员开始了艰难的上诉之路。他们奔走省府福州，并四度赴京上诉，陈述冤情，但历经漫漫十余载，终究未能翻案。本文所提及的家书就写于这一时期。

因此这些写着庄孙旭名字的信函，其实是在台湾的雾峰林家与在福州的林氏家人的两岸家书，经由泉州转寄。

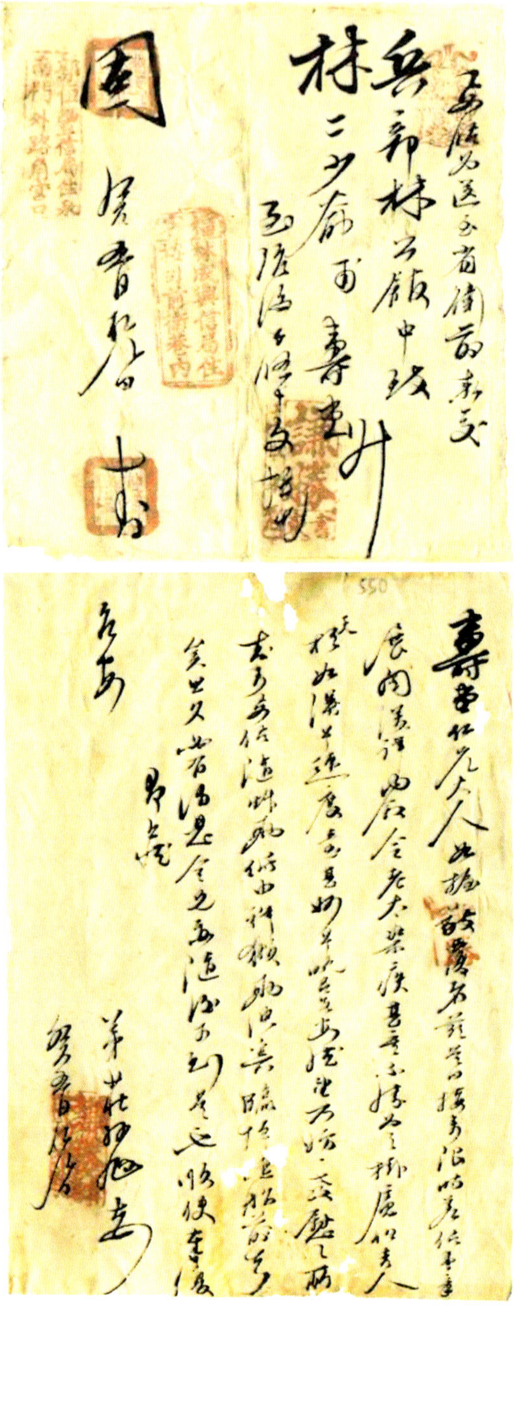

1883年6月12日（光绪九年五月初八）庄孙旭致林寿堂信件

我们今天从庄孙旭在转寄时的“附言”中，可以看出谦胜行对林家的信函处理得十分及时、稳妥。

> 刻日栖到协建胜承栖加封令兄之信，随封付台鉴。
>
> ——1882年5月16日（光绪八年三月十九日）

> 刻日接承栖信一札，随加封并电，到祈收展。
>
> ——1882年12月10日（光绪八年十一月初一）

林氏家书除了有从台湾梧栖港寄往福州的，也有从福州寄往台湾的。这些从泉州的祥芝港、獭窟港发出，随着帆船跨越海峡的信函，也进一步描绘出当时邮件跨海传递的路线和通邮状况。

> 所封来要信随草两纸，由祥、獭两澳寄临棹捷船前去。
>
> ——1883年6月12日（光绪九年五月初八）

> 前日寄下报病之信，随到随封，出祥、獭寄捷便之舟。岂料天不从愿，连日沛雨，淋漓不晴，舟楫难以展

棹，迨昨天晴才一齐开去。仍再封一信，按安捷之音不敢留滞，亦随封去。本日一齐启帆，想明后必至栖。

——1883年6月19日（光绪九年五月十五日）

这些信件的内容包括了交代要递送的信函与物件、汇兑金钱以及垫借款项等事宜，也提及与雾峰林家的生理（即生意），譬如大米。这也从侧面说明了为何雾峰林家

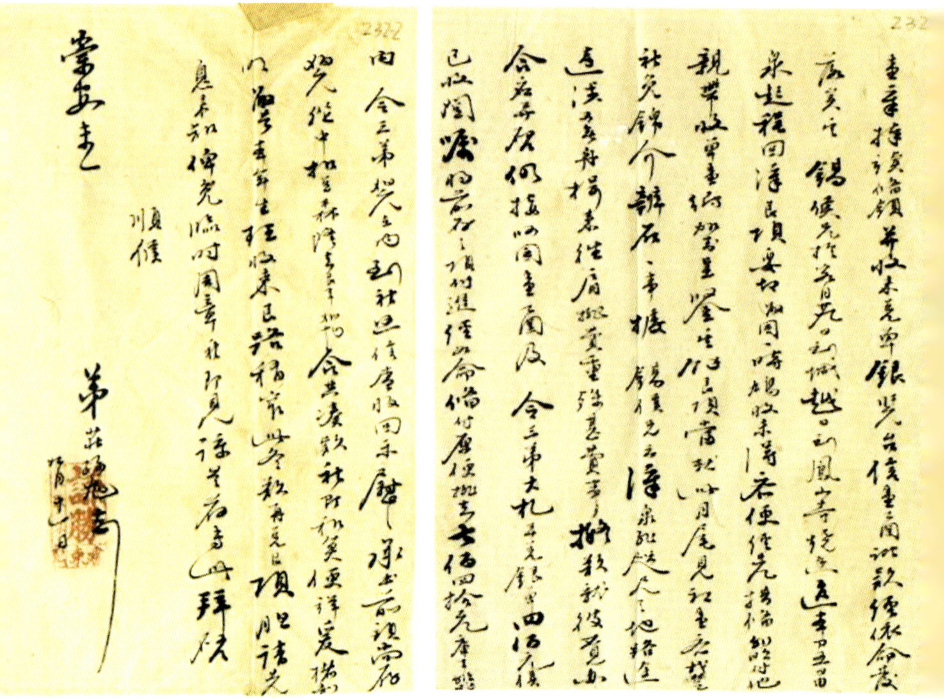

选择从梧栖港的谦胜行寄送家书，而不是从鹿港的谦胜号寄出。

> 贵府所挑之项硬缓不还，现敝冬所生理当接米之需，何堪担〔耽〕搁。
>
> ——1883年7月4日（光绪九年六月初一）

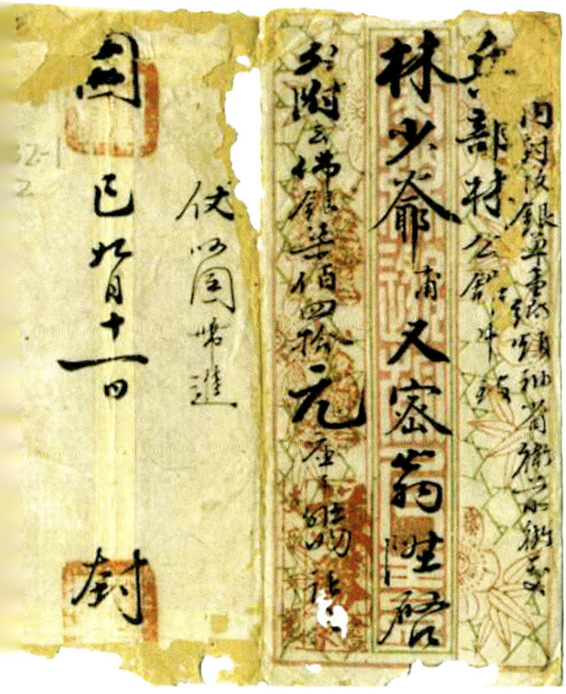

1879年10月14日（光绪五年九月十一日），谦胜行庄孙旭致信林朝栋，提到将从台湾过来的信函以及银单转送等事宜

梧栖港原本只是鹿港的一个小口岸，道光之后逐渐成为大肚溪至大甲溪之间的主要港口。1860年（咸丰十年）以后，梧栖港街市发展，出现了行郊，并设立了文武口查验往来船只，成为可以独立开展交通贸易的港口。据记载，梧栖港繁荣时“海陆具备，货物如山，应有尽有，行商栉比，帆樯林立，当年能与艋鹿相等”。从地理位置来说，雾峰林家住在大肚溪的上游，梧栖港则位于大肚溪下游，林家所收的稻谷和大米可以顺流而下，从梧栖港出海，比走鹿港更为便捷。

## 余　　音

透过庄孙旭转递的雾峰林家的两岸家书，我们可以看到清光绪时期林氏族人书写的一封封家书，如何随着泉州祥芝港、獭窟港与台湾梧栖港谦胜行的帆船一路摇摆，跨过海峡，往来于两岸的林氏家人之间。而雾峰林家在同治年间的遭遇与他们的坚持，也都寄托在这一封封家书之中。家书穿越时光，让后人铭记那段往事。这是这个传奇家族多舛命运的写照，是两岸乡愁中的一抹刻痕。

（黄晖菲）

# ㈡ 春愁难遣

（1895—1945年）

# 骨肉之情　拳拳之心

## ——汪春源的两岸家书故事

### 一

1893年1月26日（农历十二月初九），台湾南部安平县举人汪春源在灯下草书一封，让在娘家留住多时，如今要回彰化吴家的妹妹汪攀带回。虽为简单的家书，但依然可见其斐然文采，以及对妹妹的呵护之情。从这封家书中我们还可以了解到，此时汪春源正面临着人生的一件大事，那就是准备入都应试。这是举人汪春源再一次参加会试，此后他又多次入京，并遭逢家国之变。他在北京的经历，也使得“汪春源”这个名字，与波澜

汪春源像

壮阔的中国近代史联系在一起，载入史册之中。

这封写给妹夫吴凤年的信函，内容如下。

汝吉我妹丈大人如握：

暌违两载，宛如九秋。此谂起居安善，诸凡称心，至以为慰。愚入都应试，拟定明春正月杪。不过逐队观光而已，并无他望。此番特令舍妹抵彰，经再三告诫，劝其时顺惟是。赋性笨拙，当祈格外鉴原。遇事

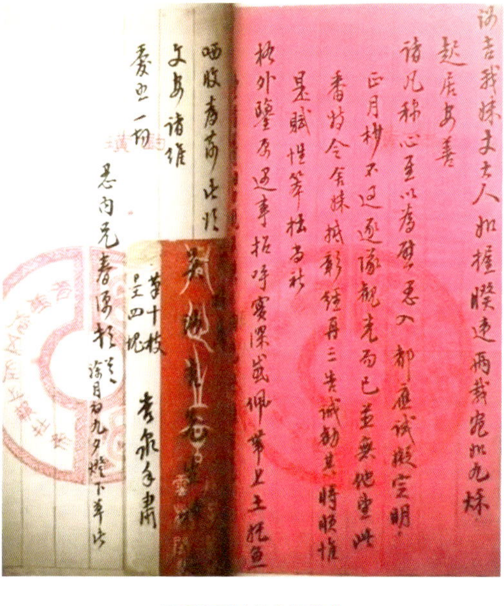

汪春源写给妹夫的家书

招呼，实深感佩。带上土托鱼……哂收为荷。此颂文安，诸维爱照一切！

愚内兄春源顿首，涂月初九夕灯下草此

所谓涂月，即十二月。信笺末尾贴有红纸书写的礼单，上书“万福庵吴汝吉先生，礼启”，约略可辨“笔十枝，墨四块。杏泉手肃”。

解读这封家书，要从汪春源的家庭讲起。1869年，汪春源出生于台湾南部安平县一个普通的务农家庭，父亲汪翁牛，母亲吴氏名凤（此父母名据汪攀户籍资料，汪春源登科录中其父名汪家珍，曾祖汪世成，祖父汪传灿）。汪春源在家排行第八，汪攀为汪春源的妹妹，可见这是个人丁兴旺的大家庭。虽出身农家，且自幼丧父，但汪春源天资聪颖，在文风较盛、求学氛围良好的府城（今台南市），得到了学习的机会和名师的指导。他文名早著，少年时受业台湾名儒黄子及。从“年十四岁，应童子试”起，汪春源在县试、府试、院试中均表现突出，顺利取得了生员（秀才）资格。之后，汪春源又获得时任提督学政唐景崧的赏识，入读由施士洁任山长的海东书院。关于丘逢甲的一则史料可以作为旁证：“岁试文宰生，拔其尤者读书海东书院，厚给膏火，延进士施士洁主讲。于是逢甲与新竹郑鹏云、安平汪春源、叶郑兰肄业其中”。在海东书院的学习中，汪春源依然表现优异，因此获得参加乡试的资格。1888年，汪春源与同窗丘逢甲乘官船赴福州参加乡试。虽然此时台湾已经建省，但台湾巡抚刘铭传仍奏请台湾生员“归福建乡试”。此次乡试，年轻的汪春源（时年19岁）与丘逢甲同榜中举，成为意气风发，且有较高社会地位的举人。

而信中的妹丈（妹丈与后一封信中的妹倩均为妹夫之意）吴凤年，又名开彰、汝吉、有常，1864年生于彰化县武东保施厝坪庄，比汪春源大5岁左右，吴凤年为彰化人，但在台南府城求学。或许因为他与汪春源常有往来，后来吴凤年娶了汪的妹妹汪攀，汪吴两家结亲。吴家为彰化大族，吴凤年是贡生，而汪春源已为举人，两家也算是门当户对。从汪攀的户籍资料看，汪攀与汪春源年龄相差不大。汪春源对这个妹妹疼爱有加。从信中的内容来看，妹妹回娘家已有一段时日，而回来的原因或许另有隐情，因为汪春源信中提到自己对妹妹再三劝诫，“此番特令舍妹抵彰，经再三告诫，劝其时顺惟是”，希望妹妹在夫家能收敛锋芒，更加恭顺；并谦虚地说自己妹妹“赋性笨拙”，希望妹夫能多多包涵，遇到事情多打招呼，对妹妹的关爱之情和惴惴之心溢于笔端。他对妹妹途中的安排也颇费心思：汪春源让妹妹带上的另一封信函，是他写给好友刘申甫的，主要是让妹妹于途中借宿刘家。通过这封给友人的信，我们也了解到是妹夫吴凤年派家丁前来接汪攀回彰化的。信函如下。

申甫我兄芸大人史座：日前由周松荪太史带上寸缄，想入英盼。相暌两地，渺若天涯，思之怅然！弟

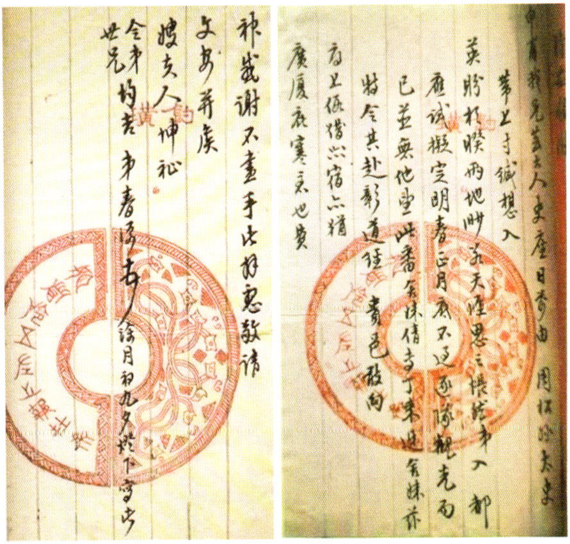

汪春源写给好友刘申甫的信

入都应试，拟定明春正月底，不过逐队观光而已，并无他望。此番舍妹倩专丁来迓舍妹，兹特令其赴彰道经贵邑，敢向府上假借亦宿，亦犹广厦庇寒意也。费神感谢不尽！手此拜恳，敬请文安，并候嫂夫人坤祉，令弟、世兄均吉。

弟春源顿首，涂月初九夕灯下写此

在给妹夫和友人的这两封信笺中，汪春源都提到，次年正月底，自己将入都应试，“不过逐队观光而已，并无他望”。从其表述之中，一可见汪春源性格中的谦虚低调，另一方面或许与他的科举经历有关。前面我们提到，汪春源幼有文名，从秀才到举人一路顺畅。他于1888年中举之后，本应乘胜追击赴京赶考，却因母亲病了未能参加1889年己丑科会试，1890年参加庚寅恩科会试报罢而归，1891年又因母亲去世，依“父已亡，子为其母丧应守丧三年”之制未能参加1892年壬辰科会试。到了写这两封信时的1893年1月，汪春源守丧期满，但似乎尚未举行禫祭，故笺用一红一白。所谓守丧三年，一般满25个月即头尾三年即可，但严格而言，还有“中月而禫”即满25个月后间隔1个月，至第27个月才可行禫之礼而后除丧服。汪春源恪守古礼，故其“入都应试，拟定明春正月底”。对于汪春源而言，此时距离他中举人已有5年，这期间又经历落选和丧母之痛，心境也已经比较平和，对于会试是否能如愿以偿也抱着随性的态度。

两封信函中所提到的赴京会试，即1894年的甲午恩科，这次汪春源依然壮志未酬。1895年，汪春源再度赴京准备会试，而在这期间，甲午战争失败，丧权辱国的《马关条约》签订，其中割让辽东半岛、台湾岛及其附属岛屿、澎湖列岛给日本等内容让汪春源等台湾士子痛心疾首。为了阻止朝廷在条约上盖章，汪春源奔走呼吁，联络了台湾嘉义县举人罗秀惠、淡水县举人黄宗鼎，并取得在京任职的台湾进士李清琦、叶题雁的“印结”和参与，共同向都察院上书（即“五人上书”），对台湾的被弃慷慨陈词。奏折言辞恳切，分析利弊入情入理，至今读来仍令人动容。

> 夫台湾者，我圣祖仁皇帝六十年宵旰经营之地也。仁皇帝悬不赀之赏，劳心焦虑，收此一隅，诚以国家定鼎燕京，全借海疆为屏蔽。无台地，则不特沿海七省岌岌可危，即京畿亦不能高枕。……但以议者必谓统筹大局则京畿为重，海疆为轻，故耳，不知弃

此数千百万生灵于仇雠之手，则天下人心必将瓦解，以后谁肯为皇上出力乎？大局必有不可问者，不止京畿已也。

夫以全台之地，使之战而陷，全台之民，使之战而亡，为皇上赤子，虽肝脑涂地而无所悔。……台民终不免一死，然而死有隐痛矣！……与其生为降俘，不如死为义民！或又谓徙民内地，尚可生全，然祖宗坟墓，岂忍舍之而去？田园庐舍，谁能挈之而奔？纵使孑身内渡，而数千里户口又将何地以处之？此台民所以万死不愿一生者也。……

上书再恳切，士子再义愤，一切都已不可挽回，《马关条约》最终还是生效了，台澎被割，台胞们面临着艰难的选择。依靠朝廷无望，汪春源毅然离京，回到台湾谋保台之策。然此举亦是徒劳无功，与当时共谋保台的诸多文人义士一样，汪春源只能遗恨解甲，舍家弃地，仓皇内渡。一群人的命运就这样被一纸条约彻底改变。台湾，从此成为他们及其后代子孙的另一种乡愁；亲人，也成了“千里故人”。

二

1895年，从台湾内渡回来的汪春源，已经难寻自己在闽南的确切祖籍地。他暂寓厦门岛上的史巷，之后便寄籍漳州府龙溪县（今漳州市龙海区）。同时，汪春源也继续踏上科考之路。他参加了1898年戊戌科的会试，中为贡士，但未参加殿试。之后时局多变，汪春源于1903年终中癸卯科金榜，列三甲第一百二十名进士。虽然他已寄籍漳州，但仍书其籍贯为“福建安平县”，以明心志。而此时台湾虽已为日本殖民统治，但民众对汪春源的中举亦感与有荣焉。《台湾日日新报》登文云“台籍缙绅名登仕版者，今复得其一焉”，并不时报道汪春源的事迹行踪。

1910年，内渡多年的汪春源携眷辗转就任江西省南康府安义县知县，生活稍微安定了些。这期间他回复了妹夫吴凤年一封家书。与前文言简意赅的短笺相比，这封信篇幅较长，信息量丰富，说了自己内渡后的情况，读来颇见心境愁郁。家书内容如下。

汝吉妹倩大人惠鉴：

自沧桑变后，琐尾流离，未尝一通音问，罪也何如！去岁接奉手书，临风浣诵，藉慰十数年渴念之忱。承示舍妹逝世，安仁东阁，竟叹鸾分。披阅之下，曷胜哀悼。但道途修远，莫致刍香，惟祈宽怀顺变，勿以断弦为伤，此则千里故人所望风切祷者也。兄自割台之后，挈眷内渡，寄居厦岛，颠沛龙溪县因寄籍焉。小儿阿井名□田于光绪壬寅科试幸得一衿。嗣以兄远仕江西，而小儿随侍膝下，行年廿二，一无所成。于前年春间，草草完娶，略了向平之愿。去年三月得举一孙，不过老年晚景得以抱孙自娱耳。大小女月、二小女琴均许字龙溪庄、周二家，一二年间均须出阁。兄内渡之后，亦连举二女，亦经许字，惟年纪尚轻，出阁之期当在三四年后。

阁下儿曹绕膝，兰桂齐芳，实天伦之乐事，何羡如之。

承示家六嫂及舍侄等困苦情形，读竟涕下，自七先□作古后家计日窘（痛鸰原之多故，愁断肝肠矣），兄早深知。本拟挈其内渡，又因兄数年来屡膺瘠缺，赔累万余金。清风两袖，力不从心。拟俟稍有余积，自当设法以图团住。祈将此情转告舍侄等，并嘱其各谋生计，勿自暴弃。兄现任南康府安义县，于兹三载，只因时事变迁，江西日下银贵钱贱，征不敷解，赔累之深日增一日。点金乏术，徒唤奈何。鳞鸿

之便，仍乞箴言时锡，以匡不逮。手此奉复，

即请

台安　并祝

潭福百益

愚内兄汪春源顿

小儿随叩

庚戌二月既望

再，家六嫂处希为关照，感感不尽。

以后款项汇何行、寄至何处，乞示。至舍侄西庚等及柱仔行、龙王庙诸堂侄、侄孙等近况如何，又内弟炜舍、蔡玉屏夫子、叶汝馨君近状，尊处如有所知并希指示。福函请邮寄江西安义县，又及。

这封信另有信封留存，信封上“仓仔庄十三甲　吴凤年江西安义县署缄”清晰可见，并有收信人标注的“明治四十三年旧历三月十六日接”。从写信时的“二月既望”即二月十六日，到接信的三月十六日，可见从江西安义县到台湾彰化县的邮程是一个月。然而即使一封家书的辗转要长达一个月之久，人们依然需要借这薄薄的信笺维系亲情、慰藉乡心。

由这封信可知，在1910年接到妹夫信函这一年，汪春源刚和家乡的亲人通上音信没多久。这自然是由于他内渡后生活颠沛不定所致。“自沧桑变后，琐尾流离，未尝一通音问，罪也何如！去岁接奉手书，临风浣诵，藉慰十数年渴念之忱。”所谓“藉慰十数年渴念之忱”并非夸张之辞，自1895年内渡也已经有十多年时间了，而从信中汪春源对于自己近况的一一交代，也可见两岸亲人未通音信久矣。汪春源挂念的妹妹汪攀在这期间已经过世，他也只能远远哀悼，并宽慰妹夫“宽怀顺变，勿以断弦为伤”。从信中我们亦可看出，汪春源身处宦海，深感迷茫疲惫。此时社会动荡，内忧外患，清政府朝不保夕；且“银贵钱贱”，汪春源做官的几处地方都是“瘠缺”，即使勤勉督催丁漕，也不得不“赔累万余金”。汪春源曾在《自述》中这样描述自己在宜春任知县时的情况：“宜为袁州首邑，素称瘠缺，当湘省制冲，又为萍乡矿务必经之地，兵差络绎，供应纷繁，赔累不堪”。他为官“奉公洁己”，也就难免囊中羞涩，即使想从台湾迎亲人内渡而来一起生活，也是深感无力。然信中对亲人困境的感同身受，对族人生活的种种关切，依然可见一名家族中出仕之人的担当和责任。

从汪春源这封家书中的颠沛之感，可以窥见当年内渡的台湾文人群体在大陆的生活境况。对他们而言，一切都要重新开始，如无根基的浮萍，沉浮于世事变迁之中。如汪春源在海东书院就读时的山长施士洁，与其父施琼芳是台湾有名的“父子双进士”，在台时不论家业还是声望都如日中天，但在组织保台失败之后也只得内渡。内渡之后，施士洁虽然找到了祖籍地晋江西岑（今属石狮市永宁镇），但时逢社会动荡、瘟疫横行，施士洁在家乡亦无赖以为生的产业，遂辗转福建各地谋生谋事，留在家乡的家眷陆续得疫病去世。其《后苏龛合集》中的诗文，常有得家书而恸哭的诗句，读来令人心有戚戚焉。汪春源的好友许南英，在台澎被迫割让之时毅然投笔从戎，统领义军扼守台南，在台南沦陷前一天不得不悲愤内渡。他祖籍为广东揭阳，但内渡寻根未果之后，与汪春源同寄籍漳州，漂泊辗转，自况“南飞三匝无所依，作客如僧暂挂单”。后来他受邀前往苏门答腊，却于1917年因痢疾客死棉兰，令汪春源发出“竟乘桴而居夷以死也！吾道之穷，宁仅诗人然也！”的感慨。

寄出这封家书的次年，即1911年，汪春源从安义县调至安仁县。履职没多久，辛亥革命爆发，汪春源就此去官，“清风两袖”地回到了漳州，暂时租住在城内振成

汪春源故居（汪春源后人供图）

巷；直至1920年，其长子汪受田从南洋汇回侨批，才得以购置振成巷7号（现为11号）大厝。此时汪春源经历宦海沉浮，早已对官场意兴阑珊，他归隐芗城，教书授徒，与其老师施士洁、好友许南英在各自内渡多年之后得以聚首。几人见面不胜唏嘘，既有重见的欢愉，也有郁结于心的故园之思、流离之苦。在为许南英《窥园留草》文集写的序言中，汪春源动情地写道："亡何割台祸起，时春源以公车诣阙上书，不报。君与台帅同仇勠力，赍志不酬，恝然为蹈海之举。春源亦弃家避地，彼此流落闽南。终以劳燕分飞，一行作吏粤东、江右，不相见者几二十稔。辛亥鼎革，春源与君先后还山，同入菽庄吟社于鼓浪洞天者又数载。”聚首之时，施士洁亦作诗《许允白、汪杏泉两君，劳燕分飞，倏逾十稔。今日芗江萍水，天假之缘。读允白〈寿杏泉诗〉，感慨系之；走笔次韵，用质吟坛》感慨：“此生薇蕨仍周土，吾道荆榛遍孔林。安得芗江都化酒，三人邀月影同斟。”师生重聚之幸与乐，惺惺相惜之情，俱付诸笔端。

1914年，汪春源正式入聘鼓浪屿菽庄吟社，成为社中领取固定“月供”的“吟社十八子”之一。这大概是一段比较安定和富足的时光，但汪春源依然难忘台湾故土。菽庄吟社由菽庄花园主人、台湾板桥林家内渡的后人林尔嘉于1914年创办，当时活动丰富、十分活跃，为闽台文人提供了一个“借诗存史”的交流平台，而抗日复台正是他们吟咏的重要主题。由于文集佚失，汪春源的诗篇存世不多，然而每一首被重新发现的诗篇，都可见其斐然的文采，对朋友情谊的珍惜，对故土的想念和遗恨。1923年，汪春源病逝于漳州。其墓碑对联虽有缺损，然仍可见“孤岛”等字样，表明台湾故土的光复是汪春源萦绕心怀的夙愿。

斯人远去，如汪春源般的内渡台湾文人也渐渐成为被时代遗忘的特殊群体，或许他们也有如汪春源一样跨越海峡的封封家书，只是被湮没在时空之中，或不曾被后人拿来细细解读。那是一个时代的书写，是不容置疑的两岸血脉骨肉之情，更是延续几千年的中国文人风骨的延续和体现。细读这个时期的家书，更是在细读文人在特殊时期的选择和拳拳爱国之心。

（汪毅夫　庄小芳）

# 鹿港郊商往事

## ——许志湖家族家书[1]故事

这是一封写于1895年9月17日（乙未年瓜月廿九日，瓜月即农历七月）的家书，写信人许经烟。他与其父许志湖是鹿港谦和号和春盛号两家商行的东家。

清乾隆年间，随着政府先后开放福建厦门、泉州蚶江、福州五虎门的船只通行台湾三口，即鹿耳门、鹿港、八里坌，两岸之间的贸易日益繁荣。两岸商人纷纷组成带有同业公会性质的商业组织——郊。泉郊是往来于鹿港与泉州之间的贸易商人所组成的团体，是鹿港最早出现的行郊，财势雄厚，最盛时达到100多家商号。许志湖家族原籍在福建省泉州府晋江县（今晋江市），为晋江瑶林石龟许氏支派，最迟在乾隆年间已渡台，定居于鹿港牛墟头。许志湖拥有谦和号和春盛号两家商行，主要从事米割（又称

1　本篇中的信件图片和释文援引、参考林玉茹、刘序枫编，“中央研究院”台湾史研究所2006年版《鹿港郊商许志湖家与大陆的贸易文书》。

1895年9月17日，许经炯写给母亲的家书

米刈，指大米批发）和日用杂货生意，亦属鹿港泉郊。此外他还在彰化县购置店面、土地，放贷，积极参与鹿港和泉州两地的商业金融投资。

许志湖通过自己的两家商行将鹿港大米运至泉州，再从泉州采办布、油等商品到鹿港批发贩卖。这种跨海贸易为家族带来了可观的利润。为了确保商品运输和代买代兑的顺利进行，许志湖雇了石狮老乡经营的“金丰顺号”商船。“金丰顺号”商船的“出海”高妈禁是泉州永宁人，也是郊商，经营东益号商行。商船上的“出海”，相当于现在的“船长”，但实际权限是要大于船长的，除了掌管商船的运输，还负责商船的“司账及收揽货物”事务。

1895年，许志湖迎来经商以来的最大变局：日本人侵占台湾，开始了他们的殖民统治。当时岛内抗争不断，局势动荡，笼罩在一片阴霾之下。许多台湾人心中满是不甘与忧虑，纷纷选择内渡回大陆，寻找生活出路。在这股潮流中，鹿港郊商许志湖的家族也经历了一场命运的转折。

出于对台湾局势的深深担忧以及受日军种种可怕传闻的影响，许志湖做出了一个艰难的决定：与儿子许经烟一同返回原籍泉州，并将谦和号也迁到泉州。他留下春盛号暂驻鹿港，等待台湾局势明朗后再做打算。对许志湖来说，内渡泉州实在是个不得已的办法，为此在商业上要蒙受相当大的损失，特别是谦和号一时还开不了张，等于贸易量较往日减少一半。但为今后长远考虑，他决定还是忍痛一时。1895年8月25日，在日军攻占鹿港之前，许志湖与儿子许经烟回到泉州府晋江县永宁镇外高厝乡（今为石狮市永宁镇外高村）租房居住。

敬启者：

兹初六日登船，至初九日起山[1]。大小水陆各平安。前廿三日，奉音一札，未知查收？现今居在外高厝乡，日日买菜者向永宁街，路途来去四里路。买卖之事，比鹿港价数[2]各加贵加五[3]，而且什菜等各尽无，今巳〔已〕日日家费比鹿加开[4]甚多，如是丰顺[5]到鹿者知之，往唐[6]必要什物寄来家中付用，名各烈〔列〕左：茶心[7]二三斤，菜蒲〔脯〕多少，卦（刈）菜亦

1　起山：方言，即上岸。
2　价数：方言，即价钱。
3　五：五成。
4　加开：方言，即多花费。
5　丰顺：即“金丰顺号”商船，“出海”是高妈禁。
6　唐：指大陆。
7　茶心：方言，即茶叶。

多少；将家内猪杀一只荖盐[1]，用铁水油箱付来。要笋尾二三斤，均耳[2]三四两，豆是〔豉〕蒲〔脯〕亦乌豆亦可。诸物等各付丰顺船付来咱家应用，切切勿悮〔误〕。再启者：现咱家内有存盐姜亦盐瓜仔多少付来。地方之事安贞，赐艸〔草〕示知。如是乱者，母观〔亲〕要往唐亦逃落草地[3]，自主裁[4]。著〔着〕要来唐者，蚊帐、床邦〔板〕各二三付，代〔带〕来应用。耑〔专〕此。达知。

再启者：儿廿五日到塘边[5]，探未阿[6]，以〔已〕定廿六七进蚶江。前以〔已〕税[7]大厝，居往〔住〕定着。看草通知。敦波[8]官大小往唐各平安。地方之事，回信达知，此启。

敬启者：父观〔亲〕本随丰顺回鹿，儿再三留

---

1 荖盐：方言，即以盐腌制。

2 均耳：四川来的木耳。

3 草地：即乡下。

4 主裁：方言，即决定。

5 塘边：即泉州府晋江县石狮镇塘边，现为石狮市宝盖镇塘边村。

6 未阿：应是许志坤（许志湖的弟弟）的长女许美（1872—1950），又名许米、许味，嫁蔡敦波。

7 税：方言，租赁之意。

8 敦波：即蔡敦波（1869—1930），住在鹿港和兴街，娶许志坤之女许美，经营绸缎布庄、染布庄，有商号胜兴号、义美号、锦义号、芳益号。胜兴号乃染郊商号之一。

之，因之不回，而阿斗[1]、椪狮[2]、四旧〔舅〕先回鹿中查者如何，回音来知，此奉。

敬启者：儿自到唐，身中平安，母观〔亲〕在家不可患者[3]，拜禀。

另启者：家内有麦粉付多少，如是用完，不可。再启。

再启者：接来生烟箱二卩，布袋包一袋，亦经收入。以〔伊〕雪花[4]要买薯科〔料〕者买无。以清阿[5]买佛仔鼓[6]，阿在处亦无。儿后日到厦门买著[7]寄来。如是家中粗纫之物，切不可付来[8]，此乃非久居之所。如丰顺要往唐，母观〔亲〕按得[9]卜[10]来者，不可延缓。若是

---

1 阿斗：疑似许粪斗，住在鹿港和兴街，日本殖民时期曾任和兴街第五保保正、卫生组合书记。

2 椪狮：即许椪狮，住在鹿港和兴街，经营瑞记号米行。

3 患者：方言，即烦恼担忧。

4 雪花：疑即许经烟妻子陈椒（1873—1944），草仔市陈鞍之女，13岁嫁入许家。

5 清阿：即许志湖长女许珠之子蔡长清。

6 佛仔鼓：疑为小孩玩具。

7 买著：意为买到。

8 付来：寄来。

9 按得：方言，即打算。

10 卜：方言，要之意。

要买茶心等诸物，未买，不免[1]付来亦可。前廿三日，儿奉音一札，未知查收？此达

福安

上

廉〔康〕宁

母亲大人 家中大小均〔钧〕鉴

乙瓜月[3]廿九日 不孝儿经烟[2] 一信一样[4] 拜禀

（以下为信封上的文字）

固 乙瓜月廿九封

鹿港大街顶交谦恭宝号转交横街仔[5]

春盛宝号亲收玉展

在外高拜缄

伏出海官妈禁叔费神

固 乙瓜月廿九日封

1 不免：方言，即不用。

2 经烟：即许经烟（1865—1908），许志湖之长子，在这些信件中有时又写作许经渊。

3 瓜月：即农历七月。

4 一信一样：一式一封。

5 横街仔位于鹿港牛墟头，为许姓族人聚居地。

许志湖长子许经烟初到泉州便给其母黄井写信，他首先向母亲禀告自己已平安抵达泉州，之后简略提及安置情况，其中特别提到这里的物价比鹿港贵，叮嘱母亲在“金丰顺号”商船来时，捎带日用物品和食品；又询问社会动乱之际，母亲是否来大陆，或到乡下暂避，并报告其他家人的动向。

在其后的信件中，许经烟不无忧虑地写到自己在泉州听闻的有关日本殖民者的传言，表达担心，再三询问母亲是否来泉，认为至少也该到乡下避祸。

> 儿在唐闻说，鹿中谅是战场之所，咱家不能安居。又闻日本言伊战败，港中一尽放火焚厝。又闻日本得胜者，将台之男人尽迁去日本，又闻女人对换。母亲看其世景，须自主裁，如要往唐，随丰顺船来，亦是逃落草地……[1]

由于鹿港局势反复不定，许志湖的弟弟许志坤以及许志坤的女婿蔡敦波等人也很快都举家迁至泉州。

晋江虽是许家原籍，但因为许志湖祖上早就在鹿港落地

1　1895年9月21日，许经烟从泉州外高厝写给留守鹿港的母亲的家书。

生根，在晋江并无祖厝可居住。回泉州后，除了要寻觅房子租住，泉州的很多事情都让他们感觉非常生疏和不适应。这期间发生了这样一件事，更放大了许家人的这种不适。

随家人迁回泉州的许珠（许志湖之女）因水土不服，不幸染病，始终未能痊愈，于是到关帝庙[1]求签，然而神明的指示被解读为许珠是“寄居之人，不能料耳”。她只好写信回鹿港，请求母亲转告公公，代为“摆桌”求天公庇佑。

> 敬禀者，兹去月叩别母亲，朝夕怀念。但是叩祝神天庇祐，老母身体康泰，长亨〔享〕遐龄。惟不孝女，前以〔已〕得一疾，至今暂暂未得全〔痊〕愈。而前日仝〔同〕居菜姑[2]代求本境关帝爷信签，指点信女叩求上苍，本欲在唐叩求，碍咱寄居之人，不能料耳。兼又未知地方法道，叩请慈亲，将此情禀过杉行街父亲代备办香按〔案〕棹〔桌〕，立天台，代求天公庇祐愚媳妇得均安。如是得回鹿者，自当叩奉。如是不得回台，自当付去艮项，以为谢资。惟望母亲若通知公公，切要立天台棹求祐，当信杯为一。若是允

1 今泉州石狮市永宁镇外高村的英济庙。

2 菜姑：方言，斋姑，指带发修行的妇女。

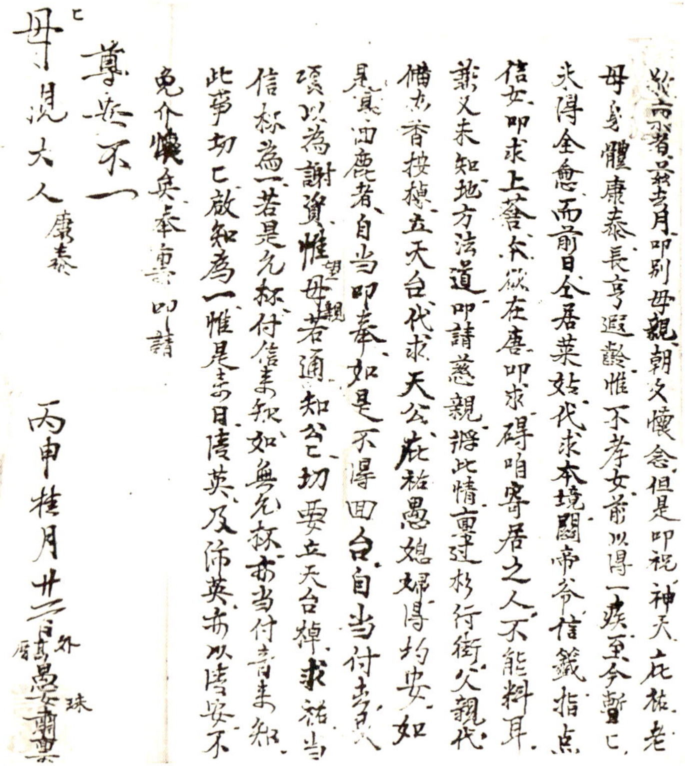
兹示者，吴於去月叩别母亲，朝夕怀念，但是叩祝神天庇祐，老
母身体康泰，长亨遐龄。惟不孝女前以得一疾，至今暂暂，
未得全愈，而前日全居菜姑，代求本境关帝爷信签指点，
信女叩求上苍，衣狱在唐，叩求碍咱寄居之人，不能料耳。
兼又未知地方法道，叩请慈亲将此情由过於行街，父亲代
备香烛，棟五天台，代求天公庇祐，愚媳妇得均安，如
是真个应者，自当叩奉，如是不得回台，自当付去，
还以为谢资。惟望母亲若通知，公公切要立天台棹，求祐当
信标为一。若是允标，付信来知。如无允标，亦当付信来知。
此事切切，敬知为一。惟是去日侍英及佩英，亦以侍安，不
免介怀矣。奉书叩请
尊安不一
母亲大人 康泰
丙申桂月廿一日 外孙 愚女珠 禀

1986年9月28日，许珠给母亲去信

杯付信来知，如无允杯，亦当付音来知。此事切切，启知为一。惟是来日，清英及沛英亦以清安，不免介怀矣。奉禀，叩请

尊安不一

上 母亲大人康泰

丙申桂月廿二日外高厝 愚女珠肃禀

迁居晋江的许志湖，也通过书信继续经营留在鹿港的春盛号。在许家文书中出现了谦和号的当家许志湖和其弟许志

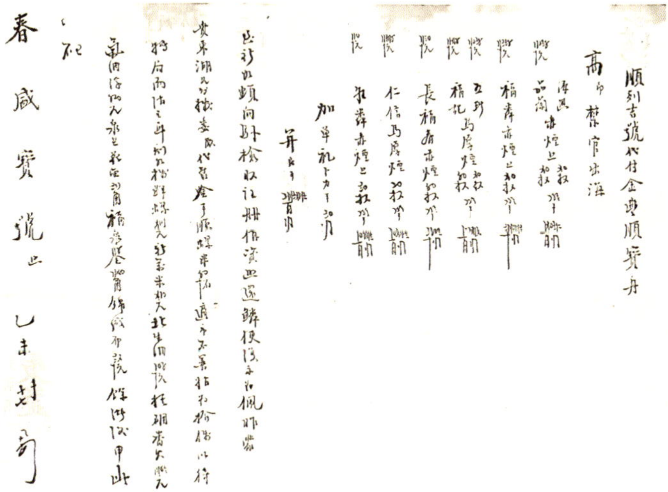

1896年1月1日，永宁东益号给春盛号的货单，并说明市场状况以及物价

坤两个家庭的成员、店铺伙计、商业伙伴、有租店或借贷关系的人物等。许志湖与其弟许志坤两家始终同居共食，直至1923年才分家。两兄弟显然关系相当密切，因此许家文书中也有许志坤家相关的往返书信。许志坤于1865年娶诏安厝庄

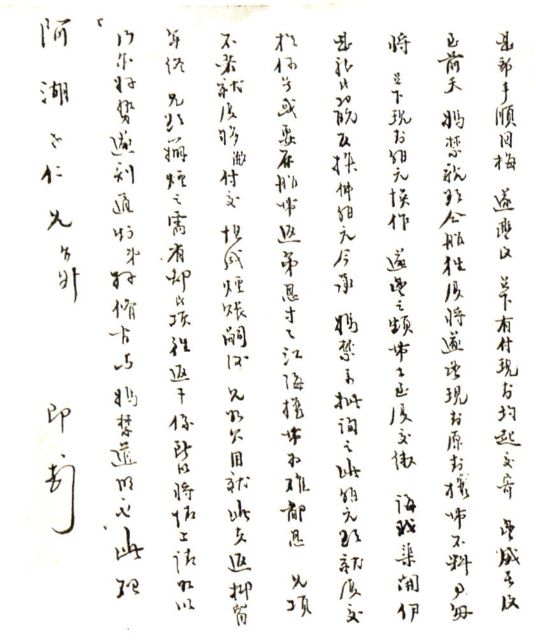

1896年1月初，永宁东益号给许志湖去信说明高妈禁前天往厦门之际，错将春盛号银项带往厦门，询问该银项如何处理

张连，育有许经头、许启固、许经荣三子及一女许美。许美许配染郊胜兴号的蔡敦波。蔡家与许家有非常密切的贸易、金钱往来，因此也经常出现于许家文书中。

许家文书中数量最多的是泉州永宁东益号与鹿港春盛

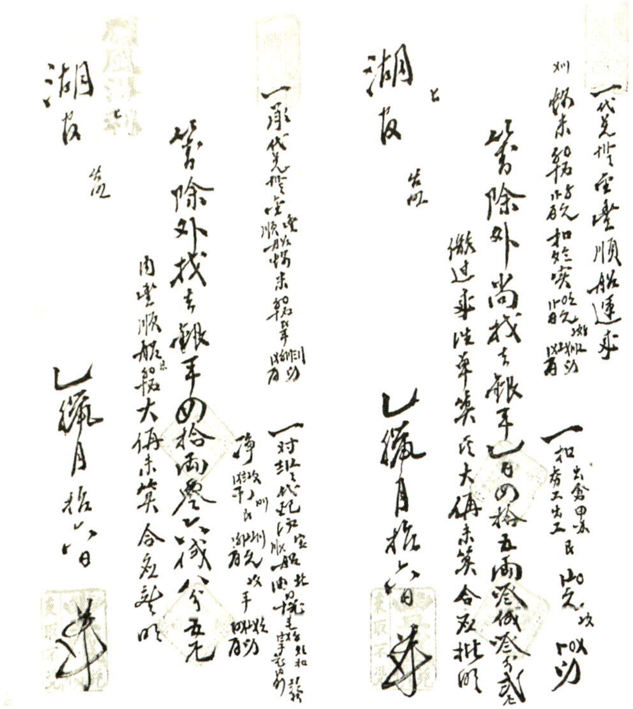

1896年1月30日，泉州丰盛号给许志湖的代兑清单

号之间的商业信函。在这些信件中，两家商行互相通报当地货品的价格，还包括不少货单和代兑清单。这些资料展现了鹿港、泉州以及厦门三个市场之间的竞争和联系。

许志湖家族虽然一度有全面放弃鹿港的产业、举家迁回泉州的想法，但是随着鹿港的形势逐渐稳定，许家人又面临新的抉择。

> 现时日本军队比前大不相同，今军兵不敢入房串户，诸事甚然，官头大有约束，人民甚好安居。

1896年11月7日，许珠的丈夫（在鹿港经营昔时号）写信给她，说日本军队的军纪有所约束，为了孩子的教育，劝许珠及其家人返回鹿港。许家人还来不及做出决定，半年后，台湾岛内鼠疫大流行，又有土匪作乱，返台的事只得再次搁置。

> 皆谓因查病人，灌食药水，十死无一生。兼又不分有无之病，硬护医院，于是难安，即多人逃避此难。台北生理现亦停止，因土匪复炽耳。敝家属暂缓东渡，以候我鹿平安举行未迟。[1]

1 1897年5月29日，蔡敦波写给岳父许志坤及岳伯父许志湖的家书。

在这纷繁复杂的局势中，许家人的心情如同那随风摇摆的秋叶，在定居泉州与返回鹿港之间犹豫不定，难以抉择。而清王朝的内忧外患犹如乌云压顶，对闽台贸易整体而言亦是沉重的打击。面对生活的不确定，许志湖最终在日本殖民当局要求民众选择国籍的最后期限（1897年5月8日）到来之前，返回了台湾。这或许是个屈辱的选择，但是对那时不少内渡回大陆最终又选择重返台湾的郊商来说，也是一个无奈的选择。他们被时代的洪流裹挟，无法抗拒命运的安排。

许志湖家族文书那些泛黄的纸张上密密麻麻的字迹，见证了许家的兴衰荣辱，也见证了那个动荡时代的风云变幻。每一封都仿佛是一幅生动的历史画卷，让人感慨万分。

如今，当我们翻开这些文书，仿佛能够穿越时空，回到那个充满艰辛与无奈的年代。我们能够感受到许家人的坚韧，也能够体会到他们在那个时代的身不由己。这些文书，是我们了解历史、铭记历史的重要载体，也是我们传承家族精神、弘扬民族精神的重要纽带。

（洪晓静）

# 饮水本思源　菽庄联两岸

## ——板桥林家林尔嘉家书故事

一册薄薄的书信手稿，浸染着沧桑岁月的痕迹，被珍藏于中国闽台缘博物馆的库房之内。如果不曾细读，谁能想得到，这本不起眼的书信手稿集竟是由一个特殊时代蜚声闽台两地的风云人物写就。它们联结两岸，记录着一段历史，记录着在时代变迁之中人物的足迹和生活点滴。

### 一、爱国的实业家

覆〔复〕林熊征函（农历）七月十九日（阳历）八月二十日

薇阁大娃鉴，如晤顷接，来缄备悉，一是祥侄喜事，弗获前往为歉，昨经函陈计早收贤比途，新夫妇琴瑟稣鸣，高堂喜溢至为泞幸。来缄陈及台湾建设中学一节，藉〔借〕以陶铸民人发展教育，为全岛造无量幸福，鄙意极所赞成，寄附之款。吾家为全台属〔瞩〕目，自应勉力筹助。俟各房集商，议决方好函复，先此覆〔复〕知。

即询　　时祉　　　　　　林〇〇（即林尔嘉）泐

1913年，此时林尔嘉已经从台湾内渡多年，生活在厦门鼓浪屿。以上信件是他写给在台湾的侄儿林熊征的。林熊征，字薇阁，号肇权，是板桥林家的第六代，孙中山革命活动的赞助人之一，台湾知名企业家。在信中，林尔嘉除了对侄儿的婚事表示祝贺之外，还提到侄儿正在台湾建设中学，对此极为赞赏，表示将寄款支持。林尔嘉人虽在大陆，但依然关注家乡台湾的各项事务。

林尔嘉，字菽庄、叔臧，别名眉寿，台湾五大家族之一板桥林家之后。1778年，林家先祖林应寅携子林平侯从福建龙溪赴台，在台湾开馆授课，以教书谋生。到林尔嘉曾祖林平侯一代，他拓荒垦殖，兼营商业、航运等，使林家成为富甲一方的台湾大家族。林平侯有五个儿子，房号分别为“饮记”“水记”“本记”“思记”“源记”，合起来便是“饮水本思源”。林平侯以此告诫子孙不可忘祖

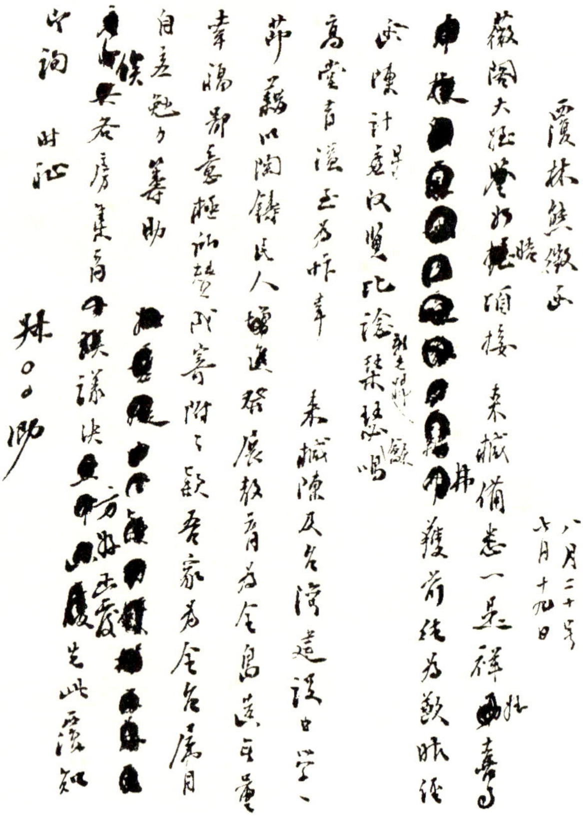

林尔嘉复林熊征书信手稿

籍，不可忘来处。林家事业蒸蒸日上，到三房林国华之子林维源时期，板桥林家的财力和政治影响力在台湾都达到顶峰。林尔嘉为林维源长子，他原名陈石子，是厦门抗英名将陈胜元五子陈宗美的嫡长子，6岁时过继给林维源夫妇，为板桥林家第五代。1895年清政府割让台澎之后，林维源不愿留居台湾，携眷内渡回到厦门，居住在鼓浪屿。此时林尔嘉21岁，他追随父亲，也回来定居在鼓浪屿。

1905年林维源去世，林尔嘉继续生活在鼓浪屿。他大力兴办实业，热心公益事业，发起建设厦门地区的电话、电灯、自来水及公路建设等项目，为厦门城市的近代化建设做出了贡献。他十分重视教育，主张女子与男子一样入学读书。他捐资督办，将漳州丹霞书院改为福建第二师范学堂，创办了泉山高等女子学校、华侨女子学校，捐资兴建厦门同文书院、厦门大同学校等，推动民国时期闽南地区教育事业的转变和发展，至今仍为人津津乐道。从以上林尔嘉写给侄儿林熊征的信件，我们也不难看出他对教育事业的支持。

在手稿里其余的书信中，有林尔嘉回复商会等处电文、信函的草稿，体现了他作为一名实业家的务实。如1912年北洋政府工商总长致林尔嘉电函如下：

> 春间奉大总统面令，欢迎我公回国经营实业，诸事当经托张弼士、陆佑二君转达，谅邀鉴及顷复。奉大总统面令，现在时局安定，兴产殖业正值好机，敦请我公回国等语，伏念我公宏才硕学，中外同钦，务

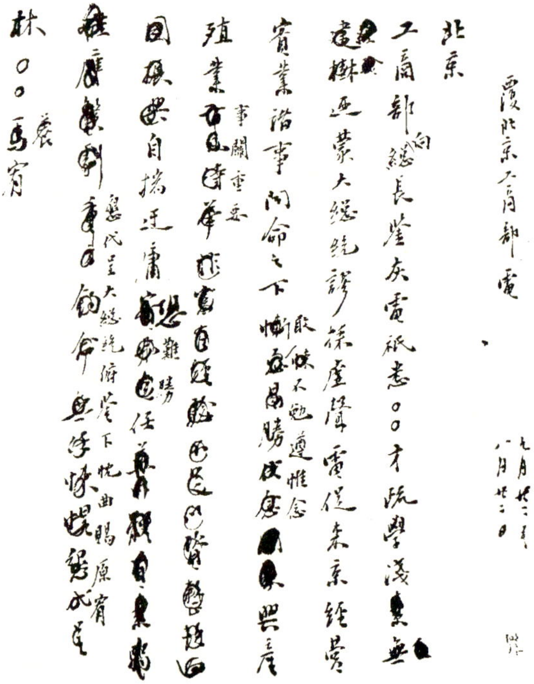

林尔嘉复北洋政府工商部电文手稿

望翩然肯来，勉应嘉招，何日启程并希电知，无任欢迎，代工商总长向瑞琨灰印。

而林尔嘉回复如下：

覆〔复〕北京工商部电（农历）八月二十二日

（阳历）九月二十二日

北京工商部向总长鉴。灰电祗悉，○○〔尔嘉〕才疏学浅，无建树，遇蒙大总统谬采虚声，电促来京经营实业诸事，闻命之下敢不勉遵惟念，兴产殖业事关重要，自揣迂庸，恐难胜任，恳代呈大总统府鉴下，忱曲赐原宥。

林○○〔尔嘉〕□宥

1915年，袁世凯阴谋复辟，其福建党羽诱胁林尔嘉上“劝进表”，被严词拒绝，亦可见其头脑清醒，始终有自己的底线。

## 二、爱国的诗人

林尔嘉的书信手稿涉及的人物众多，他们都是当时在闽台两地有重要影响的人物，比如陈省三（即陈望曾）、江杏邨（即江春霖）等。他们不仅是与板桥林家有姻亲关系的人物，还是林尔嘉所创立的菽庄吟社的重要成员。菽庄吟社，这个充满爱国主义色彩的诗社，集结了当年海峡两岸众多有识之士和文人才子，堪称近代闽南诗坛最重要的诗社。

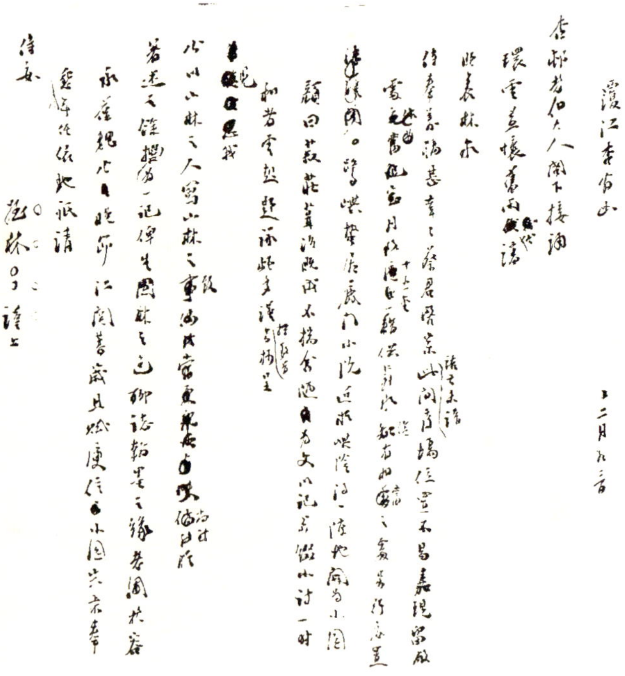

林尔嘉致江春霖书信手稿

在书信手稿中，有一封林尔嘉致江春霖的信件，从信中可知他与江春霖通信频繁，往来颇多。江春霖（1855—1918），号杏邨，晚年号梅阳山人，莆田人。他不畏权贵，敢于直言，时人称其为“清御史第一人”，曾弹劾庆亲王奕劻、袁世凯等权贵重臣，后于1910年出京归养莆田。江春霖的品格为两岸士人所共同敬仰，台湾诗人罗秀惠有文赞曰：

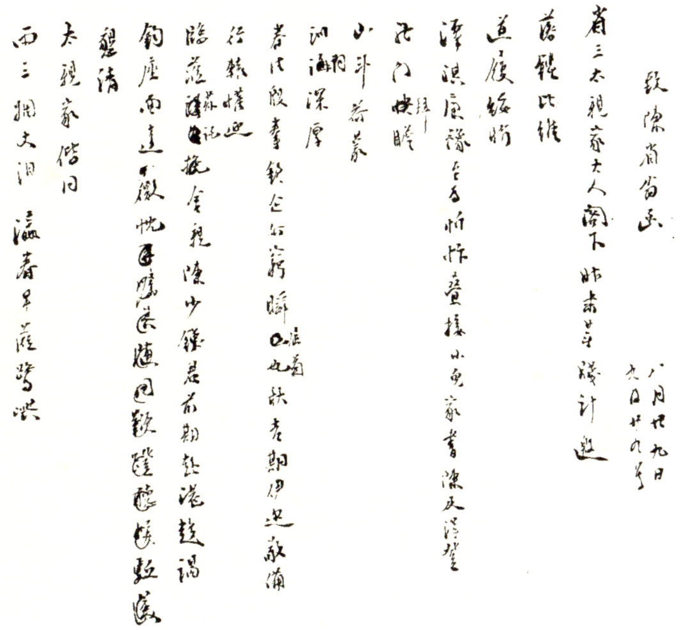

林尔嘉致陈望曾书信手稿

“人群推其风米，士类仰乎耆英”。曾经的御史江春霖也是菽庄吟社成员，与许南英、施士洁、汪春源等内渡回来的台湾士绅和诗人都有交情。他们同样满腔爱国情怀，而又怀着报国无门的遗憾。

在书信手稿中，还有多封林尔嘉与陈省三的信件，通过书信可知林家与陈家有姻亲关系。陈省三（1853—1929），名望曾，号鲁邨，别署安平遗民；祖籍漳浦，生于台湾台南，同治年间中进士。他坚持气节，割台后携眷内渡，支持民主革命，后曾任广州知府、广东劝业道道尹。

那么，林尔嘉的这些书信是在哪里写成的呢？故事还得从林尔嘉随父亲林维源内渡到厦门说起。当时他们居住在今天鼓浪屿鹿礁路的林氏府，那里是林维源从英国船长手里买下的，后来一直都是林尔嘉一家起居生活的地方。林尔嘉于1914年在中间建了八角楼，成为林氏府的中心。八角楼为巴洛克式建筑，华贵与威仪并存。林氏府同时也

林氏府（康伦恩供图）

是菽庄吟社的雏形——“浪屿诗坛”的活动中心。

1913年，林尔嘉在鼓浪屿东南山麓的港仔后建花园，以其字“叔臧”谐音取名菽庄花园，圆了林尔嘉思念台湾故居的梦。林尔嘉撰文镌石云：

> 余家台北，故居曰板桥别墅，饶有亭台池馆之胜。少时读书其中，见树木阴翳，时鸟变声，则欣然乐之。乙未内渡，侨居鼓浪屿，东望故园，辄萦梦寐。癸丑孟秋，余于屿之南，得一地焉。剪榛莽，平粪壤，因其地势辟为小园，手自经营，重九落成。名曰菽庄，以小字叔臧谐音也。当春秋佳日，登高望远，海天一色，杳乎无极。斯园虽小，而余得以俯仰瞻眺，咏叹流连于山水间，亦可谓自适其适者矣。

1914年7月林尔嘉在这里成立了菽庄吟社，一时间闽台两地文人墨客云集，诸如上述书信中的陈望曾、江春霖等人皆是成员。

更重要的是，菽庄吟社从一开始就是内渡回大陆的台湾文士聚集吟咏之所，如著名的菽庄“三老”施士洁、许南英、汪春源。施士洁，名应嘉，号沄舫，生于台湾台南，祖籍晋江西岑（今属石狮市永宁镇），为1876年进士，后回台湾为白沙书院、崇文书院、海东书院等山长。乙未割台后，他痛哭台湾之失，耻为异族之民，拖家带口内渡归籍西岑故里，随后迁居厦门。在厦门期间，施士洁成为菽庄吟社的“祭酒”。他在诗作之中痛哭台湾的失去，更没有放弃“复台”的信念，这也是所有菽庄吟社成员的核心理念。许南英，字蕴白，祖籍广东揭阳，生于台湾台南，1890年中进士。1895年，台澎被迫割让之际，他投笔从戎，任团练局局长统领义军，之后被迫离台内渡。他内渡后辗转奔波，最终寄籍漳州。许南英为人刚毅果

林尔嘉与家人摄于菽庄花园（陈亚元供图）

敢，有将帅之风，而他的诗作则别有一番家国幽思，读来令人唏嘘。1915年他被聘为“钟社诗友”（诗钟是流行于福建地区的限时吟诗文字游戏，故当时菽庄吟社以诗钟为号召，亦有“菽庄钟社”之称）。汪春源，字杏泉，号少羲，晚署柳塘，祖籍福建南安，生于台湾安平。1895年清廷与日本签订丧权辱国的《马关条约》时，正在北京参加会试的汪春源与台湾举人罗秀惠、黄宗鼎，联合在京的台籍官员李清琦、叶题雁，发起了反对割让台湾的“五人上书”。此后，他举家内渡，寄籍漳州。

除了内渡的台湾文士之外，由于林尔嘉雅好诗文，又为人慷慨、交游甚广，因此菽庄吟社一经成立便迅速汇聚起闽台乃至南方很多知名文人，成为当时两岸诗人交流的重要平台。

林尔嘉本人也创作了为数不少的诗歌，其诗作抒发忠义爱国之心，同时表达了自己的清高守节之志。1945年台湾光复，林尔嘉欣喜万分。其时他恰在上海，遂登上上海国际饭店的高楼，赋诗云“还我河山偿我愿，登临更上几层楼”，又作《乙未割台湾，挈眷归原籍龙溪，五十有余年矣，乙酉台湾收复，余旅沪辄思回台，未能立即成行，感慨四绝志之》，云：“看到瀛东复版图，年过稀古老狂夫。故人来道故乡事，无恙河山风景殊。”此家国之情令人感慨。

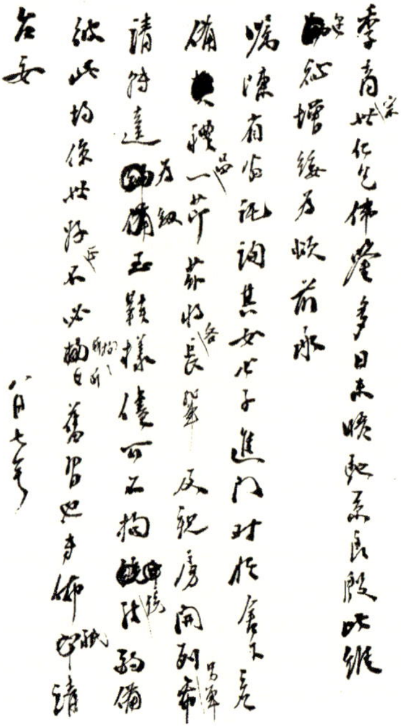

林尔嘉致族兄林季商书信手稿

在鼓浪屿时，林尔嘉留下了很多诗文手稿，与板桥林家家族成员也有不少信件往来，它们见证了林尔嘉复杂的人际关系网和当年海峡两岸的风云变幻。收藏在中国闽台缘博物馆的这册手稿，虽然只能窥见林尔嘉在大陆生活的一角，但从中依然可以感受到林尔嘉的爱国之情，以及对于亲朋故友的慷慨仁心。

诗人和实业家的身份之外，林尔嘉同时也是一个大家族的家长。在书信手稿中，可以窥见林尔嘉对于家族事务、对儿女婚事等的安排，可谓周到诚恳。如林尔嘉写给族兄林季商（即同住在鼓浪屿的林祖密）的信件，问候殷切（“多日未晤，驰系良殷”），交代季商传达各房准备的礼品等事宜，并表示“彼此均系世好，不必拘旧礼也”。他在给亲家敬祥的书信手稿中，对子女婚礼诸般细节做了交代。其手稿中也有林尔嘉写给岳父母的家书。这些书信手稿让我们看到了林尔嘉的另一面，更为私人的一面，这也让他的形象更加立体丰富。

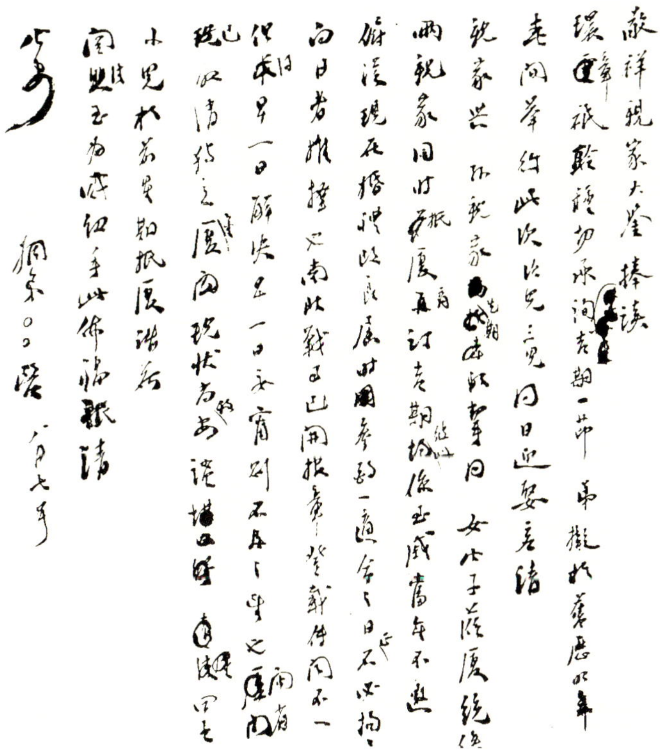

林尔嘉致亲家敬祥书信手稿

乙未割台之后，沧桑巨变，台湾世家大族和文人群体内渡，他们的生存状态和爱国情怀，林尔嘉的书信手稿为后人提供了窥探、体会的窗口，也让我们更真切地感受到特殊时期的“两岸一家亲，闽台亲上亲”。故乡容纳了远方游子的回归，而游子也从未曾忘记家乡。

（庄小芳　陈晓岚）

# 八卦楼与板桥林家的钱庄命运

## ——许桂芬家书故事

桂芬吾儿收知：

兹三月初一日接到263（此处用苏州码书写）元，来安禀一书，诸情备悉一切。……至此，命运颠倒，机会不美，财利难求，难以遂心，枉费心神无益，不如收拾深堂，坐辞职归家养老，以尽其孝，教督孙儿，以图后会，再为筹谋设法，以冀进身之地，有何不可。……祈勿以父之老耄失精神，不识时势而冒言俚野之词，言语有想不合吾儿之意思，切勿唐突，父子之间必能原情赐谅，幸幸。余难尽笔，容俟后达。

辛酉三月初二早父祺手书示

1921年许桂芬收到父亲许颂祺4月9日（农历三月初二）写来的家书，字里行间言之谆谆、用心良苦。此时许

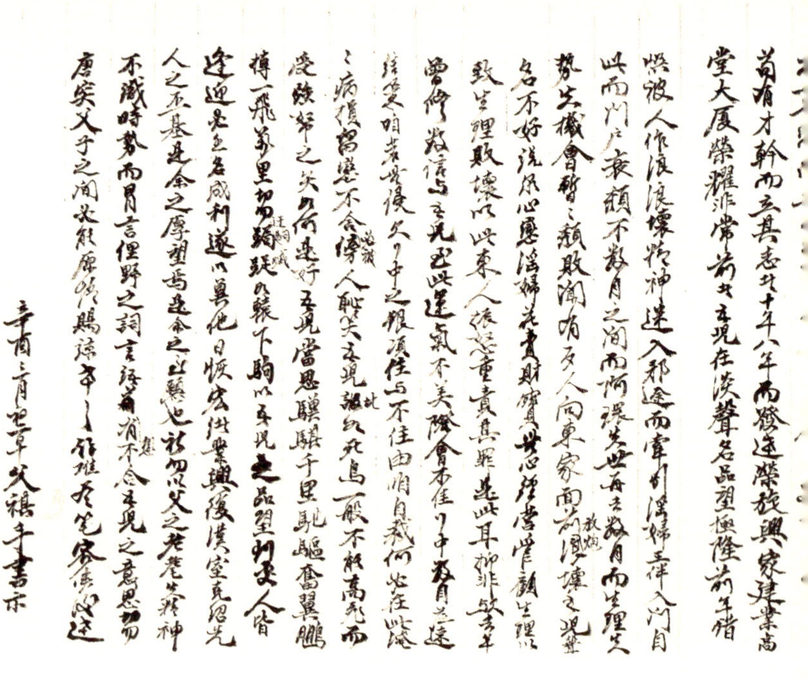

1921年4月许颂祺写给儿子许桂芬的家书

桂芬还在台北的金长厚钱庄当襄理，他心里有苦说不出，因为他供职的这家板桥林家所属的钱庄出现了经济危机，而这与东家林鹤寿在厦门耗巨资兴建八卦楼息息相关……

## 一、许桂芬与林鹤寿

中国闽台缘博物馆收藏着1920年至1924年间许桂芬与父亲许颂祺、妹妹许祖京、儿子许宗伟、侄子许宗椿等人的信件共计10封。要解读这些信件，不妨从许桂芬和他的东家林鹤年说起。

许桂芬，晋江十一都埭边乡（今晋江市英林镇埭边村）人，受雇于台湾板桥林家林鹤寿，供职于台北金长厚

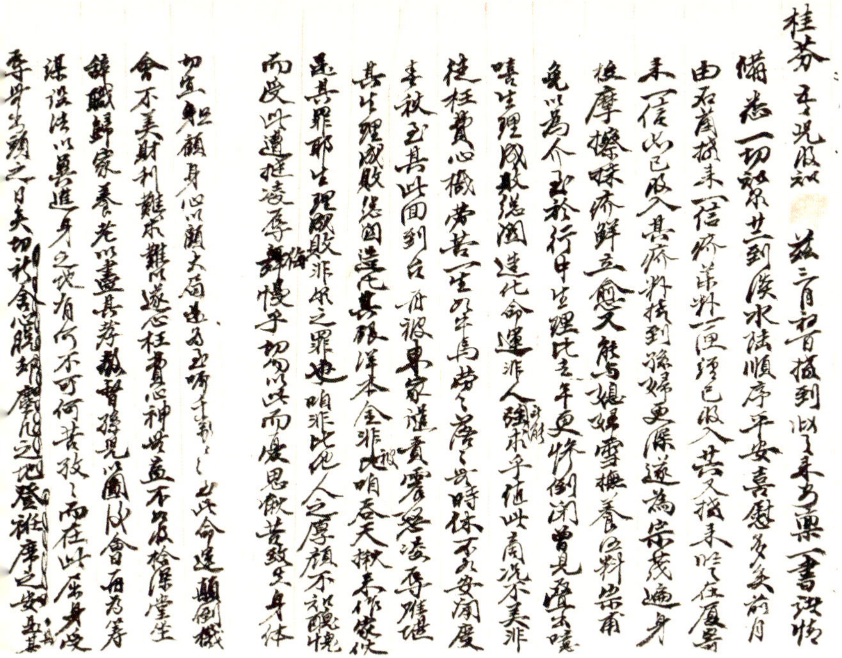

钱庄，1921年下半年到厦门的建祥钱庄供职，1922年初回家乡晋江。

林鹤寿（1881—1937），字兵爪，为板桥林家林维源的侄子，人称“二孙爷”。在林维源的众多子侄辈当中，他经商才能最佳，林维源也很信任他，许多经济事务委托给他办理。他除了管理林家在台湾的产业，还曾在厦门水仙宫开设建祥钱庄，在上海开办鹤木公司。

林鹤寿像

## 二、台北大稻埕与金长厚钱庄

从这些信封上的地址可以看出，金长厚钱庄位于台北大稻埕南街二十九番户。钱庄设在这个地方，与大稻埕的发展及两岸对渡有密切关系。

1684年，即康熙二十三年，清政府在厦门正式设立闽海关，首开厦门与台湾南部鹿耳门单口对渡。1784年，即乾隆四十九年，清政府又开泉州蚶江与台湾中部鹿港对渡。1792年，即乾隆五十七年，再开福州五虎门与台湾北部淡水厅八里坌对渡。1810年，即嘉庆十五年，从“指定口岸，令其对渡”，变通为准许厦门、蚶江、五虎门船只互通台湾三口。当时有句台湾俗语“一府二鹿三艋舺”，描述台湾全岛三大港市的盛况，它们分别为今天台南市的中西区与安平区、彰化县鹿港镇和台北市万华区。这句俗语也反映了台湾由南至北的开垦史，以及各地依赖海洋贸易的情况。

清末，清政府与列强签订不平等条约，开放台湾安平、淡水等港口为通商港口，1860年，淡水正式开港，但实际起卸货物的口岸包括艋舺和大稻埕。不久后，艋舺因为河沙淤积，船只大都停靠在大稻埕码头。大稻埕于是逐渐取代“一府二鹿三艋舺”中的艋舺，成为北部的商业

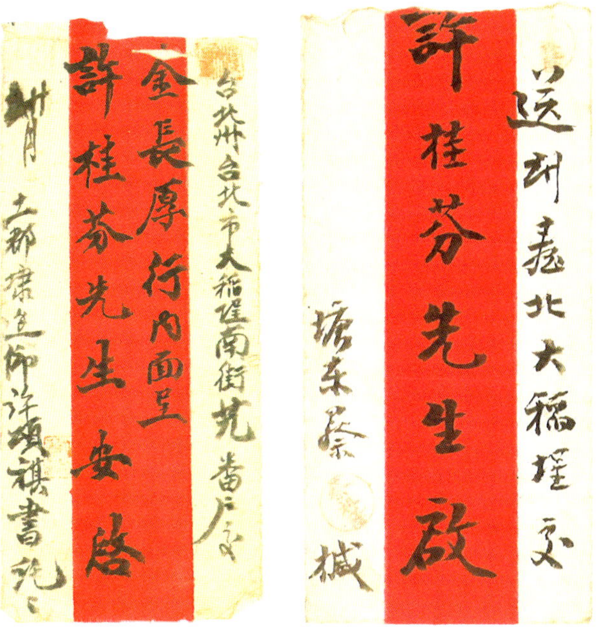


信封上金长厚钱庄的地址为台北大稻埕

贸易中心。1885年，清政府决定将台湾改设为省，刘铭传任首任巡抚。他下决心要大力推动新式建设，当时在大稻埕的南端兴建了“台北火车票房”（台北车站前身），以发挥大稻埕北部货物集散中心的优势，此举更加带动了附近街区的繁荣。也是在这个时期，板桥林家的林维源与富商李春生合资开设建昌公司，在大稻埕辟千秋、建昌二街（今贵德街），兴建洋楼店铺，出租给外商使用。此后各

1923年的信封上的地址已改为永乐町

国领事馆先后在此设立，大稻埕更是商机蓬勃、洋风鼎盛。金长厚钱庄开在这里可谓得地利之便。

1920年11月1日，日本殖民者废除原有台北厅直辖的艋舺、大稻埕、大龙峒三区，设立台北市，隶属于台北州。大稻埕被划为港町、永乐町、太平町、日新町、下奎府町、建成町、上奎府町。虽然“大稻埕”这个行政区划已经被裁撤，但当地人依旧用“大稻埕”这个名字来指代该区域。这些名称从许桂芬的信件中可以得到印证。

## 三、厦门水仙宫与建祥钱庄

从信封上的地址可以看出，建祥钱庄位于厦门水仙宫街。那么这家钱庄是板桥林家什么时候开的？它所在的水仙宫街的发展历史又是怎样的呢？

1895年，因甲午战争落败，清政府被迫割让台湾及澎湖列岛给日本。林维源举家内迁，定居鼓浪屿。林维源在

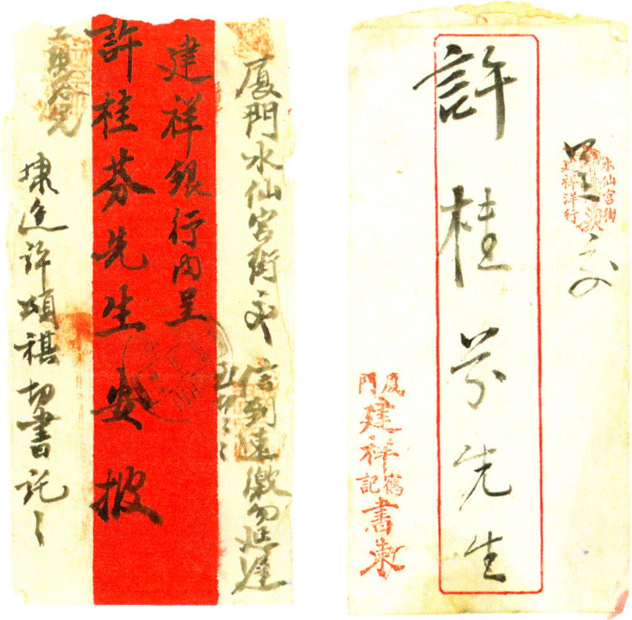


信封上建祥钱庄的地址为厦门水仙宫街

1905年去世前，于众多子侄中选择颇有经商才能的三弟林维得之子林鹤寿，将许多商业事务交给他办理。林鹤寿接手家族生意后，在厦门水仙宫街开设建祥钱庄，而许桂芬成为林鹤寿聘请的“职业经理人”。从父亲许颂祺给许桂芬的信件中可知，许桂芬原本供职于厦门建祥钱庄，后来到台北金长厚钱庄当襄理。

建祥钱庄位于厦门水仙宫街，街名来自水仙宫，水仙指

约翰・汤姆逊于1870年拍摄的水仙宫

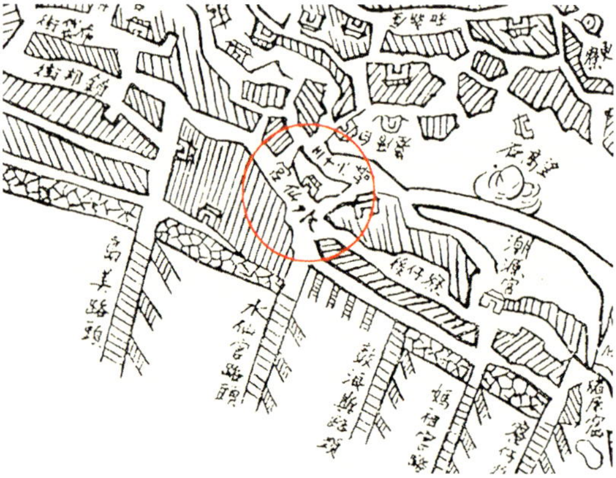

水仙宫位置图

水神。乾隆年间修纂的《鹭江志》记载："水仙宫在望高石下，坐山面海，祀大禹、伍员、屈原、项羽、鲁班诸神，明初所建。"从著名英国摄影家约翰·汤姆森在1870年拍摄的两张照片中，我们有幸一睹水仙宫的历史原貌：水仙宫依岩石而建，一半挑出，一半"隐藏"在巨石里。这就难怪清人陈迈伦在诗中这样描摹水仙宫的胜景："鹭门禹庙落成初，胜景层开接太虚。斜磴人来悬壁上，危亭极目大荒余。"

这里原是厦门五大古澳口（因海岸线曲折而形成的天然港口）之一神前澳的南岸，依次排列着水仙宫路头、妈祖宫路头、寮仔后路头、鱼仔路头、龙泉宫路头等码头。水仙宫

八卦楼（林乔森供图）

位于水仙宫路头。1930年，随着城市改造，水仙宫街改为水仙路；1966年8月更名为向阳中路，1979年10月恢复原名。

## 四、八卦楼与许桂芬任职的钱庄命运

从父亲许颂祺写给许桂芬的信件中可以看出，那时钱庄的生意已经陷入危机中。为何会出现经营不善的局面，查阅相关资料后，我们发现这与林鹤寿在鼓浪屿斥资建造的八卦楼有关。

1907年，林鹤寿开始在厦门鼓浪屿兴建八卦楼。此时林氏家族已然是鼓浪屿的名门望族，其发展与台湾密切相关。

根据板桥林家族谱的记载，林家第一代迁台始祖林应寅是福建漳州府龙溪县白石堡（今漳州市龙海区角美杨厝村）人。1778年他前往台湾开设私塾。儿子林平侯最初在米店帮忙，后来创立商号，经营土地开垦、盐务、海运等。1818年，林平侯携全家远迁大科坎（今台湾桃园市大溪镇），致力农业开发。他又招揽工人，拓垦淡水平原，还出资在三貂岭修建道路，打通淡水与噶玛兰（宜兰旧称）两地交通，从事米、盐运输。后来林家又迁到了板桥（今属台湾新北市），扎下根基。林家传至第四代，形成三大房，共同以“林本源”为商号，经林维源统管和发扬光大，终于发展成台湾的五大家族之一。

林家人似乎有营建宅院名楼的喜好。林维源仿造苏州留园建的板桥别墅，即林家花园，在他的倾心经营下，成为台湾最著名的私家园林建筑。林鹤寿的堂兄林尔嘉幼年时便生活在那里，随父亲内迁后，为怀念台北板桥旧居，他在鼓浪屿建了菽庄花园。20世纪初，鼓浪屿上的建筑大多是外国人建造的领事馆、洋行、教堂及洋楼等，林鹤寿心有不甘，且自恃财力丰厚，决定在鼓浪屿建造一座风格独具，能够纵览厦门、环视鼓浪屿的大型别墅。时任鼓浪屿救世医院院长的美籍荷兰人郁约翰得知此事，便免费为林鹤寿设计了八卦楼。八卦楼在设计之初就定下了"不计工本"的原则。但在1907年开工后，由于建筑体量大，需要大量建筑材料，而且石料、木料和红砖等选料极为考究，许多都购自外地甚至海外，有的还要定制，因此工程费工耗时，开支巨大。日子久了，经费开始出现严重不足，林鹤寿虽然典卖家产并以钱庄做了担保，但仍然不够。1913年，八卦楼因资金短缺而停工，不得已以大楼本身作为抵押，向日资台湾银行贷款继续建设。但此后建设工程也是断断续续、不时返工。苦撑到1920年，林鹤寿最终因资金问题宣告破产，当时大楼主体虽已建成但尚未封顶。他落寞地离开了鼓浪屿，再也没有回来过。

从1913年林鹤寿就开始变卖家产、抵押钱庄，作为他的

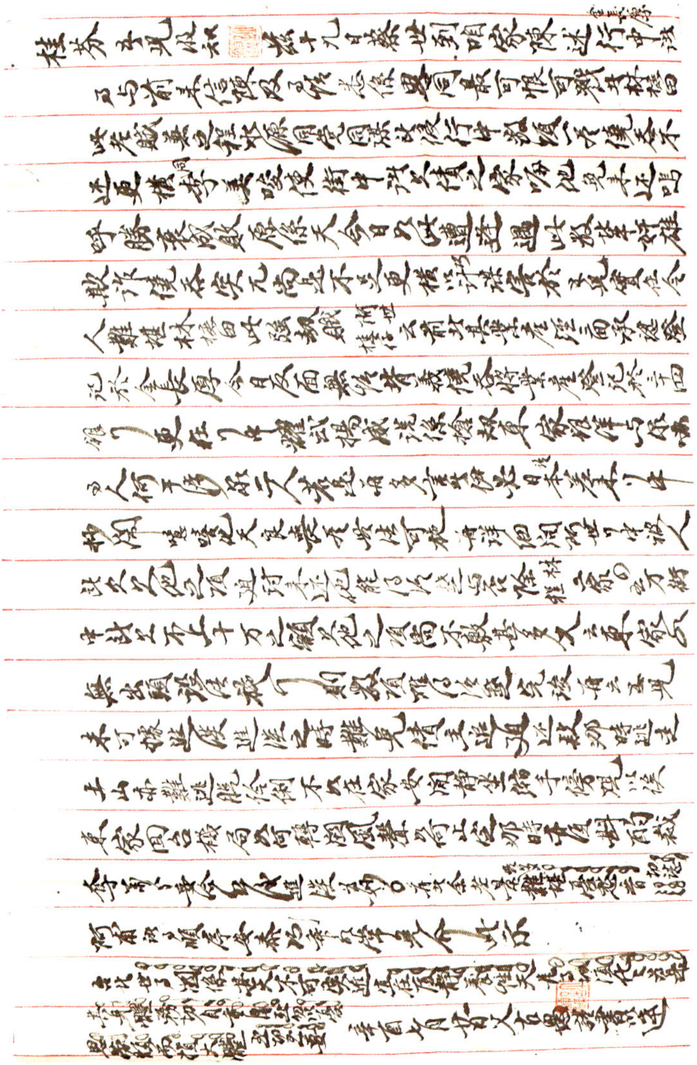

1921年7月许颂祺写给儿子许桂芬的家书

“职业经理人”，供职于台北金长厚钱庄的许桂芬也因此受到各方压力，心情极度压抑。从前文所录许颂祺写给许桂芬的信中可以看出一个父亲对儿子的担心。信里父亲一直在安慰儿子，并劝说他从台湾回大陆。1921年7月，许颂祺再次写信给儿子，述及金长厚钱庄所面临的债务纠纷。信的末尾是这样说的：“台北世事关系甚大，不可突进，宜在厦静养性天，凡事切须化化为是，其身体务切自重，□至勿以忧思劳顿而损大体。”

1921年下半年许桂芬终于离开台湾，回到厦门的建祥钱庄，台北金长厚钱庄由黄玉对接管。中国闽台缘博物馆所收藏的许桂芬相关信函中，有一封是侄子许宗椿1921年写给他的，其中抄录了林鹤寿的“公函”。信中说道：“桂芬吾叔大人尊鉴：敬查于贰拾日曾致两安，缄内布各情料早投呈，鉴及即日承黄君玉对邀来二孙爷手谕壹缄，披诵之下悉玉对君经承二孙爷委任箱〔襄〕理金长厚等事，刻□□要结算三年之账，经在清算中急付明后天寄册往申二孙爷便览，如何整理均未得其详，匆此禀，并请。旅安。侄宗椿拜上。”信件后半部分抄录林鹤寿的函件内容：“兹将二孙爷来函列呈：金长厚当事鉴，兹任黄玉对君监督该行事务，所有事件皆须经黄君认可，然后施行。

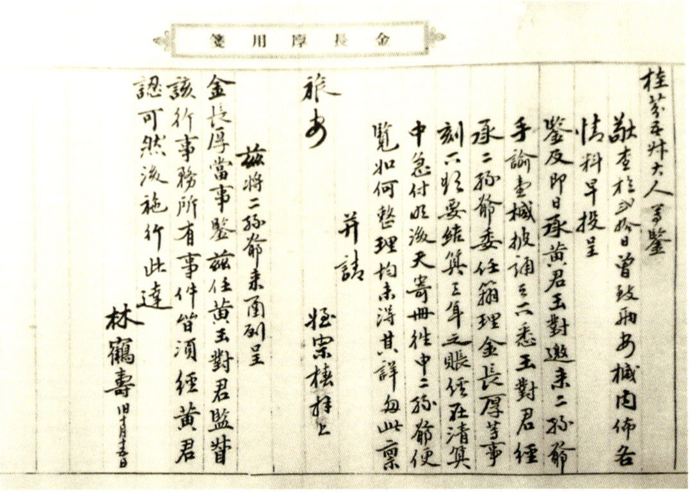
金長厚用箋

桂芬叔大人尊鉴

敬查于廿四日曾致函并械内附名

情料早投呈

鉴及即日承黄君玉对邀来二孙爷

手谕查械披诵已悉玉对君经

承二孙爷委任箱理金長厚等事

刻二孙爷要结算三年之账经在清算

中急付此后天寄册往中二孙爷便

览如何整理均未得其详兹此禀

并请

旅安

侄宗椿拜上

兹将二孙爷来函列呈

金長厚當事鑒兹任黄玉對君監督

該行事務所有事件皆須經黄君

認可然後施行此達

林鶴壽 旧十月十五日

1921年底许宗椿写给许桂芬的信（其中抄录林鹤寿来函）

此达。林鹤寿，旧十月十五日。”

而八卦楼的命运在此之后又经历了许多波折。1924年，日本领事馆接管了八卦楼，并对它进行了简单修整，楼顶加盖浅色的半圆顶，于此开办了“旭瀛书院鼓浪屿分院”。1937年抗日战争全面爆发，日本侨民撤退，八卦楼成了空楼。1938年至1945年厦门沦陷期间这里曾作为难民所，又复办“旭瀛书院”。抗战胜利后，八卦楼作为“敌伪财产”被国民政府接收，一度作为厦门大学的文学院新生院，但因无力维修，只得任其荒废。临近解放之际，八卦楼已然百孔千疮，十分萧瑟。中华人民共和国成立后，此楼收归国有，1954年政府拨款进行了全面维修。这里先后成为鹭潮美术学校（福州大学厦门工艺美术学院的前身）、中医学校、业余科技学校，以及厦门市电容器厂、计算机厂、电子研究所等单位的用房。1983年辟为厦门市博物馆后，厦门市政府于1987年对八卦楼进行了全面彻底的翻修，砖木地板更换成钢筋混凝土结构和水磨石地面，翻新了红色铁皮半球形楼顶，建筑整体保留了原有风貌。2004年厦门市博物馆搬迁新址，八卦楼成为鼓浪屿风琴博物馆。

从八卦楼的历史，我们不禁感慨：八卦楼的建设跌宕起伏，浓缩了林鹤寿的一生，以梦想开篇，却以梦碎而告终。八卦楼因资金短缺而停工的命运，也宣告了许桂芬经营的板桥林家所属的台北和厦门钱庄的落幕。

（黄善哲）

# 欲求台湾之解放，须先建设祖国

## ——连横家书[1]的家国情怀

《连雅堂先生全集》收录了连横一生的著作，其中包括《雅堂先生家书》一辑，里面有87封连横写给儿子连震东、女儿连夏甸的家书。一封封家书袒露着父亲对子女深沉的爱，以及通过家风践行的家国情怀。除家书外，其中还有一封相关的信件是连横写给好友张继[2]的。在家国危难之际，饱受日本殖民者欺辱的连横不忍儿子“永在异域，长为化外之人”，毅然将他托付给旧友照顾，但为保护和传承中华文化，连横本人当时选择了留在台湾。

1　本篇中的信件图片和释文援引、参考台湾省文献委员会编、1992年出版的《连雅堂先生全集》中的《雅堂先生家书》。

2　张继（1882—1947），原名张溥，字博泉、溥泉，别署自然生，河北沧县孙清屯（今属沧州市南皮县）人。民国时期的政治家、史学家、诗人，曾任参议院院长、国史馆馆长。

## 一、心系祖国，连横六次回大陆

连横（1878—1936），祖籍福建漳州府龙溪县（今漳州市龙海区），原名允斌，后改为横，又号剑花，自署雅堂，著有《台湾通史》《台湾语典》等。他出生在台湾府城（今台南市）宁南坊马兵营一个儒商家庭。

连横像

连横的祖辈来自湖北应山（今随州广水市），后迁到福建龙溪，清康熙年间渡海来台。湖北的远祖连舜宾注重文化教育，入闽始祖连南夫忠义爱国，迁台始祖连兴位也特别重视子女传统文化的熏陶。在这样的家风影响下，连横不仅自己身体力行，还特别注重家风传承，培养子孙后代的民族认同和家国情怀。

连横18岁时，国难家难接二连三。1895年，因甲午战争落败，清政府被迫割让台湾及澎湖列岛。他的父亲悲愤不已，当年便离世了。台南被日军侵占后，马兵营也被殖民者强行征购，连氏家族被迫离开了已经聚居200余年的故宅，流散各地。连横一家迁到台南的城西居住。面对国仇、父死、家破的悲痛，为了不做亡国奴，不入日本籍，1897年，他只身内渡，入上海圣约翰大学求学。入学之时，他把自己的名字改为连横，有“合纵连横”之意，亦欲仿壮士田横之义。

这是连横第一次回祖国大陆，他一生先后六次回大陆，报国光复之心始终如一。

是年秋，连横奉母命回台湾结婚，但新婚生活不能消减他对祖国的依恋。

1902年，他第二次回到大陆，捐纳取得监生身份，在福州参加了乡试。相传他所作的策论中“有过激语，于时忌”，被考官批曰荒唐，于是落榜。之后他到了厦门，受聘为《鹭江报》的主笔，经常发表一些进步文章，不久后又回到台湾。

1905年春夏之际，连横携妻挈子回大陆，打算留居厦门。他与爱国华侨黄乃裳创办《福建日日新闻》报，经常发表反帝反封建的文章，投身民主革命洪流。不久，《福建日日新报》因言辞激进遭查封。第二年秋，连横接到岳父在台去世的消息，不得已携家人重返台湾，担任《台南新报》汉文部主笔，并开始撰写《台湾通史》。

1912年，连横第四次回大陆。这一次，他用了三年时间，南到浙江，北过黄河，西溯长江，东出山海关，游历全国十一个省。得知政府要建清史馆，连横毛遂自荐，后受聘任协修，主要负责修撰拓殖志。他趁此机会阅读了清政府有关台湾的档案，对撰写《台湾通史》颇有助益。后因母亲和妻子来信催他回台湾，连横放弃了这份工作，重回台湾。

这一次的大陆之行，连横还做了一件大事，那就是在1914年1月31日，他向北京的国民政府呈文，请求恢复自己的中国国籍，并于2月5日获得批准。2014年，福建地方史专家洪卜仁在南京中国第二历史档案馆查阅档案时，偶然发现了连横当年“声请回复国籍”的“愿书”“保证书”和“令福建民政长准连雅堂回复龙溪原籍”的“内务部指令”等文件，让我们可以了解这位爱国人士是用怎样的实际行动表明自己对祖国的认同和忠诚。

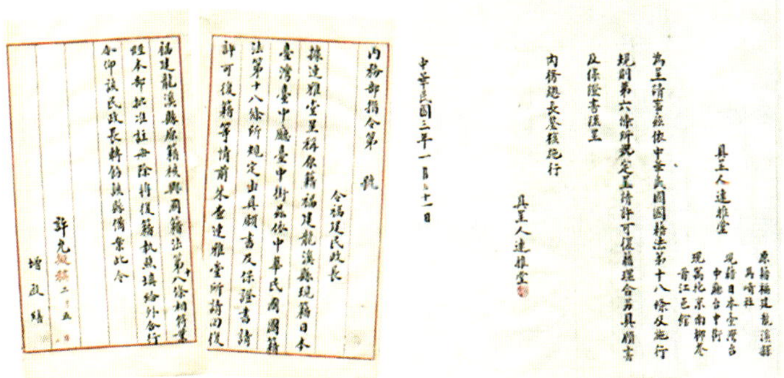
原籍福建龍溪縣
馬崎社
現籍日本臺灣台中廳台中街
現寓北京南柳巷晉江邑館
具呈人連雅堂
為呈請事茲依中華民國國籍法第十八條及施行
規則第六條所規定呈請許可復籍理合另具願書
及保證書謹呈
內務總長查核施行
具呈人連雅堂

中華民國三年一月三十一日

內務部指令第　號
令福建民政長
據連雅堂呈稱原籍福建龍溪縣現籍日本
臺灣臺中廳臺中街茲依中華民國國籍
法第十八條所規定由具願書及保證書請
許可復籍等情前來查連雅堂所請回復
福建龍溪縣原籍核與國籍法第八條相符業
經本部批准註冊除將復籍執照填給外合行
令仰該民政長轉飭該縣備案此令

连横“声请回复国籍”的相关文件

连横第五次回大陆是在1926年春。此次连横把家安在西湖附近，居住在杭州玛瑙寺近一年。但是1926年的杭州很不太平：秋天，北伐军在广州誓师北伐；年底，北伐军进驻江西，逼近浙江。眼看杭州将成为两军厮杀的战场，1927年初，连横带着家眷又一次匆匆返回台湾。

1933年，他第六次回大陆，这一次是举家迁居上海。那时日军在华北步步进逼，而国民党政府忙于“剿匪”，对日推行绥靖政策，时局混乱，但连横终老祖国的心一直没有变。抗战全面爆发前一年，也就是1936年，连横因肝病在上海去世，临终嘱咐儿子连震东：“今寇焰逼人，中日终必一战，光复台湾即其时。汝其勉之！”

## 二、岂能为“贱奴”，连横大陆“托孤”

连震东像

日本殖民统治台湾后，就逐步限制直至完全禁止汉语教学，强制台湾人学日语，甚至不许说闽南话。连横有一子三女，对于子女的教育，他“尤煞费苦心”。连横十分注重培养他们的民族意识和民族感情，让子女了解祖国，了解祖国的文化，对祖国有归属感，为将来贡献于国家民族做准备。

1929年，儿子连震东从日本庆应大学经济学部毕业回到台湾。为了不让儿子做“他族之贱奴”，连横早有让他“回祖国效命”的想法。1931年，他让连震东带着自己的亲笔信前往南京拜访张继。信件内容如下：

溥泉先生执事：

申江一晤，怅惘而归，隔海迢遥，久缺笺候。今者南北统一，偃武修文，党国前途发扬蹈厉。属在下风，能不欣慰。儿子震东毕业东京庆应大学，学经济科，现在台湾从事报务。弟以宗邦建设，新政实行，命赴首都，奔投门下。如蒙大义，矜此子遗，俾得凭依，以供使令，帱载之德，感且不朽。且弟仅此子，雅不欲其永居异域，长为化外之人，是以托诸左右。昔子胥在吴，寄子齐国；鲁连蹈海，义不帝秦。况以轩黄之华胄，而为他族之贱奴，泣血椎心，其何能恝！所幸国光远被，惠及海隅，弃地遗民，亦沾雨露，则此有生之年，犹有复旦之日也。钟山在望，淮水长流，敢布寸衷，伏维亮鉴。顺颂

任祺不备

愚弟 连横 顿首 四月十日

张继看到这封“托孤信”，被连横的真挚沉痛、大义凛然所感动，于是把连震东带到北平（今北京），亲自教导。此后，连震东又跟随张继到西安去工作。

连震东在大陆工作时，连横虽已年逾知命，但仍以“老骥伏枥”之志通过家书构筑起跨越海峡的文化课堂。在1926年至1931年间密集往来的69封家书中，这位父亲以近乎严苛的学者姿态，为儿子规划了“经史为骨、诗文为翼”的治学路径。如第14封家书中，他详列《史记》《资治通鉴》必读篇章；第27封家书抄录《楚辞》名句相赠，更在批注中留下“读史当如老吏断狱”的治学箴言。尤为特别的是，连横将习练书法提升至文化传承的高度，要求连震东“日课魏碑百字”，还在第60封家书中以朱笔批注其临摹《张猛龙碑》的笔法：“锋藏而气遒，已得汉隶遗意”。这种将书法视为民族文化基因的认知，在第82封家书中得到升华：“吾儿当知，一笔一画皆关文脉存续，若失此间法度，则华夏文章尽成绝响。”

## 三、浸透民族气节的启蒙教科书

翻阅《雅堂先生家书》，其字里行间流淌着一位父亲对子女的殷殷期望，更镌刻着一名知识分子在民族危亡之际的赤子丹心。连横曾说过，自台湾沦陷，家宅被毁，

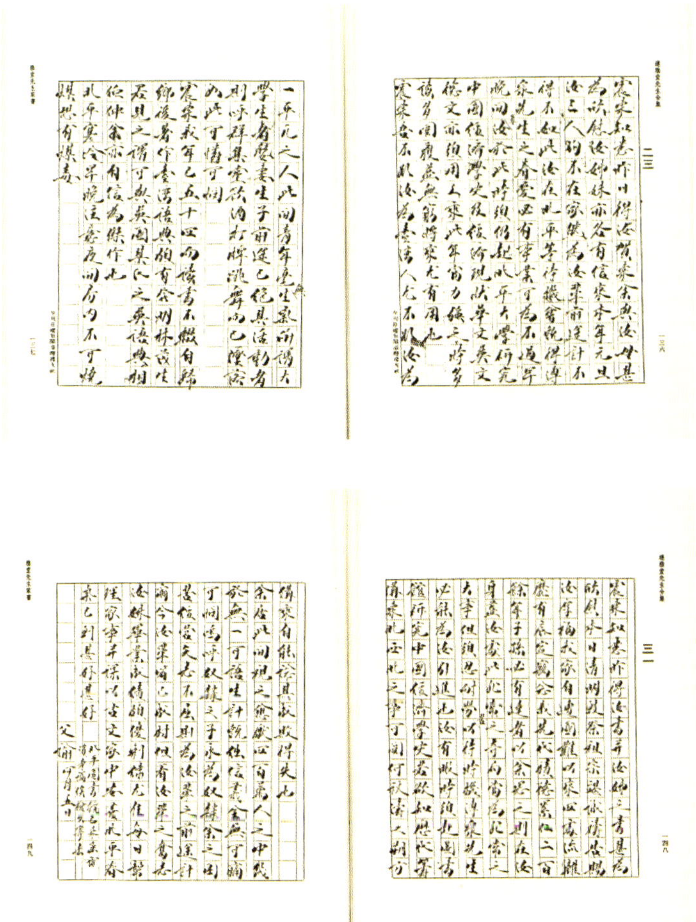

连横写给连震东的部分家书

三十多年没有定处，而对于子女的教育“尤煞费苦心”。他就是要用这样的苦心，将自己对祖国的认同和忠诚，对祖国文化的热爱，影响和传承给子女后代。连横以家书为纽带，将耕读传家的训诫与救亡图存的家国大义熔铸为一体。在台北书房明灭的烛光里，他书写着“愿儿曹力学，勿慕浮华”的慈父情怀，更传递着“欲求台湾之解放，须先建设祖国”的远见卓识。当山河破碎之际，他忍痛将独子托于挚友，自己却以孤臣孽子的悲壮坚守，用笔墨构筑起抵御文化殖民的精神长城。这87封家书如一部浸透民族气节的启蒙教科书，昭示着文化守护者以身为炬的觉醒之路——真正的家国情怀，既要有守护血脉亲情的柔肠，更需胸怀再造乾坤的铁骨豪情。

（黄　毅）

# 三 云程发轫

（1945—1949年）

# 只觉同胞遭苦难，敢将赤手挽狂澜

## ——林正亨家书故事

### 一

亲爱的母亲：

我以一半兴奋、一半悲伤的心绪写这封信给你，记起自南京别后已是九个年头。这漫长的征战中，以前曾在湖南写一封信寄表姐处转交给你，民国卅一年我回漳州的时候，寄一封信及相片由四哥处转寄，这两封信我都不敢相信能寄到。我们时时在想念你，也曾流掉了不少思亲的眼泪。我们想象你老人家一定也日夜为你烽火中的儿女焦愁，你那油黑的双鬓也随着时光变为苍霜。现在战争是胜利了，故乡也已经收复，你要为你作战九年的儿女光荣而骄傲……

……

在这神圣的战争中，我可算尽了责任。台湾的收

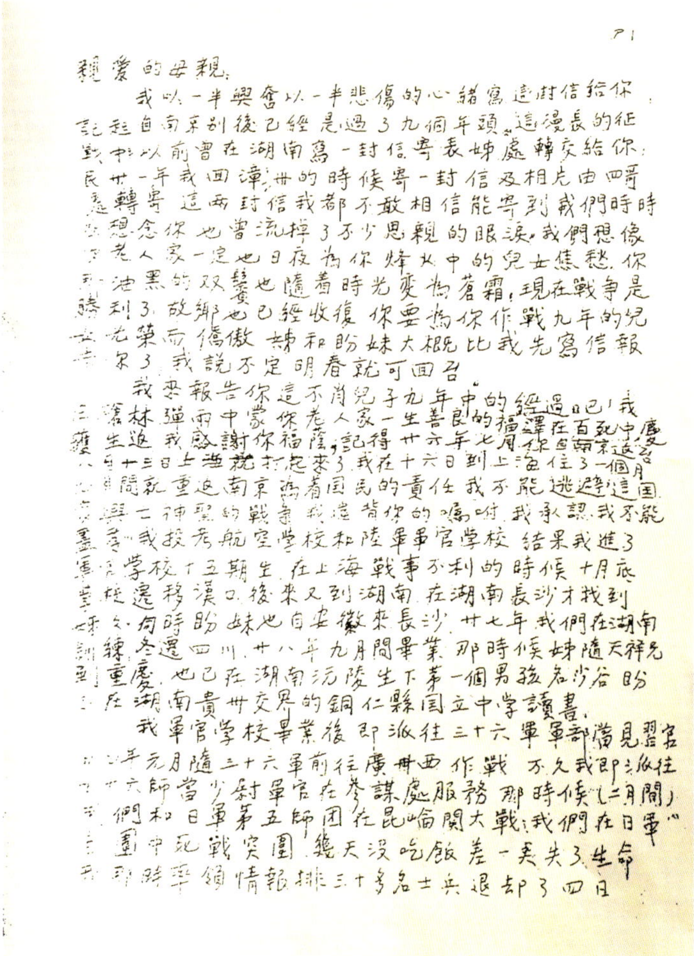

P1

親愛的母親：

我以一半興奮以一半悲傷的心緒寫這封信給你，
記起自南京别後已經是過了九個年頭。這漫長的征
戰中，以前曾在湖南寫一封信寄表姊處轉交給你，
民廿一年我回漳州的時候寄一封信及相片由四哥
處轉寄，這兩封信我都不敢相信能寄到。我們時時
都想念你，也曾流掉了不少思親的眼淚。我們想像
你老人家一定也日夜為你烽火中的兒女焦愁，你
那油黑的双鬓也隨着時光变為蒼霜。現在戰爭是
勝利了，故鄉也已經收復，你要為你作戰九年的兒
女光榮而驕傲。姊和盼妹大概比我先寫信報
告你了，我說不定明春就可回去。

我要報告你這不肖兒子九年中的經過吧！我
在槍林彈雨中蒙你老人家一生善良的福澤，在百死中慶
獲生還，我感謝你福蔭。記得廿六年七月你自南京返台，
八月十三日上海就打起來了，我在十六日到上海住了一個月
時間就重返南京，為着国民的責任，我不能逃避這国
家與亡神聖的戰争，我違背你的囑咐，我承認我不能
盡孝。我投考航空學校和陸軍軍官學校，結果我進了
軍官學校十五期生。在上海戰事不利的時候，十月底
學校遷移漢口，後来又到湖南，在湖南長沙才找到
姊姊，同時盼妹也自安徽來長沙。廿七年我們在湖南
訓練，冬遷四川，廿八年九月間畢業。那時候姊隨天祥兄
到重慶，也已在湖南沅陵生下第一個男孩名少谷，盼
在湖南貴州交界的銅仁縣国立中學讀書。

我軍官學校畢業後即派往三十六軍軍部當見習官，
廿九年元月隨三十六軍前往廣西作戰，不久我即派往
九十六師當少尉軍官在參謀處服務。那時候（二月間）
我們和日軍第五師团在昆崙関大戰，我們在日軍
包圍中死戰突圍，幾天没吃飯，差一点失了生命。
那時率領情報排三十多名士兵退却了四日

1945年10月30日，林正亨写给母亲的信（部分）

复，父亲平生的遗志可算达到了，要是有知，一定大笑于九泉。我的残废不算什么，国家能获得胜利强盛，故乡同胞能获得光明和自由，我个人粉身碎骨也值得。请母亲不要为我残废而悲伤，应该为家族的光荣来欢笑，你并没为林家白白地教养了我，我现在成了林家第一勇敢和光荣的人物。

……

1981年，林为民整理奶奶的遗物，一封泛黄的家书出现在他的眼前。虽然父亲离世之时林为民年龄尚小，但是捧读这封家书，父亲的英雄形象，母亲讲述过的种种故

林正亨与妻子沈保珠、儿子林为民的合影

事，又再次具体而真实了起来。林正亨写这封家书的时候，正值31岁风华正茂的年龄，然而他已经身经百战，身体伤残，正在云南养伤。

1937年7月，卢沟桥事变爆发，日本发动全面侵华战争，抗日烽火迅速燃遍祖国大地。此时，富裕家族之后、钟爱美术的林正亨却毅然投笔从戎，考进了南京中央陆军军官学校。毕业后他先是在军中任见习官，1940年1月随军赴广西作战，担任96师参谋处少尉参谋。当时日军为阻断中国取道越南运送物资的路径，先后攻占南宁、昆仑关要隘，并构筑起防御工事，企图固守。为了收复昆仑关和南宁，重新打通物资补给线，解除日军对抗战大后方的威胁，国民政府调集多支部队云集广西，林正亨所在的96师也在其中。在惨烈的昆仑关之战中，林正亨带领情报排30多名战士与日军苦战四天四夜，全排损失过半，最终突围，但他身负重伤。昆仑关战役后，林正亨晋升为中尉连长，随96师转战华南、华中。

1944年初，国民政府再次组织中国远征军赴缅甸参加对日作战。虽然之前赴缅甸作战的远征军牺牲者众多，但林正亨还是满怀豪情地报名参加了。此时，长子林为民已经出生，妻子沈保珠正在待产，即将迎来他们的第二个孩子。家境优渥的林正亨家庭幸福、前程正好，然而，他依然选择了一条艰辛的爱国之路。林为民回忆父亲对母亲说的话，他是这样劝慰妻子的："保珠，把你们扔下，我心里也不好受。可没有国，哪儿来的家？现在国家有难，我们不去谁去？"没有国，哪有家？在国与家的选择中，林正亨毅然选择了报效祖国。临走前，林正亨拍了一张帅气的戎装照。他在照片上题写了一首《满江红》："戎装难掩书生面，铁石岂如壮士心。从此北骋南驰，戴日月，衣霜雪。笑斫倭奴头当球，饥餐倭奴肉与血，国土未复时，困杀身，心不歇。"这张照片成了林家珍贵的收藏。父亲的形象也跟这张照片一样，珍藏在儿子林为民的心里。

为保障滇缅公路的通畅，从1942年3月至1945年3月整整3年的时间里，中国远征军入缅作战，在异国他乡用鲜血和生命谱写了一曲悲壮战歌。在残酷的战役中，林正亨所在连队与日军展开肉搏。他身负16处重伤，经历了两次大手术，奇迹般地活了下来，双手却落下终身残疾。尤其是右手，因伤及筋脉，无法握拳，恢复了很久才可勉强执笔作书。

抗战胜利，台湾光复，民众不复为异国之奴，即使双手伤残，林正亨也觉得算不了什么，国家的胜利才是最值得高兴的。在这样的喜悦之中，林正亨用伤残的手，艰难地写下了给母亲的这封家书。“我的残废不算什么，国家能获得胜利强盛，故乡同胞能获得光明和自由，我个人粉身碎骨也值得。”轻描淡写的家书，全然不提自己九死一生的战斗经历，只有炙热的家国情怀。

“台湾的收复，父亲平生的遗志可算达到了，要是有知，一定大笑于九泉。”“请母亲不要为我残废而悲伤，应该为家族的光荣来欢笑，你并没为林家白白地教养了我，我现在成了林家第一勇敢和光荣的人物。”在他的家书里，父亲的遗志、家族的荣光也成为和国家一样重要的大事。他为自己给家族带来荣光而骄傲。或许，只有进一步了解林正亨的家族，才能知道这个家族的爱国传统是如何深深地影响着林正亨。

林正亨出生于大名鼎鼎的台湾雾峰林家，这个从漳州平和迁至台湾发展壮大的家族，历经兴衰起伏，但是始终坚守爱国情怀，一代又一代人才辈出，传奇故事不断。广为人知的三代英雄林文察、林朝栋、林祖密为国为乡效力，林献堂以文抗日，领导民族运动，这使得雾峰林家成为台湾爱国家族的典型代表。

林正亨在信中提及“父亲的遗志”，他的父亲正是林祖密。林祖密是林朝栋的第三子，林朝栋内渡之后，命林祖密在台管理家族事务。1904年，林祖密借为父奔丧之机，举家内渡来到鼓浪屿。1913年他到日本驻厦门领事馆注销日本籍，并于同年11月获得中国国籍，这是台湾民众正式恢复中国国籍的第一人。此举惹怒了日本侵略者，林家在台湾的不少产业被没收，但是林祖密始终淡然面对，没有后悔。在闽南，他从事地方实业的开发，同时参加中华革命党，支持孙中山的国民革命，进行反袁、反北洋军阀的斗争。1925年，林祖密被北洋军阀逮捕杀害，年仅48岁。

林正亨出生于1915年，父亲去世之时，他年仅10岁。依靠雾峰林家两岸族亲的荫庇，林正亨依然接受了较好的教育。而雾峰林家“国比家大，有国才有家”的家训，更是成为流淌在他血脉中的文化基因，让他跟祖辈父辈一样，在国家面临剧变之时，选择了同样的忠贞报国道路。

## 二

亲爱的孩子：

你一月十九日寄来的信，我们都看过了。……你写字比以前进步了，我很欢喜。你没有告诉我你每天和妹妹玩以外，还有和别的小孩一起玩（吗）？在那边有没有好朋友？你每天怎么读书，怎么写字？有没有抄书？有没有写毛笔字？读什么书？有没有给〔惹〕奶奶生气？有没有爱妹妹？

现在你已经九岁了，要懂事，要学礼貌。奶奶年纪大了，你不能像以前在台湾家里那样玩〔顽〕皮，不要跟坏小孩玩。你要是老给奶奶生气，你就是大不孝。奶奶是爸爸的妈妈，像你妈妈是生你养你教你爱

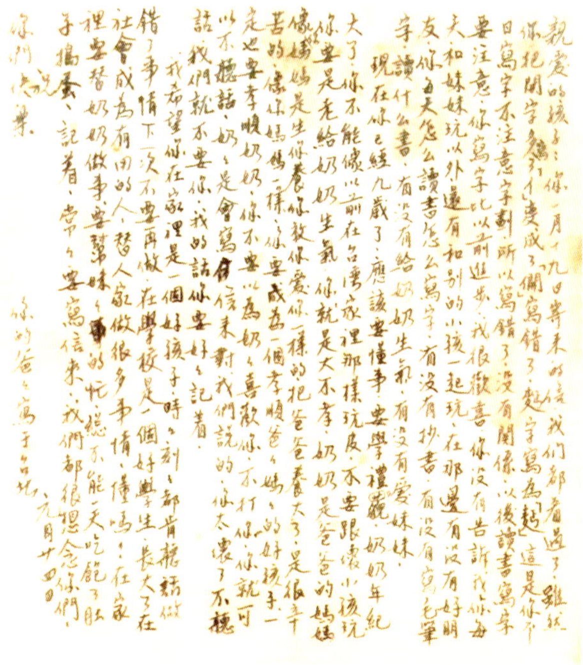

親愛的孩子：你一月十九日寄來的信，我們都看過了。雖然你把關字多了一個變成了「鬧」寫錯了，「趕」字寫為「赶」，這是你平日寫字不注意字劃，所以寫錯了。沒有關係，以後讀書寫字要注意。你寫字比以前進步，我很歡喜。你沒有告訴我你每天和妹妹玩以外，還有和別的小孩一起玩，在那邊有沒有好朋友。你每天怎么讀書，怎么寫字，有沒有抄書，有沒有寫毛筆字，讀什么書，有沒有給奶奶生氣，有沒有愛妹妹。

現在你已經九歲了，應該要懂事，要學禮貌。奶奶年紀大了，你不能像以前在台灣家裡那樣玩皮，不要跟壞小孩玩。你要是老給奶奶生氣，你就是大不孝。奶奶是爸爸的媽媽，像你媽媽是生你養你教你愛你一樣的把爸爸養大了，是很辛苦的，像你媽媽一樣。你要成為一個孝順爸爸媽媽的好孩子，一定也要孝順奶奶。你不要以為奶奶喜歡你，不打你，你就可以不聽話，奶奶是會寫信來對我們說的。你太壞了不聽話，我們就不要你。我的話你要好好記着。

我希望你在家裡是一個好孩子，時時刻刻都肯聽話，做錯了事情下一次不要再做。在學校是一個好學生，長大了在社會成為有用的人，替人家做很多事情，懂嗎！在家裡要替奶奶做事，要幫妹妹的忙，總不能一天吃飽了肚子搗蛋。記着，常常要寫信來。我們都很想念你們。

祝你們快樂

你的爸爸寫于台北 九月廿四日

林正亨写给儿子的最后一封信

你一样的，把爸爸养大了，是很辛苦的，像你妈妈一样。你要成为一个孝顺爸爸妈妈的好孩子，一定也要孝顺奶奶……

我希望你在家里是一个好孩子，时时刻刻都肯听话，做错了事情下一次不要再做，在学校是一个好学生，长大了在社会成为有用的人，替人家做很多事情，懂吗？在家里要替奶奶做事要帮妹妹的忙，总不能一天吃饱了肚子捣蛋。记着，常常要写信来，我们都很想你们。祝你们快乐！

你的爸爸写于台北 元月廿四日

1949年12月27日，台湾“保安司令部”下达了林正亨的死刑判决书。以上写给儿子的、看似平常的家书成了林为民收到的爸爸的绝笔信；随信所附的，还有父亲用彩纸给儿女们剪的纸花。如若不知道这是林正亨在狱中写就的最后一封家书，我们看到的就只是一个父亲对孩子的谆谆教导，细腻的文笔充满了父爱，然而还原到那段历史中去，这封信便是那么令人如鲠在喉。

1946年，林正亨辗转从云南来到重庆，寻找妹妹林双盼。此时妹妹已经是一名共产党员了，受妹妹的影响，以及那些年对国民党腐败、黑暗统治的深刻认识，林正亨加入了共产党。在党组织的安排下，他带着妻儿和20多名台湾籍进步青年回到台湾开展秘密工作。返回台湾之后，林正亨开设皮鞋店作为地下党组织的秘密联络点。他团结进步青年，宣传中国共产党的思想主张，并加入台盟，积极发展台盟组织。1949年国民党在大陆溃败之后，台湾岛内处于一片血雨腥风之中，作为进步人士的林正亨自然被盯上了。1949年8月18日，林正亨在家中被捕，被安上了“叛乱谋反”的罪名。

林正亨在狱中受尽酷刑，但他始终坚贞不屈，没有暴露身份，并尽自己所能保护中共台湾地下党组织。在牢狱之中，他从不提自己是雾峰林家后代，也不接受别人的保释。他依然乐观地相信台湾的光明和自由很快就会到来。除了以上给孩子的信件之外，他留给母亲的诀别信中更是充满了责任感和爱国之情，摘录如下。

亲爱的母亲：

……因为这点，我们都奋勉着。尤其是我，想到父亲的壮志，我须担起双重的责任，所以我踏上父亲的道路苦难与牺牲。这是崇高的品性和无比的光荣。

所以，妈妈你用不着悲伤，也不用为我担忧，生着要为责任艰苦牺牲奋斗，死是我们完成了责任。

……

生死已被林正亨置之度外，他相信父亲未完成的任务应由他来完成，也坚信他的牺牲奋斗是有价值的。临刑前的日子，在牢狱的地板上，林正亨还刻下一首题为《明志》的绝笔诗：“乘桴泛海临台湾，不为黄金不为名。只觉同胞遭苦难，敢将赤手挽狂澜。半生奔逐劳心力，千里河山不尽看。吾志未酬身被困，满腹余恨夜阑珊。”带着遗憾，带着光荣，1950年1月30日，35岁的林正亨在台北市郊的马场町刑场英勇就义。他昂首挺胸，高呼“祖国万岁”“人

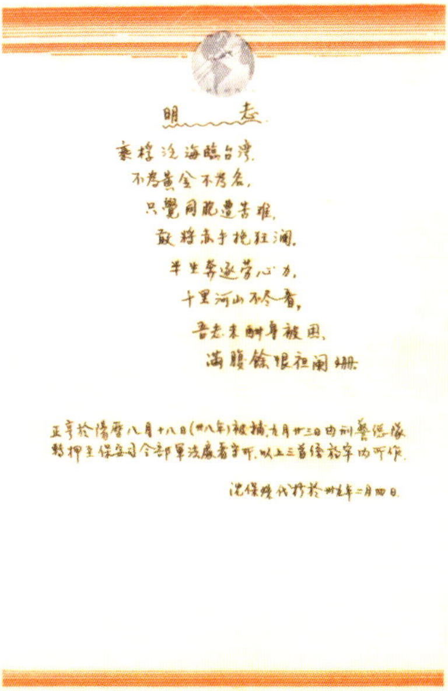
明志

乘桴泛海臨台灣，
不為黃金不為名，
只覺同胞遭苦難，
敢將赤手挽狂瀾。
半生奔逐勞心力，
千里河山不尽看，
吾志未酬身被困，
滿腹餘恨夜闌珊。

正亨於陽曆八月十八日（卅八年）被捕，九月廿三日由刑警總隊移押至保安司令部軍法處看守所，以上三首係在牢內所作。

林正亨在狱中写的绝笔诗，由其妻子抄录

民万岁”，将“国比家大，有国才有家”的家训一直铭记到了生命的最后一刻。

三

对于儿女来说，父亲的形象是那几封反复诵读的家书，是奶奶和母亲追忆的种种往事，更是一辈子都不忍触碰的伤痛。林正亨牺牲后，一双儿女随母亲沈保珠辗转来到北京，但年幼的女儿留在了台湾，母女、兄妹多年饱受相思之苦。

2019年，林正亨的儿子林为民在电视节目中诵读了一封跨越时空的回信给父亲。林为民回忆父亲，说起父亲去世后，自己与母亲、妹妹们生活的点点滴滴，并向天国中的父亲描述他没能等到的新中国和新生活。这封回信的最后一句，林为民动情地说道：“父亲，当年您带着国家未能统一的遗憾牺牲；后来，母亲又带着家未能团圆的遗憾离世。父亲，我想告诉您，如今国泰民安、国家统一是两岸共同的心声，这一天很快就会来的。您安心、安息吧。”这是儿子对林正亨“吾志未酬身被困，满腹余恨夜阑珊”的回应，我们相信，这一天一定很快就会到来。

（庄小芳）

# 光复初年闽台之间的历史记忆

## ——云鹏家书

1945年10月23日，一个年轻人与他的老师、同学一起登上了一艘即将开往台湾的美国军舰，他们奉命要去接管日本人留下的警察事务。这个年轻人名叫王云鹏。他们登船的地点在福州。

从1895年开始，台湾被日本殖民统治50年。1945年，中国人民取得抗日战争暨世界反法西斯战争的伟大胜利。10月25日，台湾光复，重回祖国怀抱，举国欢庆。一时之间，两岸之间往来频繁，有人从台湾回到大陆探亲访友，寻找因战争失散的亲属；还有许多人前往台湾，参与接收与重建，有的人就在那里安家立业。如今几十年过去了，当年来往于两岸的芸芸众生，很多人都已随历史的风雨散去，他们的人生轨迹几乎杳不可寻。而王云鹏是幸运的，当年他从台湾写给父亲的9封信被中国闽台缘博物馆收藏。

这些在不经意间留下的书信记录是珍贵的，它们像一扇窗，一扇偶然打开的历史之窗。我们可以透过这扇小而透亮的窗户，看到70多年前发生在海峡两岸的历史故事。

## 一、王云鹏的身世

### （一）生活环境与学生时代

王云鹏是福建省晋江县清濛乡（今晋江市池店镇清濛村）人。清濛乡原本紧邻泉州，地处这座府城的南门外，是一个农业区，居住的人口不多。现在那里已经成为一片开发区，但原来的村子还在，变成了城中村。

清濛村现有居民2000多人，分16个姓氏，人口较多的是郑、张、王、沈等姓。据当地村民说，历史上清濛有“一潘二卢”的说法，说明最早来开基的是潘姓，其次是卢姓，但现在这里已无潘姓，卢姓也很少。如今定居在这里的姓氏大都是明清以后才迁来的。

清濛的王姓分成好几支，有“金青王”“街顶王”“塔仔脚王”“后头王”等，其中“金青王”就是王云鹏所属的支派。这个支派原来繁衍于南安县金坑乡，清朝乾隆年间才从金坑迁来清濛，始迁祖是金坑王氏十世祖王以荒。从他算起，到王云鹏已经是第六代了。

泉州历来海外贸易发达，当地人向海而生，早就有向外发展的传统。清末民国初年，金青王氏开始向海外迁移，其中最有名的是三世祖王奕彬及其后代。王奕彬于道光年间前往菲律宾谋生，娶当地人为妻，生子西曼。王西曼又生了五个儿子，其次子即菲律宾有名的侨领罗曼·王彬（原名王罗曼）。至今在马尼拉市仍有一条"王彬街"，那里塑着罗曼·王彬的铜像。由于王氏在菲律宾发展得好，因此很多族人都前往海外，尤其是菲律宾。如今在清濛村仍处处可见民国时期建造的洋楼，王云鹏从小就生活在这样的环境里。

王云鹏生于1924年12月7日。从他16岁那年填写的一份《登记表》[1]看，当时他的母亲已不在世，家人只有父亲王妈甚、哥哥王云深和姐姐王淑锦。据后人回忆，王妈甚是当年金青王氏的族长。当地村民也说，他们家原来就是"拿笔的"，可见家境非同一般。20世纪30年代，在菲律宾华侨的捐助下，王妈甚在清濛创办了晋江私立金青学校。这间学校就建在王氏宗祠的对面，现已毁，但基址仍存。王云鹏的哥哥王云深据说年轻时曾在香港任英文翻译官，后来因患病无法继续外出工作，其妻黄彩繁力持家

1 1940年4月4日王云鹏填写的《甲种入团登记表》，藏于福建省档案馆。

务。1958年，黄彩繁还在政府及侨胞的支持下，为主创办了清濛幼儿园并担任园长，在当地很有声誉。

王云鹏小时候的生活不算太差。他们家有座大瓦房，院落宽大。他从小读书，1938年毕业于父亲创办的金青小学，随后升入培元中学。培元是泉州有名的教会学校，创办于1904年。抗日战争全面爆发后，这所中学于1939年2月从泉州迁往永春蓬壶开办第二校，王云鹏也跟到永春读书。1942年七八月间，该校又从永春迁到南安九都继续办学，王云鹏随学校转往南安。因此，抗战期间王云鹏一直在外地求学，处于动荡漂泊之中。按学制推算，他从培元高中毕业大约在1943年冬或1944年春。

王云鹏毕业时正值抗日战争最困难的阶段，社会凋敝，满目疮痍，一个高中毕业生如何才能在这样的社会环境中找到安身立命的工作，确实是很大的难题。而就在这时，一个看似偶然的历史机遇改变了王云鹏的人生轨迹。

（二）参训赴台成为警察

1943年12月1日《开罗宣言》发表，明确宣告要把“日本所窃取于中国之领土，例如东北四省、台湾、澎湖列岛等归还中华民国”。为了做好接收准备，国民政府一方面成立了台湾调查委员会，草拟接管台湾的计划并研究相关问题；另一方面开始培训储备干部，在中央训练团训练民政、财政、建设、教育、交通、司法等方面的行政人员，同时又在中央警官学校开办台湾警察干部训练班。

当时中央警官学校设在重庆。1944年9月1日国民政府军事委员会电令中央警官学校在福建省长汀县设立第二分校，裁并原本设于湖南的东南警官训练班；台湾警察干部训练班亦归属第二分校办理。此后，福建省成为培训、储备台湾警察干部的重要基地。1945年3月，第二分校又从长汀县迁往三元县（今三明市三元区）的梅列新校址，在那里开班。

当时，台湾还在日本殖民统治之下。未来要接收台湾、维持社会稳定，首先需要有一支素质良好、能够与台湾民众沟通的警察队伍，尤其是警察干部队伍。而福建与台湾隔海相望，在历史、血缘、文化等方面关系特别密切，因此是招收这方面人才的重要区域。中央警官学校第二分校台湾警察干部训练班在福建举办，正是基于这一背景。

台湾警察干部训练班（以下简称“台干班”）自成立以后即开始紧张运作，共分四个层次招收训练学员。

一为讲习班。抽调曾受2年以上警官教育并服务3年以上的现任警官到校培训。第一期抽调36人，于1944年9月在重庆受训；第二期28人，1945年3月于梅列受训。讲习时间3个月。结业以后，讲习班成员先留在第二分校担任训练工作（重庆的第一期成员大部分滞留当地）；光复后开赴台湾参与接收，分任台湾各级警察单位的业务主管。

二为学员队（亦称“学员班”）。招收曾受警官教育并服务1年以上，具有高中以上文化程度，精通闽南话或客家话、英语或日语的现任警官，共76人，受训6个月，于1945年9月结业。培训期满后学员继续留在学校训练或少数担任区队长工作，直至赴台参与警察事务的接收。

三为学生队（亦称“学生班”）。招收高中以上文化程度并精通闽南话或客家话、英语或日语的毕业生，分两批，共250人，学制1年。第一批录取的学生于1944年底至次年初先后抵达长汀开始军事训练，第二批于1945年3月下旬到达梅列新校区，均于4月1日与学员队一起补行开学典礼，同年10月10日举行毕业典礼，开赴台湾。未完成的学业于台北新设的警官训练班分批调训，补足1年后毕业。

四为初级警察干部教导总队（亦称“初干班”）。招收初中以上毕业生，以能讲闽南话或客家话、英语或日语者为主，共分设5队，招收542人，施以6个月警察教育。报到后先参加入伍期军事训练，4月1日开始进行正训期学术科教育，10月13日离校赴台。较迟报到的学生后来又在台湾继续参加警官训练班调训，以补足教育。[1]

以上这四个层次共招收台湾警察干部932人[2]，其中讲习班、学员队人数较少，仅140人，都来自现任警官；而学生队、初干班招收人数近800人，录取的都是高、初中毕业生。招收大量年轻的中学毕业生经过短期培训后进入警官或警员队伍，是为了适应形势需要而采取的一项应变措施。

1944年冬季，中央警官学校第二分校在闽南招生，王云鹏正好高中毕业，于是报名参加了台干班的学生队。与王云鹏同样毕业于培元中学的许多学生也走上了这条道路。据统计，在台干班学生队于泉州招收的117名学生中，就有50名毕业于培元中学。其中晋江招收40名，有33名是培元高中毕业的；惠安招收33名，有13名毕业于培元

---

1　以上见《台湾警察干部训练班始末》，载福建省档案馆、厦门市档案馆编《闽台关系档案资料》，鹭江出版社，1992年，第803—806页。

2　此数字（932人）为招收人数，实际毕业为920人，其中学员班75人、初干班531人，其余与招生人数相同。另有一说，毕业人数921人，其中初干班为532人，其余不变。参见《台湾警察干部训练班小史》及附件一，载福建省档案馆、厦门市档案馆编《闽台关系档案资料》，第806—808页。

高中；南安招收19名，2名是培元高中毕业生；永春招收14名，也有2名毕业于培元高中。[1]晋江所占的比例最大，该县参加台干班学生队的82%以上都来自培元中学，亦可见当时找工作的压力之大。

王云鹏于1944年12月下旬到达长汀，此后就开始了紧张的军事训练；1945年3月又从长汀迁往梅列新校区，继续在那里接受训练和教育。台干班成员在长汀、梅列的生活是十分艰苦的。有一个学生后来回忆说：当时前方战事吃紧，原来的晨操变成了军训，每天要进行8小时的军事训练，80%以上的学生都患了胃病。住宿条件也差，蚊虫叮咬，虱子成群。有一天大家把搭在祠堂走廊上的通铺横梁抬出来摔在地上，“只见那（抖出来的虱子）密密麻麻形同晒谷场上会移动的黑芝麻堆”。吃的东西填不饱肚子，“天天都是一木盆空心菜汤”，连“油影子都找不到”。[2]一个负责生活事务的伙食委员说，甚至在台干班毕业典礼那天，他还在为全队的午饭发愁。因为“长久以来都是

1　1947年2月《中央警官学校第二分校台湾警察干部训练班学生队入学名册》，载中国第二历史档案馆、海峡两岸出版交流中心编《馆藏民国台湾档案汇编》第194册，九州出版社，2007年，第83—110页。

2　梁福材：《忆往事》，载《中央警官学校台干班简史》，台北“中央警官学校”台干班互助基金会编印，1987年，第414—416页。

领一天米，吃一天，库无余粮”，那天上午他和伙夫只领到了谷子，为了把谷子碾成米再下锅做饭，他们吃尽了苦头。[1]王云鹏在写给父亲的信中也提到：“儿何尝□□长汀之苦行、训练之艰困”，可见当年的艰苦生活给他留下了很深的印象。

1945年8月10日，日本投降的消息传到梅列校区，全校沸腾。10月10日，举行毕业典礼。10月13日，全校师生千余人从梅列出发，开赴福州；23日，又从福州乘坐24艘美国军舰渡往基隆，次日清晨抵达，下午换乘火车进入台北。10月25日，在台北市公会堂（今中山堂）举行隆重的台湾光复仪式。台干班成员随即着手进行接管警察事务的工作。王云鹏被分配到基隆市警察局，任管理员。同为管理员的共有10人，都是高中毕业生经过训练而成的警察干部。在管理员之上还有8名专员，都是警官出身；之下则有6名佐理员，来自初干班。11月15日，基隆警察局正式成立。

## 二、王云鹏的9封家书

王云鹏去台湾时才21岁，他抵达台湾后，就开始给老家的父亲写信。他一生中与家乡的通信共有多少封已经很

1 刘达安：《得来不易的毕业午“饭”》，载《中央警官学校台干班简史》，第419—421页。

难估计，现在仍能见到的共有9封。这些信是他写给父亲的，老人家视若珍宝，细心保存了下来。

这9封信共用了15张信纸，其中有3封写在“台湾省基隆市警察局用笺”上。所有的信都只书写日期而没有年份，不过从内容判断，我们可以知道这些信大部分是1946年写的，只有一封作于1947年。因此，根据信的落款，我们把它们整理出来，附于文末。这些书信从一个侧面反映了光复初年闽台之间的联系交流，以及王云鹏的思乡情感。

（一）隔海相望的思亲之情

由于当时两岸的交通状况，书信往来是非常困难的。1946年3月15日王云鹏在信中说：“儿自去年十月廿四日到台湾以来，先后□信数封，或因交通未便，难以全数收到。前接大人□□□寄来信，别后一切聊获安慰。”此时王云鹏抵台已将近5个月，才终于收到父亲的来信。

4月11日，王云鹏的信又说：“敬禀者，自二月前接奉大人一信后，于今时久未再接悉来示。前万先生由台返泉，儿曾修书托其持往□濛一行，访见大人，籍〔借〕以面陈儿□外□况，未知万先生最近有否来乡？”王云鹏接到父亲的第一封信大约是1946年2月，之后就一直没有再接到来信，恰好“万先生”要从台湾返回泉州，才于3月15日托他带信回去；但又将近一个月过去了，至4月中旬仍不见回复，于是又写了这封信询问家中的情况。4月16日他再写一信：“本月寄家信数封，未审大人收到否？儿在外□体安好，希勿锦注。”可见王云鹏在4月份就连续寄了“家信数封”，可是都没有收到回音，他的急切心情由此可见一斑。

王云鹏在信中最惦念的是父亲的身体，以及患病在家的大哥王云深和出嫁将近十年的姐姐王淑锦。他刚到台湾不久就寄了两张相片回去，这是他到台北以后新拍的。每次写信他都会向父亲请安，请他多保重身体，不要挂念。6月3日王云鹏在信中说，他在台湾“时以大人年高体弱，不胜系念，万望玉体善自珍重”。8月30日又说：“儿离乡已久，时抱远怀。至家兄之病疾，时以悬念。家姊相别将近十载，抱念殊深。前家兄姊所照之六寸半身像〔相〕片各乙〔一〕张，咖啡色，务祈检出由邮寄下，以慰远念。”王云鹏从1939年离家到永春、南安读中学以后就很少回家，随后又参加台干班到长汀、梅列受训，直至开赴台湾，八年多来与亲人聚少离多，如今隔海相望，“抱念殊深”。他担心父亲的身体，牵挂哥哥的病情，思念不在家的姐姐，因此希望父亲能把过去兄姊二人所照的半身照找出来，各寄一张给他，“以慰远念”。这种对家乡亲人的思念情感至深至切，至今读来仍令人感动。

王云鹏也关心家乡的其他亲友。他提到已经给“廖先生”写了信，但不知道他的地址，希望父亲转交。他还希望父亲能代为致意问候一位姓马的朋友。王云鹏有一位“二妣〔婶〕”名叫庄乌裕，是父亲堂弟王妈捷的妻子，原来生活在香港，抗日战争前回到清濛，后来因战事无法返回香港，就与他们生活在一起。1946年6月，当王云鹏听说二婶的生活相当拮据，就在信中特别提到：“最近据乡友谈及二妣〔婶〕生活至为贫苦，儿深表同情，此意希大人为儿转达。”后来这位二婶去世了，王云鹏还特意写了张纸条送回家来，上面恭恭敬敬地写着：敬悼二婶大人在天之灵，永感慈恩！

（二）在台湾的工作与生活

王云鹏在写给父亲的信中，很少详细谈及他在台北、基隆的工作生活，很多书信只提一句“儿在外工作，□□努力”，“处事谨慎”，“承蒙师长同学垂爱，工作尚为顺□”等。但是，凡有工作上的升迁变动他都会告诉父亲，让老人家高兴。如1946年6月3日王云鹏在信中说：

“儿原派基隆市警察局巡官，最近已蒙上峰调升督察之职。服务于今，内心稍获安慰，亦可告慰于大人者”。1947年8月14日信又说：“儿于八月一日调往本局司法科科员，主办刑事案件审讯。任职以来，颇觉愉快。”通过这两处记述，可以知道王云鹏刚到基隆时担任的是巡官，第二年5月底或6月初已改任督察员，至1947年8月1日又调任司法科科员。不到两年，调动三次，足见当时这些年轻警官调任的频繁。

按照光复初期基隆市警察局的编制，该局设有巡官5人、督察员3人、科员7人，均属委任职。[1]台干班学员队、学生队成员毕业以后就是以委任职任用的。[2]所不同的是巡官属于“外部组织”，而督察员、科员则是在局里办公，属“内部组织”。因此，王云鹏的“调升”实际上是从外勤转为内务，工作岗位变动，担负的工作任务也更加专业和重要。

台干班成员抵台之初，他们以千人的队伍接收殖民当局1.3万人的警务工作，压力是很大的。这批青年人往往白天维护社会治安、处理警察事务，晚上还要开办补习

1 《台湾省各市警察局编制表》，载《中央警官学校台干班简史》，第124—125页。

2 参见《台干班招生简章》，载《中央警官学校台干班简史》，第26页。

班，教当地民众学习汉语中文。由于这些台干班学员都懂闽南话或客家话，因此他们与当地人的沟通十分顺畅。与此同时，很多台干班学生的学业尚未结束，他们也需要抽空补习，以进一步充实提高。王云鹏在信中经常谈到这方面的情况。如1946年6月3日说："儿自来局工作，谨慎勤笃，不失青年本志，唯觉学问之需要，且时加阅读有关书籍，以资扶植。……虽光明尚远，自知把握时间，不至虚度。"7月19日又说："儿在外身体平安，每日清晨阅读《曾文正公家书》，以冀修养。"8月30日："最近公务较忙，日间无暇自修，夜间阅读各种报志书□，以冀进步。"至1947年2月，王云鹏已经补足课程，从台干班学生队毕业。据该班的《毕业成绩册》记载，他第一学期成绩79.76分、毕业总成绩81.45分，名列全班250人的第38位。[1]可见1946年王云鹏的工作生活确实很紧张，他奋发进取的积极状态与当年许多渡台年轻人的精神面貌是一致的，他们为台湾战后重建做出了自己的贡献。

（三）寄钱回家补贴家用

王云鹏到台湾任职以后，就一直关心家人状况，并尽

1 1947年2月《中央警官学校第二分校台湾警察干部训练班学生队毕业成绩册》，中国第二历史档案馆、海峡两岸出版交流中心编《馆藏民国台湾档案汇编》第194册，第140—167页。

力对家中的生活开支提供一些帮助。

1946年4月16日，王云鹏专门写信询问从台湾汇寄的“国内眷属费用”收到没有。这笔费用是由台湾警务处按月统筹汇出的，以补助台干班成员在大陆亲属的生活开支。王云鹏父亲对儿子的来信特别重视，不仅随手记下了多封来信的收到日期，而且在儿子第一封来信的旁边，按月记下了他所收到的若干笔汇款数额：“三月份1.82万，三月份1.815万，5月13日1.862万，5月23日2.55千，9月19日2.345万”。这些数字是用苏州码书写的。从这些点滴记录看，3月王云鹏父亲共收到两笔汇款，每笔国币1.8万余元，其中一笔当属补寄。也就是说，台干班的大陆亲属生活补助费直至1946年初才开始发放，但有些月份的补助并不是当月收到，如5月又有两笔，合计2.1万余元。此时王云鹏已“调升督察之职”，补助费用似乎也略有提高，至9月达到2.3万余元国币。

除此之外，王云鹏有时也会寄钱回家。如1947年8月14日信中说：“再者，儿前所寄之款，希详列告知以便查对。”显然，除了所谓的“国内眷属费用”外，他平常的节余也会寄一部分回家，以补贴家用。有的钱则是通过亲友捎带的。1946年7月，王云鹏的堂弟王振楚到台湾求职不成准备回乡，但由于川资缺乏，云鹏“即付台币伍百元，折合国币乙万元借彼”，并写信给父亲希望能“提及以充家费”。有趣的是，当时台币与国币的兑换率为1：30，而王云鹏的折算却是1：20（台币500元折成国币10000元）。如果不是王云鹏对市场行情不了解，那就是他有意降低兑换率以减轻王振楚的负担。

（四）闽台之间的亲友往来

在王云鹏的信中，很多地方都谈到家乡的亲友到台湾来找他，有的是探望，更多的是找工作，甚至连他的父亲也有到台一游的念头。1946年3月15日，王云鹏的第一封家信写道：“大人来台一事，当俟交通便利□儿当上书奉告。”老人家急切地想前往台湾，是想见久别的儿子一面，他特别惦记这个小儿子！可是那时两岸交通困难，甚至连通信都很不顺畅，一位老人家要渡海来台湾谈何容易。

1946年6月以后，由于王云鹏已经跟家人取得了联系，到台湾找他的亲友特别多。6月3日，王云鹏在信中说：“最近嘉德等一行三人近日安抵基隆，现正在谋职中”。28日他又说：“最近乡中亲友相继来台者数人，经儿与怀忠各方介绍，稍得工作以维生活。现天宝叔在基隆市信义区公所任职，郑太昌在怀忠处任办事员，嘉德在本局工作。最近广宏、文鹏、广太亦来台湾，现正分头谋职中。”此后，有关亲友来台湾以及找工作的情况，屡见于他给父亲的书信中。

这些到台湾找工作的亲友大多要靠同乡亲友帮忙，但当时在台湾找工作并不容易，许多亲友行前对此是没有思想准备的。因此王云鹏多次提到此事：“台湾在国内似乎新鲜，如亲到过此者，即感谋职实非易事，非经专业之训练或相当之介绍，各方均有困难，故事先未得妥当之职业者，切不可轻易来台。今后乡友如有意来台，大人可将此意转告之。”又说：“月来乡友来此多人，各种招待费用较大，此亦礼所当然也。惟憾者，彼等少数思想已赶不上时代矣。有些工作恐难胜任，故难遇人都可安插也。”“台湾谋职艰难，如事先未觅妥职业，切勿轻易来台，以免往返之苦，花费之巨。”王云鹏的这些话是他的亲身感受，从中也可以看出当时从福建到台湾找工作的人很多，主要依托的仍是亲友关系，这也是长久以来闽台人员流动的一个基本特征。

尽管王云鹏一再提醒，但是想到台湾找工作的亲友仍然络绎不绝。8月30日，王云鹏给父亲写信说：“来示询及振楚一事，查振楚于基隆辞别后，曾谓决意返里，嗣后据乡友云：彼仍暂留台中朋友处，至今□况何如，无从获悉。振法弟欲来台一节，希□进行。盖目下台湾谋职不易，广太来此已久，尚无妥职。”父亲虽然身在清濛老家，但对这些亲友在台湾的求职情况也很关注。

当时到台湾找王云鹏或与王云鹏一起渡台的人不少，经整理，在书信中出现的人名有天宝叔、怀忠、嘉德、郑太昌、广宏、广太、文鹏、振楚、振法等。这些人基本可以确定都是王云鹏的同乡，更多的是同姓族人。如天宝叔，他比王云鹏高一辈，家就在王云鹏家的后面、王氏宗祠右后侧。振法与王云鹏是堂兄弟，也就是前面提到的二婶的儿子。他们从小一起在云鹏家的大房子里生活。后来振法的弟弟振玉也到了台湾。而怀忠姓沈，与王云鹏一起渡台。他的家在清濛村东北角，离沈氏小宗祠很近，旁边还有一座青龙寺，为全村人的信仰中心。郑太昌也是清濛人，沈、郑、王都是该村人口较多的姓氏。至于振楚、文鹏、广宏、广太，他们也都是“金青王”的族人，关系特别密切。值得一提的是，这些当年到台湾找工作的亲友，后来大部分都在台湾落脚了，只有沈怀忠、郑太昌二人在1949年之前又回到了大陆。

## 三、尾声

“云鹏家书”的可贵之处，是从亲人通信的角度，较真实地反映了光复初期台干班成员在台湾的工作生活，尤其是他们与家乡亲友的往来互动和情感交流。这对于我们今天从细部了解当时的闽台社会与闽台关系是十分宝贵的材料。

王云鹏从1945年赴台之后，近半个世纪一直没有机会回来，他对家乡亲人的思念之情是可想而知的。20世纪90年代初期，王云鹏回来了。据清濛的乡亲们说，因为他曾在台湾当警察，回乡之路并不平坦，回来以后也只停留了两个小时，看了看昔日生活过的老房子，走过金青王氏宗祠以及宗祠前面、他就读过的金青小学校址。2001年2月15日，这位历经沧桑的老人在台湾去世，享年78岁。[1]

当年与王云鹏一起在台湾求职的亲友后来也都回来探亲，有不少人还为家乡建设积极捐款。1997年金青王氏重修宗祠，2008年重修祖墓，以及1997年清濛村重修青龙

1 《中央警官学校台干班师生来台六十周年纪念专辑》，台北：台干班同学会编印，2005年，第479页。

寺，捐资碑上都有不少“云鹏家书”中出现的相关人物。看罢这些捐助名单，再回头细读“云鹏家书”所描述的当年赴台情形，不能不令人感叹：这便是世事沧桑！

时代变迁，改变了无数人的人生轨迹。他们的悲欢离合、荣辱与共，汇成了闽台关系历史演变的一个缩影。

## 附录

### 云鹏家书

整理原则：

1. 原文照录，用现代标点断句。

2. 因年代久远，信中虫蛀腐蚀无法辨识的字，用“□”代替。错讹、通假诸字，用“〔 〕”标示。

3. 收信人批注的文字，以“【批注】”标示之。

4. 凡用苏州码书写的数字，为录入方便，一律改为阿拉伯数字。如果是收到日期，增加月、日以标示。

5. 原件第一封信用公文纸书写，第二、三、七封信用“台湾省基隆市警察局用笺”书写，其余用一般信纸书写，不另注。

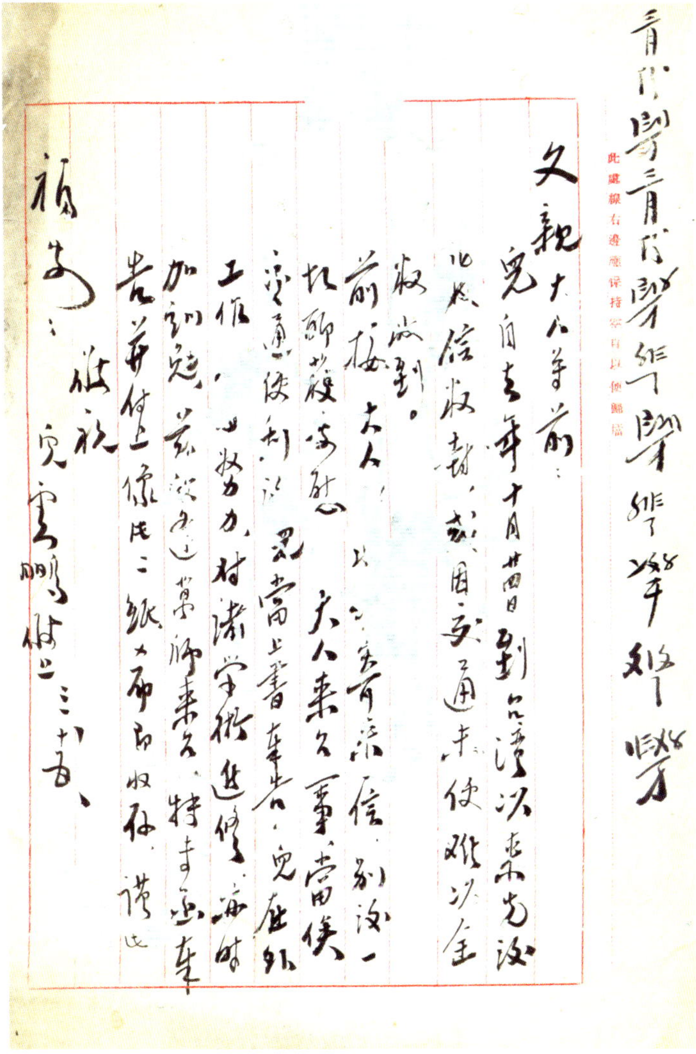

父親大人膝前：

兒自去年十月廿四日到台灣以來先後

[illegible]寄信數封，或因交通未便難以全

收到。

前接大人[illegible]來信，別後一

切[illegible] 大人來[illegible]事，當俟

[illegible] 兒當上書奉告。兒在外

工作，必努力，對諸學術進修，時

加訓誨。[illegible]特寄來

[illegible]收存。[illegible]

福安

兒雲鵬叩 三、十五

此處線右邊應保持空白以便歸檔

1946年3月15日王云鹏写给父亲的信

（一）

父亲大人尊前：

儿自去年十月廿四日到台湾以来，先后□信数封，或因交通未便，难以全数收到。

前接大人□□□寄来信，别后一切聊获安慰。大人来台一事，当俟交通便利□儿当上书奉告。儿在外工作，□□努力，付诸学术进修，亦时加训勉。兹欣逢万师来台，特专函奉告，并付〔附〕上像〔相〕片二纸，希即收存。

谨此敬祝

福安！

儿 云鹏 敬上

三・十五

【批注】三月份1.82万，三月份1.815万，5月13日1.862万，5月23日2.55千，9月19日2.345万

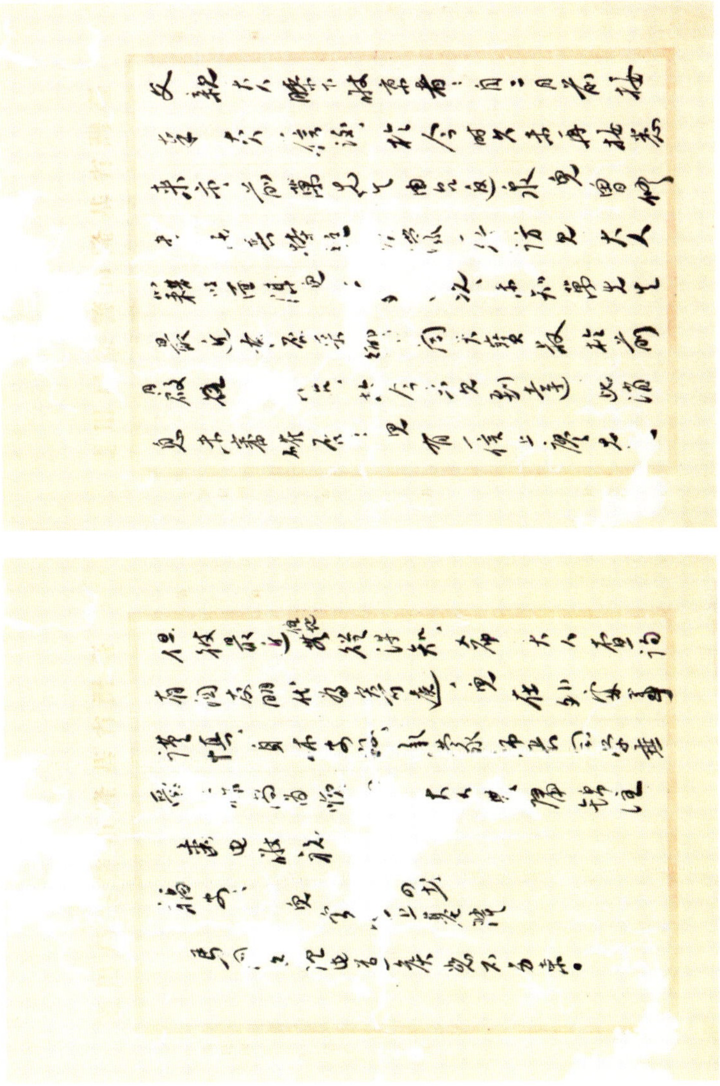

1946年4月11日王云鹏写给父亲的信

（二）

父亲大人膝下敬禀者：

自二月前接奉大人一信后，于今时久未再接悉来示。前万先生由台返泉，儿曾修书托其持往□濛一行，访见大人，籍〔借〕以面陈儿□外□况，未知万先生最近有否来乡？闻天宝叔于前月启□□台，于今未见到达，此消息未审确否？儿有一信上廖先□，但彼最近地址无从得知，希大人查询有关友朋代为寄递。儿在外处事谨慎，身体安好，承蒙师长同学垂爱，工作尚为顺□，大人毋庸锦注。

肃此敬祝

福安！

儿 云鹏 上

四·十一 基隆

马□□谨此道候，恕不另柬。

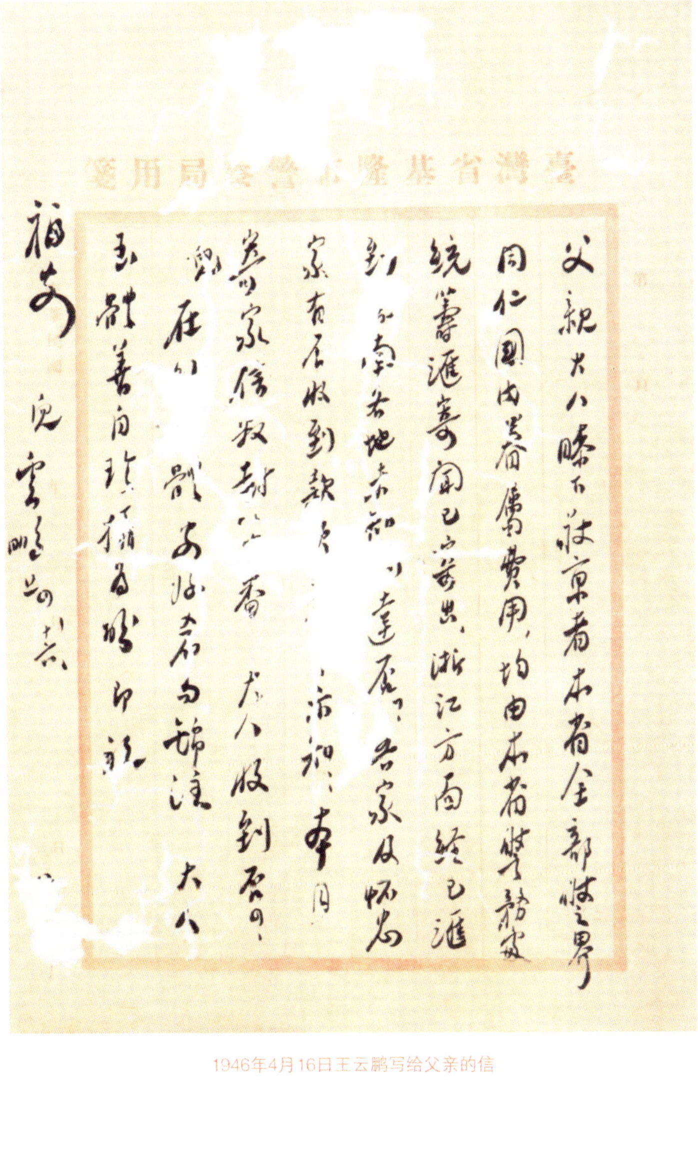

1946年4月16日王云鹏写给父亲的信

（三）

父亲大人膝下敬禀者：

本省全部警界同仁国内眷属费用，均由本省警务处统筹汇寄，闻已寄出，浙江方面经已汇到，□南各地未知到达否？吾家及怀忠家有否收到款项？□□示知。本月寄家信数封，未审大人收到否？儿在外□体安好，希勿锦注。大人玉体善自珍摄为盼。即祝

福安！

儿 云鹏 上

四・十六

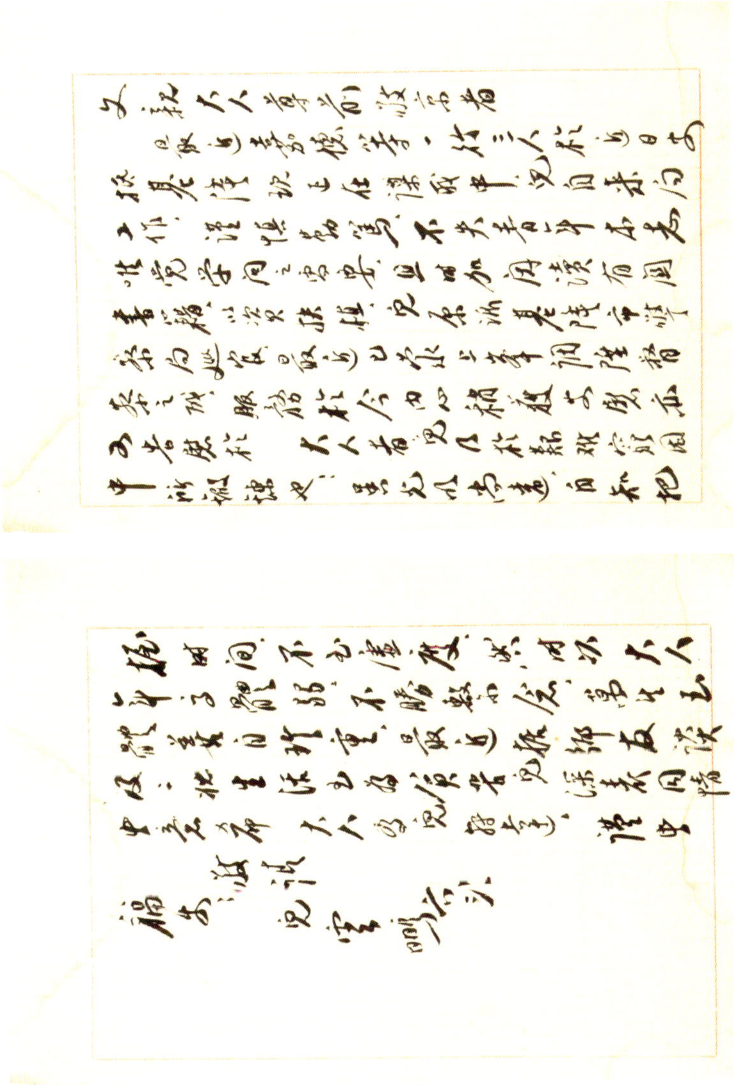

1946年6月3日王云鹏写给父亲的信

（四）

父亲大人尊前敬禀者：

最近嘉德等一行三人于近日安抵基隆，现正在谋职中。儿自来局工作，谨慎勤笃，不失青年本志，唯觉学问之需要，且时加阅读有关书籍，以资扶植。儿原派基隆市警察局巡官，最近已蒙上峰调升督察之职。服务于今，内心稍获安慰，亦可告慰于大人者，儿乃于艰难穷困中所锻炼也。虽光明尚远，自知把握时间，不至虚度。然时以大人年高体弱，不胜系念，万望玉体善自珍重。最近据乡友谈及二妣〔婶〕生活至为贫苦，儿深表同情，此意希大人为儿转达。谨此

敬请

福安！

儿 云鹏

六・三

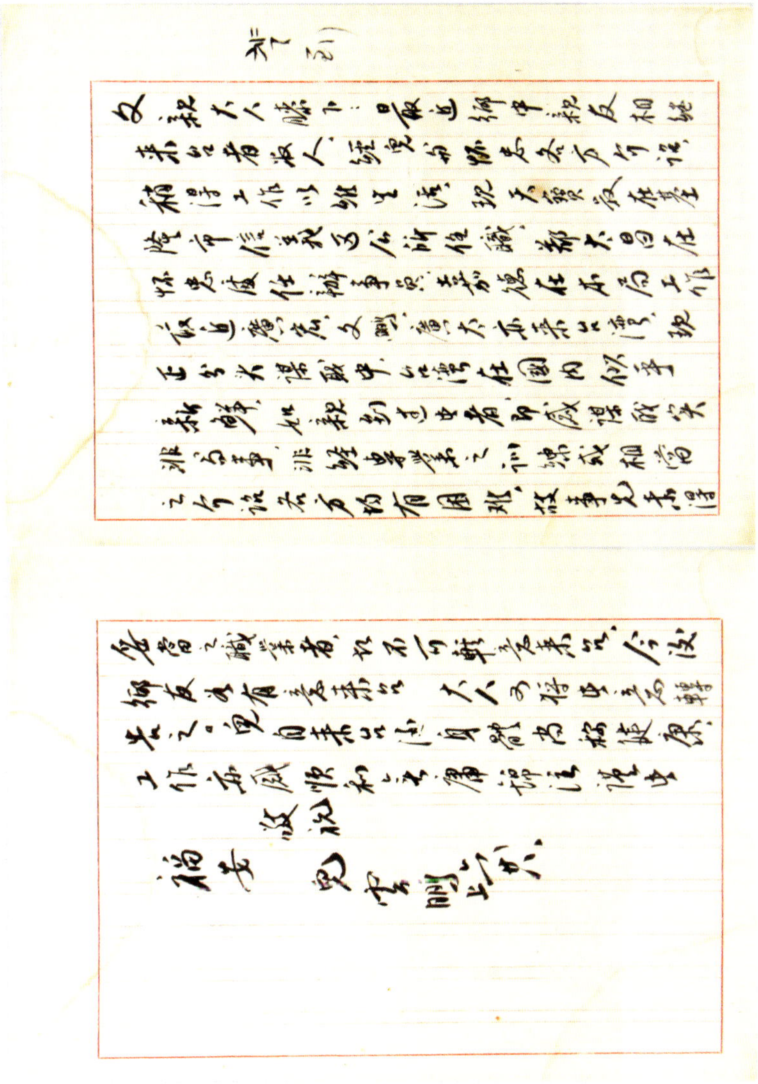

1946年6月28日王云鹏写给父亲的信

（五）

父亲大人膝下：

最近乡中亲友相继来台者数人，经儿与怀忠各方介绍，稍得工作以维生活。现天宝叔在基隆市信义区公所任职，郑太昌在怀忠处任办事员，嘉德在本局工作。最近广宏、文鹏、广太亦来台湾，现正分头谋职中。台湾在国内似乎新鲜，如亲到过此者，即感谋职实非易事，非经专业之训练或相当之介绍，各方均有困难，故事先未得妥当之职业者，切不可轻易来台。今后乡友如有意来台，大人可将此意转告之。儿自来台后身体尚称健康，工作亦感顺利，无〔毋〕庸锦注。谨此

敬祝

福安！

儿 云鹏 上

六·廿八

【批注】7月12日到

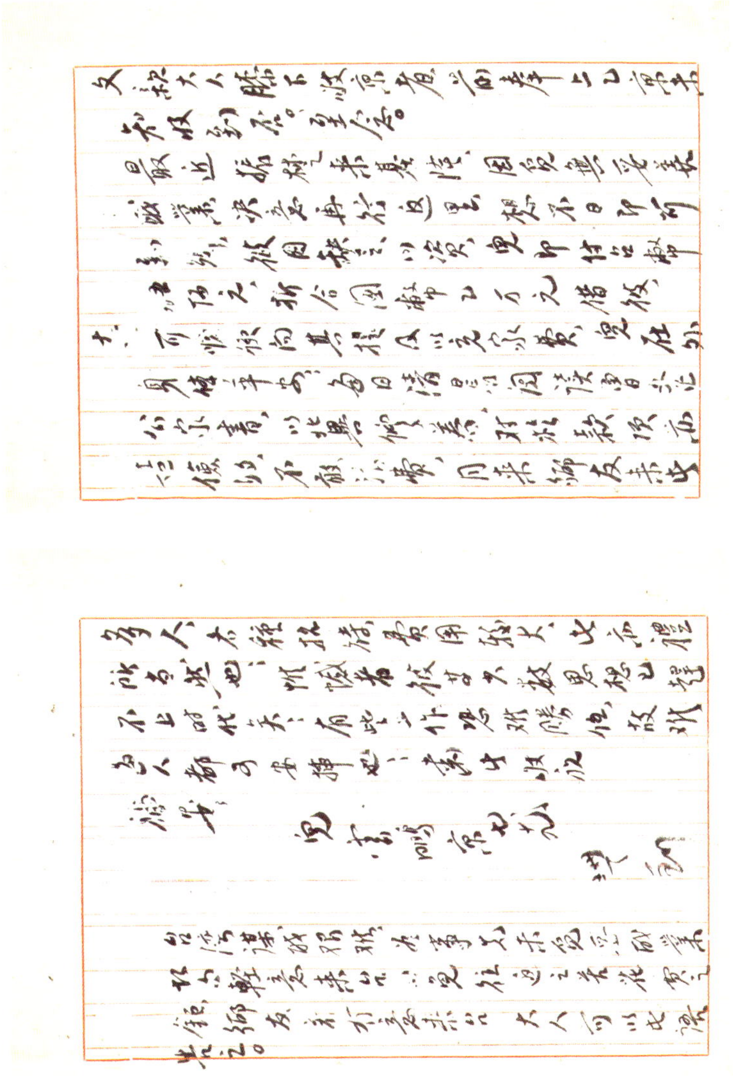

1946年7月19日王云鹏写给父亲的信

（六）

父亲大人膝下敬禀者：

前奉上乙〔一〕禀，未知收到否？至念。

最近振楚来基隆，因觅无妥善职业，决意再行返里，想不日即可到乡。彼因缺乏川资，儿即付台币伍百元，折合国币乙万元借彼，大人可顺便向其提及以充家费。儿在外身体平安，每日清晨阅读《曾文正公家书》，以冀修养。对于款项亦甚俭约，不敢浪费。月来乡友来此多人，各种招待费用较大，此亦礼所当然也。惟憾者，彼等少数思想已赶不上时代矣。有些工作恐难胜任，故难遇人都可安插也。

肃此敬祝

福安！

儿 云鹏 禀

七・十九

台湾谋职艰难，如事先未觅妥职业，切勿轻易来台，以免往返之苦，花费之巨。乡友若有意来台，大人可以此语告之。

【批注】7月30日到

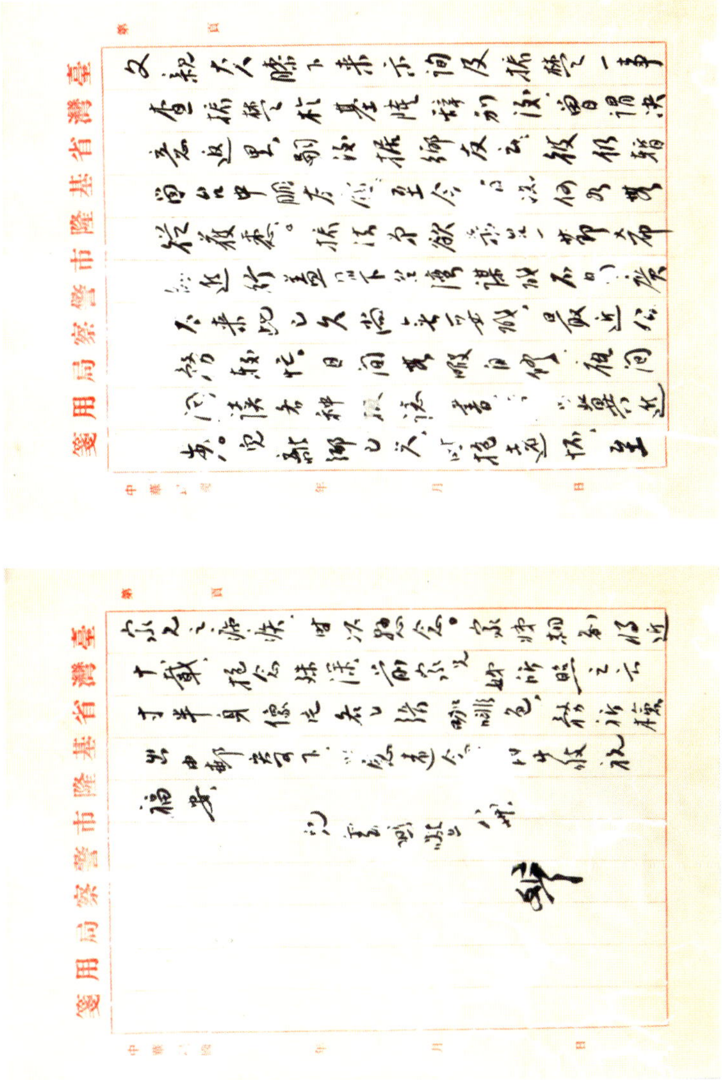


1946年8月30日王云鹏写给父亲的信

（七）

父亲大人膝下：

来示询及振楚一事，查振楚于基隆辞别后，曾谓决意返里，嗣后据乡友云：彼仍暂留台中朋友处，至今□况何如，无从获悉。振法弟欲来台一节，希□进行。盖目下台湾谋职不易，广太来此已久，尚无妥职。最近公务较忙，日间无暇自修，夜间阅读各种报志书□，以冀进步。儿离乡已久，时抱远怀。至家兄之病疾，时以悬念。家姊相别将近十载，抱念殊深。前家兄姊所照之六寸半身像〔相〕片各乙〔一〕张，咖啡色，务祈检出由邮寄下，以慰远念。□此敬祝

福安！

儿 云鹏 敬上

八·卅

【批注】9月17日到

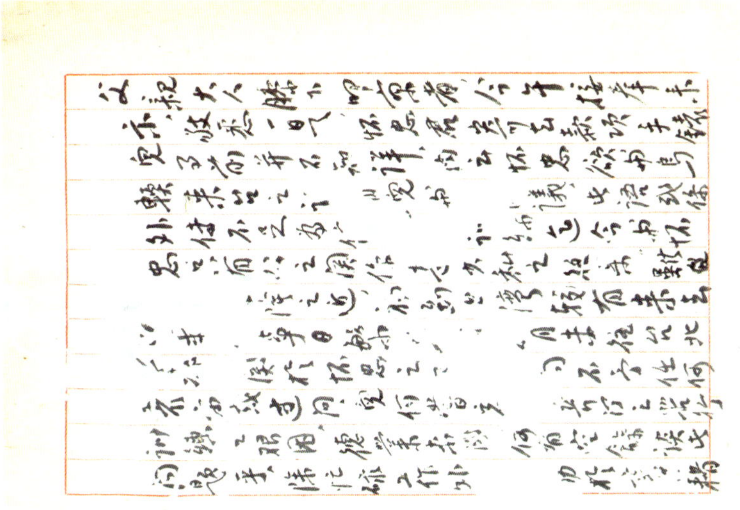

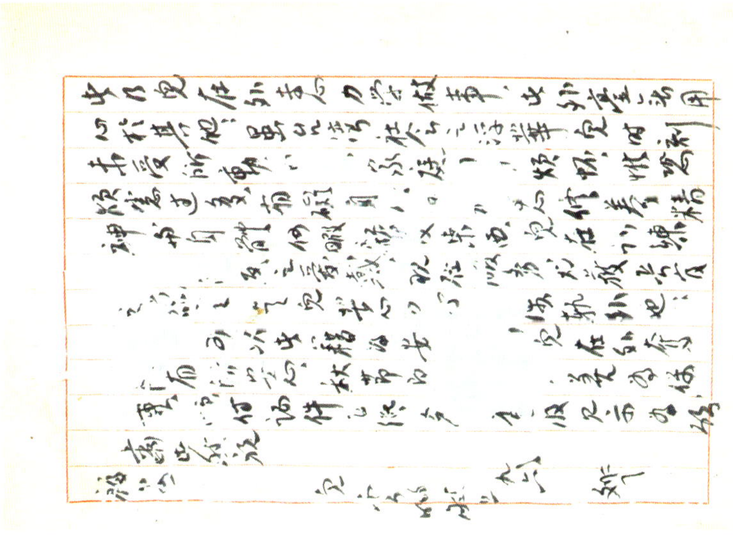

1946年9月6日王云鹏写给父亲的信

（八）

父亲大人膝下叩禀者：

今午接奉来示，敬悉一是。怀忠君寄去款项、手表，儿事前并不知详。内云怀忠欲与乌软来台之□，□儿与□□议，此语或系外传，不足为信。□□□□至今，与怀忠只有公之关系，甚少私之往来，虽□□□隆之近，初到台湾，较有来去，□□□事日繁，□□□□月未往台北□□。关于怀忠之□□□□不予任何表示或过问，儿何尝□□长汀之苦行、训练之艰困，德业未□，何有空余谈此问题乎？除忙碌工作外，□□□于书籍，此乃儿在外专心力学做事，此外毫无用心于其他。虽台湾社会之浮华，儿时刻未受所动。□□家庭□□烦怀，惟恐烦虑过多，有碍身□，□□心修养精神与身体，何暇顾及东西？儿在训练□□□友之爱戴，现在服务尤获长官之□□，是儿苦心□□□，□涉轨外也。□□可以此籍得安□，□□儿在外奋□有所安心。秋节即□，□□善为保重。顺付证件乙〔一〕纸，希□□收，见示为盼。

肃此敬祝

福安！

儿 云鹏 敬上

九・六

【批注】9月22日（到）

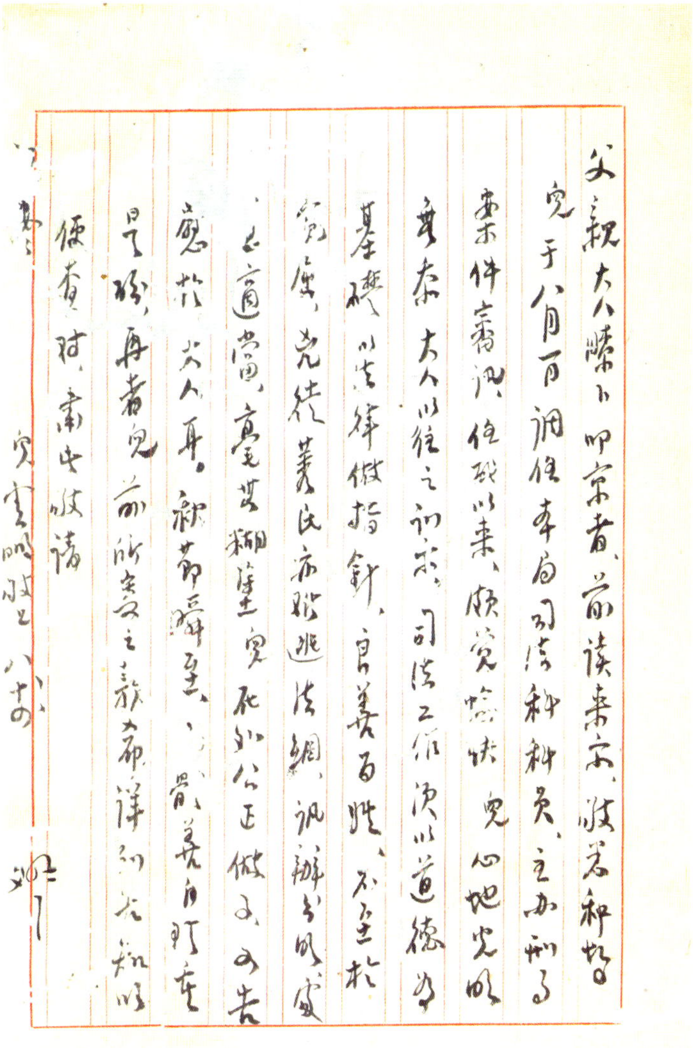
父親大人膝下：叩稟者，前讀來示，敬悉種切。
兒于八月一日調任本局司法科科長，主辦刑事
案件審訊，任職以來，頗覺愉快。兒心地光明，
無忝大人以往之訓示，司法工作須以道德為
基礎，以法律做指針，自善為懷，不至於
[illegible]度，[illegible]民亦[illegible]法網，訊辦[illegible]風度
之適當，毫莫糊塗，兒秉知公正做人，以告
慰於大人耳。新節[illegible]至，[illegible]兒自[illegible]
是矣。再者兒前所寄之款大部詳細告知，以
便查對。肅此敬請
[illegible]安 兒云鵬敬上 八、十四

1947年8月14日王云鹏写给父亲的信

（九）

父亲大人膝下叩禀者：

前读来示，敬悉□切。儿于八月一日调往本局司法科科员，主办刑事案件审讯。任职以来，颇觉愉快。儿心地光明，无奈大人以往之训示，司法工作须以道德为基础，以法律做指针，良善百姓不至于冤屈，凶徒莠民亦难逃法网，讯办分明，处□适当，毫无糊涂。儿在外公正做事，可告慰于大人耳。秋节瞬至，□体善自珍重是盼。再者，儿前所寄之款，希详列告知以便查对。肃此敬请

福安！

儿 云鹏 敬上

八·十四

【批注】9月7日（到）

（杨彦杰）

## 民族复兴的责任，放在我们的双肩

### ——从许寿裳家书说起

中国闽台缘博物馆收藏着上百件事涉台湾编译馆的书信、电文，展现了从筹备到裁撤这个机构的一年时间里，两岸有识之士同心携手“去日本化”与“再中国化”的努力。

其中，有两封家书（拟稿）是许寿裳写给在大陆的家人的。许寿裳（1883—1948），字季黻，号上遂，浙江绍兴人，与时任台湾省行政长官陈仪是同乡、同学。

“台湾教育普及，农业发达，工业亦有基础，女工均至少受过六年教育，骑自行车，水果大佳。”1946年7月，初到台湾的许寿裳对当地印象不错，甚至希望女儿许世玮到台湾大学读书。他说，台大规模之宏大，设备之完全，为国内任何其他大学所不及。然而，同月致信南京考选委员会委员长陈百年时，他充分表达了自己的忧虑：“惟经

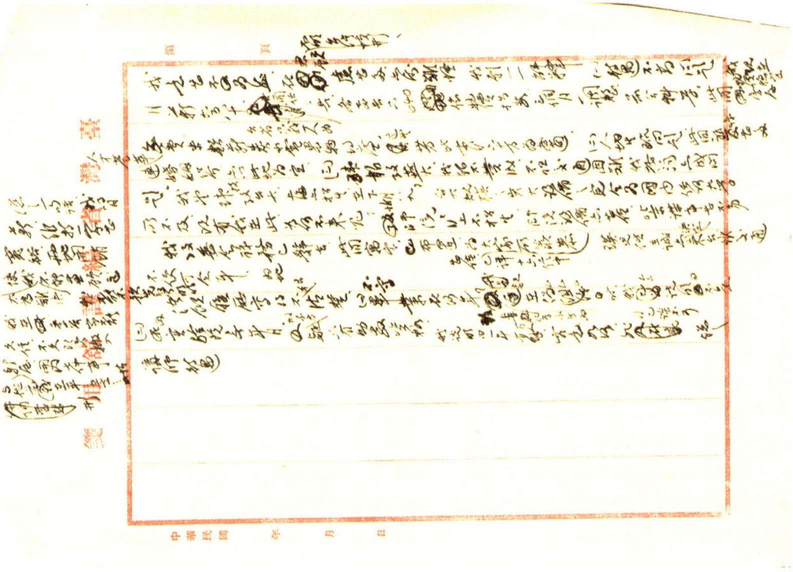

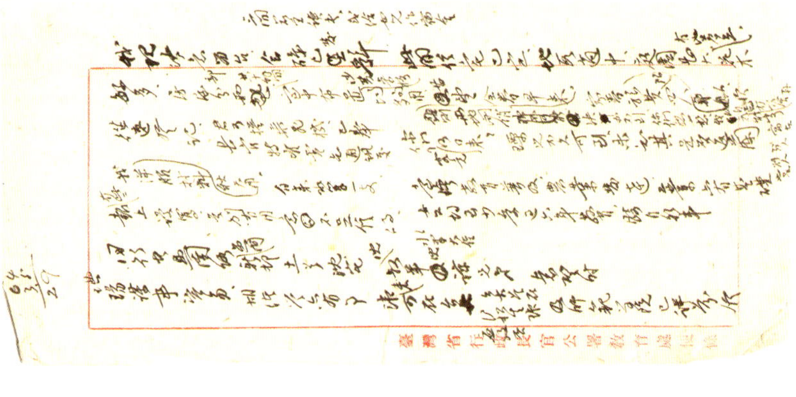

家书两封（草稿）

日人统治五十年”，“国语几濒于消失”。

好感与忧思并存，许寿裳概括光复初期台湾的两个特色时态度也是如此。第一个特色是台湾农业发达，教育普及，工业也有基础；台湾省有土地占70%，省有产业占80%以上。如制糖工业，据专家估计1年有140万吨的产量；煤不但可以供给本省之用，还可供给长江以南各地的需要。生产如此丰富，公有地产如此之多，在许寿裳看来实在是实行三民主义的良好基础。第二个特色，是日本人对台湾的研究很多，著作也很丰富，如地形、植物、动物、气象、矿产以及人文学科，都有分门别类的研究。如植物一门，有30多种书籍；又如动物，过去曾发生鼠疫，“即有老鼠、跳蚤等研究专书出版”。这不但是中国其他各省所没有的，就是世界各国也很少有。

台湾的自然环境、工农业和教育基础良好，已有的学术基础（包括台湾大学、日本人的研究成果）更是让人赞叹，但想要“去日本化”与“再中国化”何其困难，毕竟说汉语的人都很少了，更遑论中文。

然而，既是肩负使命，又已决心花五年时间去做好这件事，许寿裳邀来不少值得信任的同伴同行，踌躇满志地投入编译馆工作也就在情理之中了。

当然，这一切的起点是两封电文。

## 编译馆里绘宏图

1946年5月1日，陈仪给许寿裳发去电文：“台湾五月一日电。京。许季弗兄：为促进台胞心理建设，拟专设编译机构编印大量书报，盼兄来此主持。希电复。陈仪。辰东。”陈仪就任伊始就开始推动一系列自上而下的文化

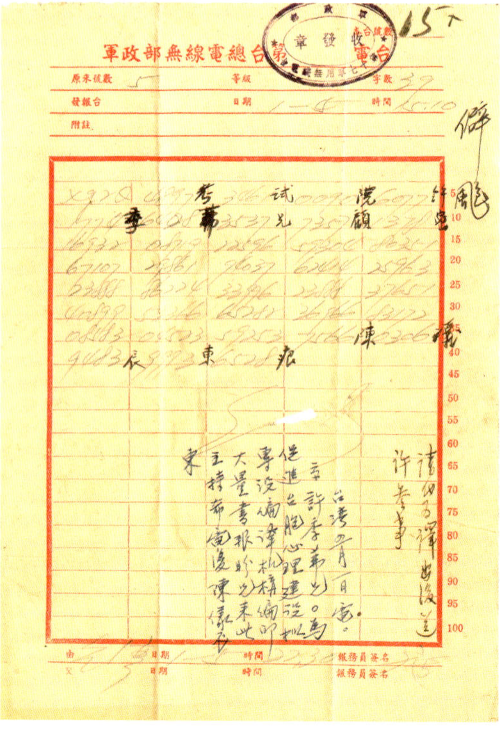
軍政部無線電總台第　台

陈仪电文

重建，专设编译机构即为其一。5月6日，许寿裳回电（拟稿）：“台北陈长官公洽兄勋鉴：顾密东电敬悉。极愿遵命往台，惟尚有请示诸点，容函详陈。许寿裳。鱼。”

看这两件电文。

首先，双方均以“兄”互称，一则以尊一则以熟。陈仪与许寿裳同乡同年，还是同学，相交久相知深。

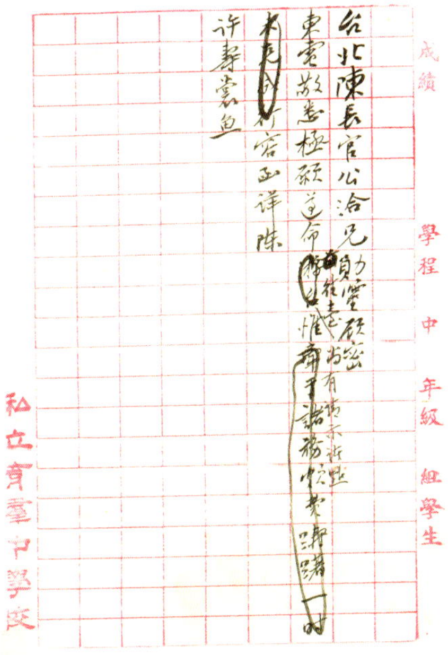


许寿裳回电（草稿）

其次，陈仪的电文言简意赅，许寿裳虽表“极愿遵命往台”，但“尚有请示诸点”（由后信可知，主要是关于机构编制、工作范围、经费、待遇等）。不过从之后许寿裳筹备编译馆的热情可以看出，他认同陈仪“促进台胞心理建设”的想法。

最后，双方电文之末分别为“辰东”（即5月1日）、“鱼”（即6日）。它们皆为电报日期代码——地支为月（1月到12月对应为“子、丑、寅、卯、辰、巳、午、未、申、酉、戌、亥”），韵目代日（以金代编修的《平水韵》的韵目代替日期）[1]。

---

1 韵目代日，作为中国历史上的一种电报纪日方法，自清政府开通电报始用，一直沿用到中华人民共和国成立初期，前后70余年。见简表。

| | | | | | |
|---|---|---|---|---|---|
| 1日 | 东先 | 12日 | 文侵 | 23日 | 梗漾 |
| 2日 | 冬萧 | 13日 | 元覃 | 24日 | 迥敬 |
| 3日 | 江肴 | 14日 | 寒盐 | 25日 | 有径 |
| 4日 | 支豪 | 15日 | 删咸 | 26日 | 寝宥 |
| 5日 | 微歌 | 16日 | 铣谏 | 27日 | 感沁 |
| 6日 | 鱼麻 | 17日 | 筱霰 | 28日 | 俭勘 |
| 7日 | 虞阳 | 18日 | 巧啸 | 29日 | 艳 |
| 8日 | 齐庚 | 19日 | 皓效 | 30日 | 陷 |
| 9日 | 佳青 | 20日 | 哿号 | 31日 | 世 |
| 10日 | 灰蒸 | 21日 | 马箇 | 注：1.以上的目为常用字，另有不常用字未列表； | |
| 11日 | 真尤 | 22日 | 养祃 | 2.清末对应的是阴历，1912年元旦起改用阳历。 | |

一周后（5月13日），陈仪又寄来长信，详细解释了自己对编译馆的设想，并希望许寿裳“化〔花〕五年工夫来完成它”，当然同时也许诺了丰厚的薪资与津贴。6月25日，许寿裳赴台。刚刚创刊的《工商日报》报道《许寿裳氏来台 将任编译馆长》，并详细罗列了编译馆的五大工作：编制中小学国语历史教科书、编制中小学教师参考书、编制一般读物、编制字典、选译世界名著。

8月7日，编译馆正式成立，设馆长一人、编纂十五人、编审二十人，下设四个组别（学校教材组、社会读物组、名著编译组、台湾研究组）。接下来的几个月，各组皆取得不俗成绩，可谓为光复初期台湾“心理改造”事业立下汗马功劳。

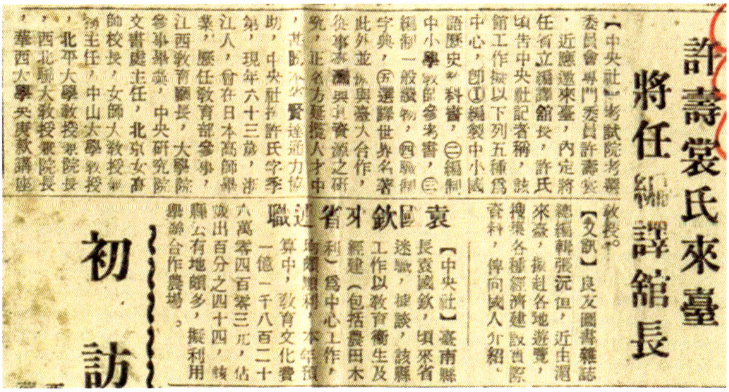
許壽裳氏來臺 將任編譯館長

【中央社訊】考試院考選委員會專門委員許壽裳，近應邀來臺，內定將任省立編譯館館長，許氏頃告中央社記者稱，該館工作擬以下列五種爲中心，即①編製中小學國語歷史教科書，㈡編製中小學教師參考書，㈢編製一般讀物，㈣編製字典，㈤選譯世界名著，此外並擬與臺大合作，從事本省與其資源之研究，正多方延攬人才，中央社許氏字季茀，浙江人，現年六十三歲，浙江人，曾在日本高師畢業，歷任教育部參事，江西教育廳長，大學院參事兼科長，中央研究院文書處主任，北京女高師校長，女師大教授兼系主任，中山大學教授，北平大學教授兼院長，西北聯大教授兼院長，華西大學英庚款講座

【文訊】良友圖書雜誌總編輯張沅恒，近由滬來臺，擬赴各地遊覽，搜集各種經濟建設實際資料，俾向國人介紹。

袁國欽來省述職

【中央社】臺南縣長袁國欽，頃來省述職，據談，該縣工作以教育衛生及經建（包括農田水利）爲中心工作，本年預算中，教育文化費一億一千八百二十六萬零四百零三元，佔歲出百分之四十四，該縣公有地頗多，擬利用舉辦合作農場。

初訪

1946年6月，《工商日报》报道许寿裳赴台消息学校教材组着重编发中小学教科书并编制中小学教师参考书。“我们是中国的少年，民族复兴的责任，放在我们的双肩。伟大的时代，给我们严格的训练。我们的身体，像狮子一样的健；我们的意志，像钢铁一样的坚。……”这是适用于初级小学的《国语》的第一课《我们是中国的少年》，可谓开宗明义地唤起民族意识。社会读物组负责编印满足一般大众知识需求的读物，以“人人有用，人人能读，人人可买”为目标，定名为“光复文

《光复文库》编印旨趣（草稿）

库”。第一期书目中除了许寿裳亲自编著的《怎样学习国语和国文》，还有《台湾三百年史》《中国地理现状》《中国史通论》等共21种。名著编译组致力于译介名著，着手编译的书目有《莪默诗译》《论语今译》等8种。台湾研究组整理并继续推动台湾研究。在日本学者的研究基础上，研究组取得丰硕的成果，包括《琉球亡国实录》《台湾府县志艺文志索引》等12种；此外，还创刊了《台湾学报》。[1]在《台湾学报》发刊词中，许寿裳开宗明义：“台湾省是我国的东南屏障，山川明秀，物产丰富，沦入日本人手中，足足有五十年，一旦还归祖国的怀抱，在极端喜跃当中，即便想到各种建设……政治、企业、民生固属重要，而学术尤重，无论在物质方面，在精神方面都应该努力，使它蒸蒸日上。本馆职在编译，为研究台湾，发扬学术计，刊行这《台湾学报》。”

许寿裳非常注重“从语言开始”“去日本化”，积极推行国语。1947年1月，在《怎样学习国语和国文》的广告词中，许寿裳说：“本省大多数同胞最感苦痛的一件事，就是对国语不会说，对国文写不好、看不懂。”1947年4月

1 依据1947年1月的《台湾省编译馆工作概况》，载黄英哲、许雪姬、杨彦杰主编《台湾省编译馆档案》，福建教育出版社，2010年，第110—123页。

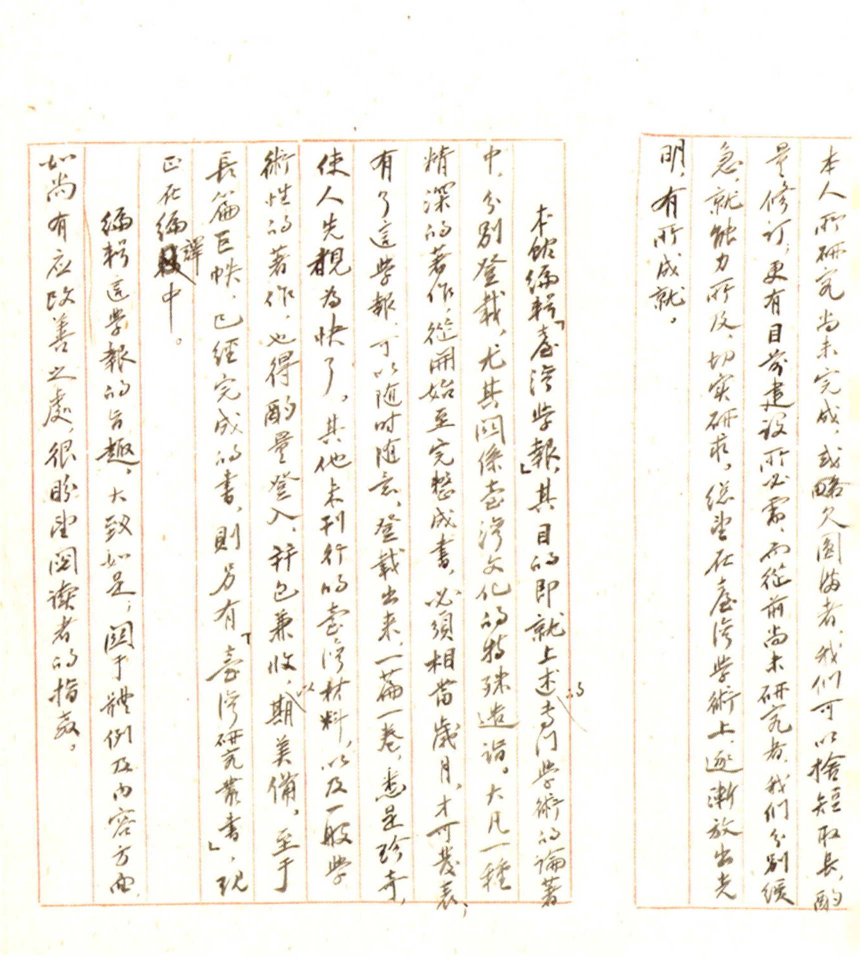

本人所研究尚未完成，或略欠圓滿者，我們可以捨短取長，酌量修訂，更有目前建設所必需，而從前尚未研究者，我們分別緩急，就能力所及，切實研求，總望在臺灣學術上，逐漸放出光明，有所成就。

本館編輯「臺灣學報」，其目的即就上述專門學術的論著中，分別登載，尤其關係臺灣文化的特殊造詣。大凡一種精深的著作，從開始至完整成書，必須相當歲月，才可發表，有了這學報，可以隨時隨意，登載出來，一篇一卷，總是珍奇，使人先睹為快了。其他未刊行的臺灣材料，以及一般學術性的著作，也得酌量登入，并包兼收，以期美備。至于長篇巨帙，已經完成的書，則另有「臺灣研究叢書」，現正在編譯中。

編輯這學報的旨趣，大致如是；關于體例及內容方面如尚有應改善之處，很盼望閱讀者的指教。

《台湾学报》发刊词（草稿）

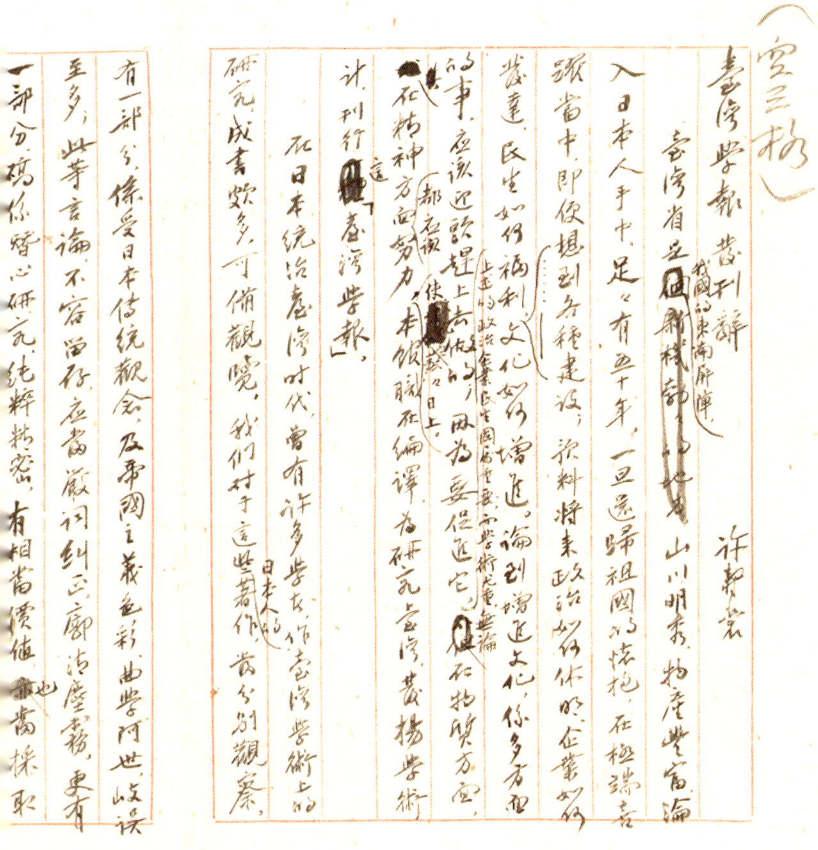
(空三格)
臺灣學報發刊辭
许壽裳
臺灣省並我國的東南屏障，山川明秀，物產豐富，淪入日本人手中，足足有五十年，一旦還歸祖國的懷抱，在極端喜躍當中，即使想到各種建設；預料將來政治如何休明，企業如何發達，民生如何福利，文化如何增進。論到增進文化，係多方面的事，應該迎頭趕上去，依然為要促進它。上述的政治、企業、民生固然重要，而學術尤重，無論在物質方面，在精神方面努力，都在積極使它蒸蒸日上。本館職在編譯，為研究臺灣，發揚學術計，刊行這「臺灣學報」。
在日本統治臺灣時代，曾有許多學者，作臺灣學術上的研究，成書數多，可備觀覽。我們對于這些日本人的著作，當分別觀察，
有一部分，係受日本傳統觀念，及帝國主義色彩，曲學阿世，歧誤至多，此等言論，不容留存，應當嚴詞糾正，廓清塵霧；更有一部分，確係潛心研究，纯粹精密，有相當價值，也當採取

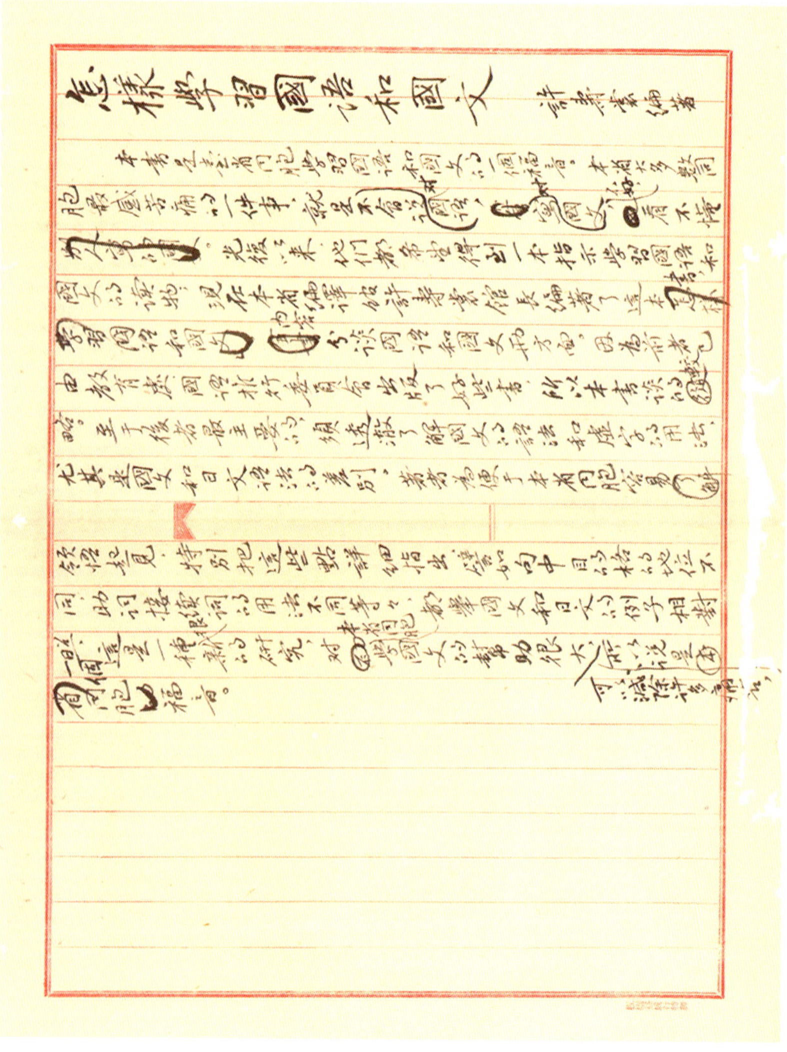

怎樣學習國語和國文　許壽裳編著

本書是專為同胞學習國語和國文的一個福音。本省大多數同胞最感苦痛的一件事，就是不會說國語，不會寫國文，看不懂刊物的內容。光復以來，他們都希望得到一本指示學習國語和國文的實地。現在本省編譯館許壽裳館長編著了這本學習國語和國文的書，內容詳論國語和國文兩方面。因為前者已由教育處國語推行委員會出版了好些書，所以本書詳於後者。至于後者最主要的，須是講了解國文的語法和使它的用法，尤其是國文和日文語法的差別，特為便于本省同胞容易了解起見，特別把這些點詳細指出，譬如句中目的格的地位不同，助詞接續詞的用法不同等等，都舉國文和日文的例子相對照，這是一種新的研究，對于本省同胞學習國文的幫助很大，所以說是同胞的福音。

《怎样学习国语和国文》广告（草稿）

19日，许寿裳在给许广平的信中说："此间办事困难，其最大障碍是在语文的隔阂，因台胞均说日语，看日文，对于国语、国文程度太低，现虽注力于此，收效尚甚少也。"

然而，要改变这种状况不是一朝一夕的事，更何况因突发"二二八事件"，台湾社会一度陷于混乱，刚刚成立数月的编译馆也陷于风雨飘摇之中。

## 踌躇满志终须别

"二二八事件"后，陈仪引咎辞职。1947年4月24日，许寿裳向陈仪提出辞去编译馆馆长之职：

> ……因念本省编译工作，为钧座教化设施之基，关系綦重，非病躯所能任，诚恐长此勉强支撑，公私两误。为此拟恳赐准辞去省编译馆馆长职务，藉暂退休……

陈仪如何回复不得而知，不过，想来此时的他当是百感交集。毕竟国民政府已决定裁废长官公署，改组为省政府。很快，5月11日，陈仪离开台湾，许寿裳至松山机场送行；5月15日，魏道明到任台湾省政府主席；5月16日，台湾省政府委员会第一回政务会决议撤废编译馆，其业务由省政府教育厅接管；6月24日，编译馆改组为编审委员会，由教育厅正式接管。

逢临巨变，许寿裳表现泰然。5月1日，他修改长子许世瑛的文章《台湾需要一个新的五四运动》；5月5日，台湾大学教务长戴运轨邀请其出任中国文学系主任；5月15日，赴机场迎接台湾省政府主席魏道明，同日收到台湾大学教授聘书兼中国文学系主任聘书。其后，在报呈魏道明的《台湾编译馆的设立》里，他说明了设立缘由及已完成的工作，罗列了工作计划及人事状况。5月31日，许寿裳为自己签发《台湾省编译馆服务证明书》：计在本馆服务11个月15天。6月，为答谢友人章微颖、马祀光，他赋诗四首，诗文中表现出对事不卑不亢、对己自得自乐、对友真情实意的态度。

难得陈公政见高，教从心理饷台胞。只身孤篋飞蓬岛，故土新临气自豪。

外露为山才一篑，内潜掘井已三寻。岂知江海横流日，坐看前功付陆沉。

去官惟觉一身轻，补读还期炳烛明。自有胸中真乐在，浮云何碍大圆清。

二君词笔冠南州，况复公文智虑周。毕竟交情真道谊，不辞千里间来游。

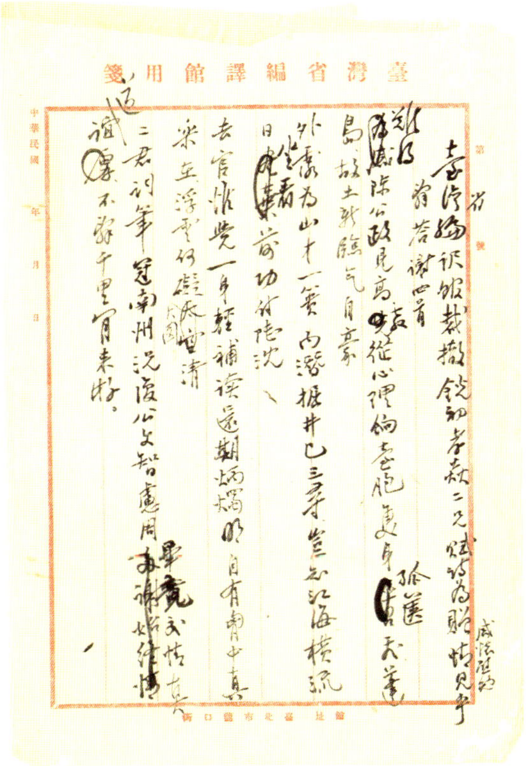
臺灣省編譯館用箋

答谢诗（草稿）

然而，自己和好友陈仪都寄予厚望的编译馆遭裁撤，许寿裳心中终究意难平，他在1947年6月25日的日记里写道："如此匆遽，莫解其由，使我表见未遑，曷胜悲愤！……知我罪我，一切听之。"

1947年5月，许寿裳出任台湾大学中国文学系主任，到1948年2月18日在寓所被杀，这8个月的日记里他几乎不提旧时光，但可以从不多的诗文中读到一些心情。

> 举世谁从话独醒，竹竿簅簅水清清。芦中亦济英雄困，侠骨无由识姓名。（《题彻三绘渔父象》）

> 既怀内美，重以修能；虽遭馋贼，心岂可惩；民生多艰，言之流涕；逸响伟辞，卓绝一世；自凭神思，高驰遐寻；而眷念宗国，终不忍去自沉。（《题彻三绘屈原象》）

但普及汉语、中文的理想，许寿裳从未放下。"遇害之前一日，还在苦心的筹划国语问题，国文问题，以及图书的整理。"台湾大学的同事、文学家台静农在《追思》

中这样写道。

许寿裳与台静农相识二十载，在台湾大学共事时比邻而居。《许寿裳日记》中屡次提到台静农，仅1947年，“访静农”“静农来”这样的记录，就出现29次之多，甚至有时一天里提到两次，一来一往。也正是这样的情谊，才使得安静沉稳的台静农在老朋友突然遇害后，写下了追思的文章。“二月十八日下午，我同建功兄经过先生寓所，因便走访先生，未进客厅，就在廊下匆匆说了几句话，先生站在廊上，映着阳光，面色非常温润，当时心想，像先生这样神情，一定要享大年的，谁知道不过十小时以后，竟给我们以永生忘不了的惨痛。”这一段描写，或许是留给后人最后的许寿裳了。

许寿裳的日记也戛然停在“1948年2月18日”这一天。那天，他发出一封给朋友的唁电，也给自己的生命画上句号——是日深夜，许寿裳于睡梦中被人用柴刀砍杀。

“世乱日深，魔爪四布，先生一生忠厚，竟亦身受此厄！岂必杀尽天下无辜，始足以餍彼恶魔之凶欲乎？走笔至此，不仅为先生痛惘，亦为民族前途放声一哭也！”许寿裳被杀的第三天，老报人郑士镕在上海《大公报》发表

《悼念许寿裳先生》。

“章太炎先生的早期弟子们，既不忘师说，也不泥师说，日有进境而成为纯科学态度的学者的，许寿裳先生便是其中的一人。”不久后，著名编辑孙伏园在《忆许寿裳先生》里写道，“他的宽和温厚，他的忠诚勤奋，他的实事求是，他的一丝不苟，都是我们后辈需要学习的。”

历史的车轮滚滚向前，许寿裳的人生早已成了往事。如今，翻阅品读一封封书信、一则则日记，仿佛又见到他埋首编译馆的踌躇满志，见到他离世当天“映着阳光”的脸庞……

（梁白瑜）

# ㊃

# 咫尺天涯

（1949—1987年）

# 大海若知

## ——东山岛的两岸家书故事

1950年5月，东山岛解放前夕，国民党残部在败退台湾前疯狂地在当地抓壮丁扩充兵源。一夜之间，铜钵村被抓走了147名青壮男子，造成当年仅289户的村庄，有近百名（91人）妇女守活寡。铜钵村由此成为全国著名的“寡妇村”。这些男人被抓走后，留在大陆的白发爹娘、新婚少妇和无依孤儿生活举步维艰，精神上也受尽折磨。他们日夜企盼的，便是亲人的音信和他们的归来。同样，那些被抓去台湾的壮丁也一直想方设法寻找和联系家乡亲人。然而，长期的对峙隔绝使得两岸通信一直极为困难。

功夫不负有心人，滞留台湾的这些壮丁后来终于通过其他国家或地区的邮局转寄书信与家乡亲人取得了联系。1963年，铜钵村收到第一封从新加坡添盛信局辗转而来的台湾来信。此后，去台人员的亲属也纷纷试着写信联络彼岸生死未卜的亲人。当年，这些书信通常要先寄到新加坡、马来西亚等地的亲戚或朋友处，由他们换上一个信封，再转寄到台湾去，并托人查找收信人。而对岸的亲人寄信到家乡也同样颇费周折，一封信常常要辗转好几个月才能到达收信人手里。“1978年，东山县在全国率先设立台湾同胞接待站，为台湾渔船避风停靠、物资补给、寻根探亲提供服务。台湾渔民通过停靠福建沿海台轮停泊点的机会，或对台小额贸易，私下带回书信，通过台胞接待站转交给大陆亲人。大陆亲人也通过台胞接待站托人将信件带到台湾。”[1]据了解，由于两岸书信传递极为不易，20世纪80年代第一次回到铜钵村的黄韵奇，一人带了100多封老

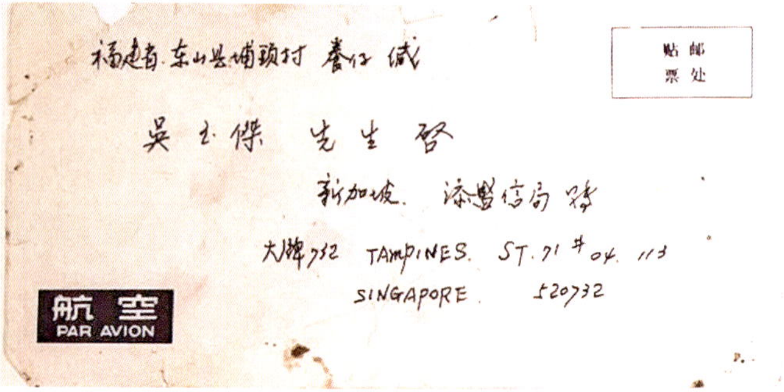


通过新加坡添盛信局转寄东山的家书（资料来源：东山县档案馆）

1　赵文娟、欧东茵：《明月何曾是两乡》，载《福建日报》，2024年3月14日，第12版。

福建省东山台湾同胞接待站（资料来源：东山县档案馆）

兵的家书回来，收信人除了东山本地的，还有周边诏安、云霄等县的。1988年4月，台湾当局同意台湾民众的信件可以通过台湾红十字会组织经香港地区的邮局转寄大陆，但直到2008年12月15日，两岸海运直航、空运直航、直接通邮全面启动，两岸人民盼望了数十年之久的全面、直接、双向通邮才终于变为现实。

## 一、代书卅载

由于“寡妇村”老一辈人多半不识字，每次写信大多要请人代笔，当时村里识字较多、年仅11岁的小学生黄镇国扮演了这一角色。黄镇国生长在这里，请他代笔的这些嫂嫂、姑姑、婶婶们的生活境况他很清楚。每次铺开纸张写信，黄镇国总是感同身受，很快就进入“妻子”“母亲”或“兄弟”的角色，写出情真意切的家书。

三四十年间，黄镇国代笔写的信已有成百上千封了，他也被媒体称为“海峡鸿雁”。在两岸书信联系最频繁的时候，黄镇国一天要写四五封信，等着读信的人更是排起了长长的队伍。他始终以最大的真诚和热情对待这些乡亲，因为他记得儿时母亲收到远方来信，不管多晚都迫不及待地提着灯笼，带着他去找人读信的经历，他太了解这种心情了。黄镇国帮助很多当地被迫分离的村民亲友，和台湾那边的丈夫或儿子取得了联系。有近七成当年的壮丁回家探亲，更有9位返乡定居，蔡秋昌就是其中之一。30多年来，黄镇国义务为村里的“寡妇”林阿鲜给她丈夫蔡秋昌写信。1991年蔡秋昌回乡定居。此后，每年蔡秋昌与台南的往来书信及寄来的养老金等手续的办理，也全靠黄镇国的热心帮助。

## 二、一往情深

据黄镇国介绍，这些书信在不同阶段内容有所差异。1987年10月，台湾当局开放台湾居民赴大陆探亲，并于次年4月同意台湾民众的信件可以通过台湾红十字会组织经香港地区的邮局转寄大陆。黄镇国的代笔内容也随之发生了变化。“开放前，代笔基本都是报平安、诉离情；开放后，代笔的主要内容变成帮助提供资料，协助一些台胞申请回来探亲、定居。随着两岸往来的增加，隔绝已久的老人难免因为抱养子女、‘一夫两妻’等现实问题产生矛盾，书信又担当了化解矛盾的角色。”[1]但无论时代如何变化，书写的内容如何不同，两岸一家亲，家人之间的亲情底色一直没有变。

（一）我等着你

黄镇国第一次代笔，是帮堂嫂沈锦菊写信给堂哥黄亚庆。被抓壮丁而背井离乡后近七年，黄亚庆托人寄回来的第一封信其实是一张字条：“锦菊贤妻，夫在外平安，请勿挂念。我为人夫不能尽人夫之责，问心有愧。望妻保重，但愿后会有期。”收到信后，沈锦菊百感交集。在这七年中，她不仅承受分离之苦、生活上的艰难，更经历了从“敌伪家属”到“兵灾家属”的身份转变[2]……当时，堂

1 谢汉杰：《两岸书信渐成记忆 漳台亲情历久弥新》，《闽南日报》2017年12月14日，第9版。

2 中华人民共和国成立初期，由于两岸硝烟对立的情势，被国民党残部抓走的壮丁的家属一度被定性为“敌伪家属”，被视为“阶级敌人”。后来在时任东山第一区区委书记谷文昌的建议下，将“敌伪家属”改为“兵灾家属”，强调他们是受害人，政治上不歧视，经济上平等对待，生活困难的给予救济，这极大改善了这些家属的处境。

嫂沈锦菊刚开口说了两句，就哽咽得说不出话来。黄镇国从她止不住的眼泪中就知道她要说什么，信该怎么写了。[1]

阿庆吾夫：

收到你的来信，万分高兴。自从离别后，一直在探听你的下落，但像石沉大海一样杳无音讯，十分担心你的安危。正焦虑之时，亚为叔家婶子送来你夹在她们信中的字条，读后喜出望外奔走相告。你在外平安就是亲戚朋友和家人最大的安慰。你在信上说，作为人夫不能尽其人夫之责，自知有愧。其实你不必自责，而我也愧对于你。那天夜晚，你躲在草屋里的草堆中，不出来也许能逃脱一劫，可是保长骗我说，叫阿庆出来吧，查一查良民证没事回家，而前不久你的叔叔黄阿发刚顶替阿庆去当兵，会更没事的。如有意外我会替你求情。就这样我把你叫出来才被抓走的，想起这事我颇感内疚。希望你在外保重身体，留得青山在，不怕没柴烧。如邮路可通，多设法来信报个平安消息，以慰远念。烽火连三月，家书抵万金。何况

1 “沈锦菊回复丈夫黄阿庆的信”和后文“黄宝兰给儿子黄建忠的信”，均引自黄镇国的博客（https://yl55666.lofter.com/），系黄镇国根据信件底稿整理而成。

已别六七年啦，该值多少？

家里平安无事，勿念。我等着你。此信托人信中寄出故不宜多写，余言后述。

沈锦菊敬上

1957年5月5日

“我等着你……”沈锦菊在这场人间浩劫中是幸运的，多年后她等到了丈夫黄亚庆的归来。然而对于铜钵村大部分与丈夫离散的妇女来说，离别便是永别——她们中有三分之一等到的是丈夫客死台湾的消息。

（二）守了一辈子

林云，丈夫谢文离家时，留下了五个儿子（最小的儿子在母亲的肚子里才两个半月）。几十年来，她含辛茹苦把儿子养大成人，现已儿孙满堂，只盼着能见丈夫一面。听说台湾老兵可以回家探亲后，她每天都向通往村外的大路张望，盼着丈夫的身影能出现在眼前。不管丈夫在台湾是否另成家室，只要能活着见上一面就好，这样，他才知道林云为他守了一辈子。然而，最让她担心的事还是发生了。一位从台湾回来的亲人给她带来一封信，信中告知了她的丈夫在台去世的日期。噩耗传来，已是老阿婆的林云受到严重的刺激，接受不了残酷的现实，一时昏了过去。

那年农历五月二十九日黎明之前，马銮湾海滩凄风苦雨，波涛汹涌。谢文的子孙披麻戴孝，望着大海异口同声使劲地呼喊着“爸爸回来”“公公回来”，希望潮去能把他们的呼喊传到亲人灵前，潮来时又把亲人的亡魂引回家来。听者无不伤心落泪。

（三）你在台湾还好吗？

一年又一年地等，日里夜里地盼，铜钵村已经有一些人收到了海峡对岸的来信，而陈巧云却没有收到丈夫的任何消息。陈巧云的丈夫黄亚嵩被抓走时，家里上有老，下有小，全靠她一个弱女子支撑起离散的家庭；现在子女早已成家立业，公婆也驾鹤西去。经过激烈的思想斗争后，陈巧云来到黄镇国家，哽咽地说出了心中所想。

亚嵩啊，爸妈已经走了，你怎么还没回来啊，孩子已经长大成人了，我也老了……你是不是在台湾又娶了别人啊，就算你再娶了，我也没关系的，我只想在走之前，再见上你一面，不管怎么样，你也要回来，到爸妈坟前，磕个头啊……

陈巧云的信辗转寄到台湾，最终送到了黄亚嵩手中。半年后，黄亚嵩回信了，信中解释了之前一直没有与家乡联络的原因：一是生活历经磨难，一直颠沛流离；二是担心倘若陈巧云已改嫁，自己的来信会打扰她的生活。1988年10月，黄亚嵩返回了阔别30多年的家乡。此时，陈巧云64岁，黄亚嵩72岁，两人都已满头白发。之后黄亚嵩每年都回家来，更于1992年办理了返乡定居的手续，从此一家子便生活在一起，一直到他过世。

（四）即刻回家

铜钵村的吴阿银在丈夫被抓走后，所要面对的生活是极为艰难的——婆婆年迈多病，大女儿5岁，二女儿2岁，儿子刚刚出生。那个年代，吃水是要肩挑的，做饭是要烧柴的，田里的活不能耽误，家里的家务同样要扛着。更让人伤心的是，小儿子在出生后第18天永远地离开了她。被抓去台湾的谢老王38年始终孤身一人，开放探亲后，他欢喜若狂，即刻就要赶回家乡。从他有些词不达意的信中能体会那种一刻也不愿多等的急切心情。

阿银妻，你好！

信来已接到，辅导会上级长官至今公文没有下来，请你勿须为急，可能希望月底能下令，我马上就打电报告诉你，请勿挂急为望，可能仙〔汕〕头飞机下场，请来接我回乡，余言后谈，再见！

并祝

家安，大家愉快！

夫 谢老王 敬上

十月八日寄

（五）“各自家照顾好为盼”

1983年，林添龙三弟的儿子林少宗路过村口的小卖部时，无意间发现了一封写着大伯名字的信。这封信是朱赛珍等待了三十多年后盼来的第一封信。此时，家里抱养的儿女都已成人，年迈的婆婆生命垂危。都说一辈子仿佛弹指一挥间，可是对于朱赛珍来说是何等的辛酸不易。她依稀记得丈夫林添龙与她刚结婚三天就被抓走了。林添龙在家中排行老大，来抓壮丁时，他让两个弟弟一人躲在甘蔗垛里，一人在阁楼里藏好，而他自己却被带走了。林添龙保全了弟弟们，却留下刚过门三天的朱赛珍，这是他之后几十年一直迈不过去的坎儿。

林少宗欣喜若狂地飞奔回家，告诉病榻上的奶奶（林添龙的母亲）：大伯还活着。全家人反反复复地看着这封信，而被医生宣告命不久矣的奶奶得知大儿子还活着，竟然好了过来，靠着这个精神支撑，又扛了三年。但林添龙第一次返乡，已是1988年的事了。亲人们不知道的是在台老兵呐喊了多少年，林添龙又排了多久的队，才等来了这次回家的旅程。

两岸恢复通信后，林添龙多次寄回家书并附上美元，从几百到几千不等，养子、养女、兄弟、侄儿，人人有份。他嘱咐家人，一定要把钱留着给孙辈念书。“林添龙写给（二弟）林溪池的信”其一原文如下。

溪池吾弟好：

今尤〔有〕东沈村唐宗和返乡，是我交好友，寄它壹仟元美金，溪池贰佰元正，桂宗贰佰元正，桂成叁佰元正，进忠叁佰元正，季节冬寒，希望各自保重，各自家照顾好为盼。人气可鼓而不可泄，勤于工作，俭以求学，免得一生蹉跎变成空，祝福平安愉快。

兄 添龙 寄上

8.11

林添龙在台湾并未娶妻，退伍后只身在高雄医院当护工。不管家里村里有什么大事，他总会寄钱回来，以至于铜钵村的人都以为他的日子过得很好。直到2000年后，养子带着孙女到高雄看望林添龙，才发现他一直住在一个不足10平方米的简陋宿舍中，屋内的电器不超过三样，而日常的三餐常常是在医院里用开水就着馒头吃。晚年，林添龙不愿给养子女添麻烦，没有回乡……

至此，一去，便是一生。

（六）被一首诗追回来的老兵

不是每一次呼唤都有回音，写出去的信，有的就像抛到海里的石头。黄镇国帮宝兰阿婆给她儿子写信的时候，阿婆精神已经恍惚，时常对人说她看到儿子回来了。可是到死阿婆也没能再见上儿子一面。

黄建忠是黄阿九和黄宝兰的独子，是铜钵村被抓去台湾的壮丁里年龄最小的，年仅17岁。村里人开始联络对岸亲人的时候，黄阿九夫妇俩曾多次请黄镇国代写书信，委托新加坡的亲戚与儿子取得了联系。后来因新加坡的亲戚病逝，两岸的亲人中断了联络。在黄建忠被抓走的第25个年头，他的父亲含恨九泉。而与儿子分别30年后，黄宝兰再也没有了继续支撑下去的信念。撒手人寰前，她请黄镇国给儿子写了封信。

建忠儿：

我是你的母亲。好久没收到你的来信，不知你在外近况如何，很担心的。也许是新加坡亲人没转你的来信。我知道你是个孝子，不会不想念母亲的。母亲想你呀，因为你是父母亲的独生子。十七岁那年，你被抓兵去金门，父母亲心如刀割，朝思暮想。三餐难进食，夜不能眠。你父亲想傻了，患痴呆症。什么事都忘了，唯一没忘的是逢人总是说：哎哎，我的忠儿坐着龟仔车（小轿车）回来了。说了再说，自言自语。后来死了，死前还念着这话。而我，患肺结核多年，如今已卧床不起了。等了几十年，求神拜佛只求能见你一面死才瞑目。但等不到那一天啦。知道难逃此劫，也许你还没收到信时我已经死了。但还是整天念着阿弥陀佛，叫神佛保佑你早日收到这封信，早日收到你的回信，在信上最后听一声你叫母亲的声音，算是死了不值也值。事到如今有些家事也该说个明白。你走后不久，咱家分了土地，但没有劳动力，因有了互助组，靠左邻右舍乡亲们的帮助日子过得还好。后来收留了一个少你几岁的女孩，本想你能回家给你当老婆的。但你回不来呀。后来养女招了亲，也生男育女，总算为咱家传宗接代，替你养我，功德无量。我临死之前有句话与你说，太平时候别忘了回这个家。

母亲：黄宝兰

1970年6月3日

没有想到海峡对岸的黄建忠并没收到这封绝笔信。20世纪80年代末，很多老兵都陆续回来了，独不见黄建忠。1990年的中秋节，黄镇国提笔代黄建忠的妹妹写信，并随信附上一首蕴含深意的新古体诗《中秋即情——寄台宗兄》。

岁月无情几度秋？月圆人缺何时休？月色溶溶何时醉？何时良宵梦悠悠？几家月下天伦乐？何人庭中独自愁？世态风云惊多变，趁峡浪平好行舟！

两个多月后，黄建忠回来了。他带上礼品，在妹妹黄亚卿的陪同下登门拜访黄镇国。一见面，他就对黄镇国说：“兄弟，我被你的那首诗追回来了。”此后，黄建忠多次返乡为父母扫墓。

（七）铜钵村仍然是我的家

这是一封1997年的信，信中就铜钵村家中房屋使用分配问题做了说明。很显然，写信者谢顺吉在祖宅的使用上是有话语权的。信的字里行间体现着谢顺吉对这个家庭中每个人的关爱和照顾，而他遵循传统，叮嘱要在祖宅的大厅供奉家族的祖先，也体现着闽台一家的血脉渊源。

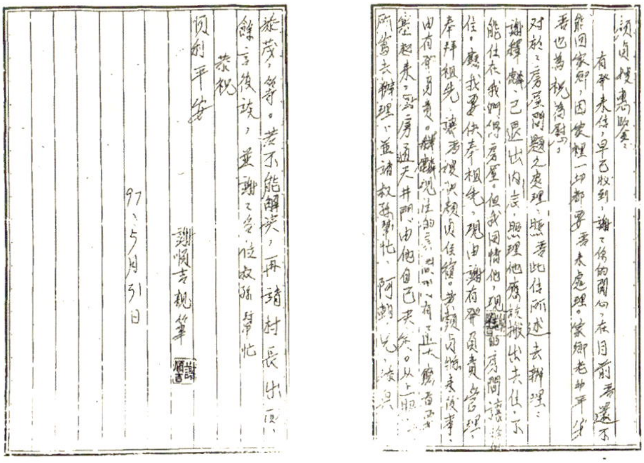
顏貞嫂惠鑒：

有發來信，早已收到，謝謝你的關心，在目前吾還不能回家鄉，因家裡一切都要吾來處理。家鄉老幼平安，吾也為祝為慰。

對於房屋問題之處理，照吾此信所述去辦理：謝釋麟，已退出內[illegible]，照理他應該搬出去住，不能住在我們的房屋。但我同情他，現住的房間讓給他住。廳我要供奉祖先，現由謝有發負責管理，奉拜祖先，請吾嫂代顏貞住續。若顏貞能來後事，由有發負責。釋麟現住的[illegible]有[illegible]大廳吾要整起來，[illegible]房通天井門由他自己去[illegible]。以上所[illegible]所當去辦理，並請叔孫幫忙，阿湖兄，請與發茂，等。若不能解決，再請村長出面，餘言後談，並謝謝你協助幫忙

恭祝

順利平安

謝順吉 親筆

97、5月31日

谢顺吉写给颜贞嫂的信

（资料来源：东山县寡妇村展览馆）

颜贞嫂惠鉴：

有发来信，早已收到，谢谢你的关心，在月前吾还不能回家乡，因家里一切都要吾来处理。家乡老幼平安，吾也为祝为慰。

对于房屋问题之处理，照吾此信所述去办理：谢释麟，已退出内□，照理他应该搬出去住，不能住在我们的房屋。但我同情他，现住的房间让给他住[1]。

1 这句话加盖了谢顺吉的私章。

厅，我要供奉祖先，现由谢有羿负责管理，奉拜祖先，让吾嫂黄颜贞住宿。黄颜贞将来后事，由有羿负责。释麟现住的房间门有通大厅者要塞起来。厨房通天井门由他自己决定。以上照我所写去办理，并请叔孙帮忙，阿朝兄，添兴、添茂，等。若不能解决，再请村长出面，余言后谈，并谢谢各位叔孙帮忙。

恭祝

顺利平安

谢顺吉亲笔

97. 5月31日

谢顺吉的另一封信，则是通过回顾自己往年对家里的贡献，来提醒颜贞嫂：尽管他身在台湾，但是多年来他始终牵挂，并用心经营这个大家庭。信文节选如下。

颜贞嫂惠鉴：

前寄去乙〔一〕信是否收到？对于房屋问题，有否照我所写的信去办理？厅，我要供奉祖先，这是应该的事，因我现不能返乡，由有羿负责管理，应该是没有问题。在廿六年前，我母亲去世时，我连续寄去人民币肆仟多元。后来每年都有寄去，美金两三佰

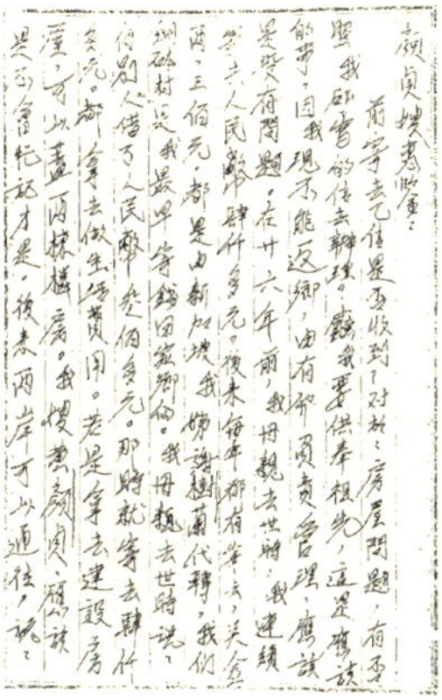

颜贞嫂惠鉴：
前寄去乙信是否收到？对於房屋问题，前不
[illegible]我所[illegible]的信去办理。[illegible]我要供奉祖先，这是应该
的事。因我现不能返乡，由有人负责管理，应该
是没有问题。在廿六年前，我母亲去世时，我连续
寄去人民币肆仟多元。後来每年都有寄一次，[illegible]
两、三佰元。都是由新加坡我姊谢树兰代转，我们
铜钵村是我最早寄钱回家乡的。我母亲去世时说，
向别人借了人民币叁佰多元。那时就寄去肆仟
多元。都拿去做生活费用。若是拿去建设房
屋，可以盖两栋楼房。我嫂嫂颜贞，应该
是不会忘记才是。後来两岸可以通往，说：

谢吉顺写给颜贞嫂的信（部分）
（资料来源：东山县寡妇村展览馆）

元，都是由新加坡我姐谢树兰代转。我们铜钵村是我最早寄钱回家乡的，我母亲去世时说：向别人借了人民币叁佰多元。那时就寄去肆仟多元，都拿去做生活费用。若是拿去建房屋，可以盖两栋楼房……

## 三、家在两岸

如今陈列在东山寡妇村展览馆里的两岸家书早已纸张泛黄、字迹黯淡，当年的写信人和收信人也相继离我们而去。几十年来，面对历史转折，两岸家书的主人公们或是望穿秋水，一生只待一人，或是随遇而安另行组建家庭，但不远千山万水，不管道路曲折，都要将爱有所表达，有所呈现。在他们一笔一画“报平安”“诉离愁”“写两岸亲人间的细碎生活”的家书中，缓缓流淌的是壮丁们，留守妇女儿童、父母们，对家庭、家族、家乡的责任与担当，是融进时代悲凉里的些许温暖。

（丁一哲）

# 不变的思念

## ——颜期英的两岸家书故事

2022年，晋江安海的颜女士将七封书信及一张“鼓浪屿号”邮轮的船票捐赠给中国闽台缘博物馆。这七封信是她在台湾的二伯写给她的父亲颜期湛的，而这张船票则是颜期湛乘坐的从香港到厦门的“鼓浪屿号”邮轮船票。那一年，颜期湛去香港见到了37年未曾谋面的哥哥颜期英。

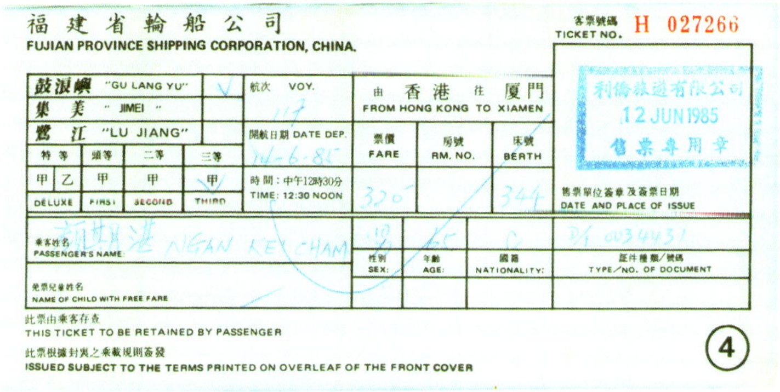
福建省輪船公司
FUJIAN PROVINCE SHIPPING CORPORATION, CHINA.
客票號碼 TICKET NO. H 027266

鼓浪嶼 "GU LANG YU"
集美 " JIMEI "
鷺江 "LU JIANG"
特等 DELUXE 甲 乙 | 頭等 FIRST 甲 | 二等 SECOND 甲 | 三等 THIRD 甲
航次 VOY. 117
開航日期 DATE DEP. 14-6-85
時間：中午12時30分 TIME: 12:30 NOON
由 香港 往 厦門 FROM HONG KONG TO XIAMEN
票價 FARE 320
房號 RM. NO.
床號 BERTH 344
利僑旅遊有限公司 12 JUN 1985 售票專用章
售票單位簽章及簽票日期 DATE AND PLACE OF ISSUE
乘客姓名 PASSENGER'S NAME: 颜期湛 NGAN KEI CHAM
性別 SEX: 男
年齡 AGE: 65
國籍 NATIONALITY: C
證件種類／號碼 TYPE／NO. OF DOCUMENT: D/I 0034431
免票兒童姓名 NAME OF CHILD WITH FREE FARE
此票由乘客存查
THIS TICKET TO BE RETAINED BY PASSENGER
此票根據封裏之乘載規則簽發
ISSUED SUBJECT TO THE TERMS PRINTED ON OVERLEAF OF THE FRONT COVER
④

1985年颜期湛乘坐的从香港到厦门的“鼓浪屿号”船票

颜期英（1916—1986），又名颜杰，原籍福建晋江安海，在家中排行老四，上面有两个姐姐和一个哥哥，下面是小弟颜期湛。颜期湛（1921—2015），家住福建晋江，曾是生物老师，育有四女一男。书信、船票的捐赠者即为颜期湛的小女儿。

颜期英的父亲是读书人。安海古镇文化氛围浓厚，尽管颜父早逝，家里还是很注意培养儿子们读书，因此颜期英兄弟在那个时代都上了学，也才能写下这些宝贵的家书。

1945年，台湾光复。由于日本在台湾的殖民统治长达50年之久，在台湾推行“皇民化运动”，废止汉语并强制使用日语，致使当时很多台湾同胞只会讲日语或闽南话、客家话。为了使参与台湾重建的干部能更好地与当地民众沟通，会讲闽南话成为选拔的重要条件之一。福建与台湾地缘相近、血缘相亲、语言相通、习俗相似，因此当时福建有不少人应聘到台湾服务，其中军警人员是福建对台湾输送人才的主要类型。就是在这个背景下，1946年颜期英去台湾当了警察。

1948年，颜期英曾带妻子从台湾回家乡看望母亲、姐姐和兄弟，没想到一年后海峡两岸进入对峙状态，他再也没能踏上故土探望亲人。1977年，颜期英退休。他居住在台湾嘉义，育有两儿两女。

1979年元旦，全国人民代表大会常务委员会发表《告台湾同胞书》，揭开了两岸关系新的历史篇章。不少台湾同胞按捺不住思乡之情，悄悄联系上对岸的亲人并寻找见面的机会。颜期英也通过香港的朋友许斌先生帮忙联络，终于在1985年和弟弟颜期湛约好在香港见面。

颜期湛永远都忘不了那次会面的情形，那是自1948年颜期英回安海老家看望亲人37年后，他们的唯一一次见面，而他们的妈妈、哥哥早已在20世纪60年代就去世了。兄弟俩在许斌家里住了一个星期，互相诉说彼此的思念。当听到弟弟说母亲1962年临终前还挂念在台湾的儿子这么多年音讯全无，颜期英不禁泪流满面。两岸对峙期间，海峡两岸的亲人不但无法联系，甚至也不敢联系，怕连累家人。

颜期英特意带了一台全新的美能达（Minolta）相机给弟弟。兄弟俩年轻的时候就喜欢摄影，1948年颜期英回家探亲时，曾给弟弟带回一台二手的美能达相机。然而，正是这台相机，给颜期湛带来了不少磨难。“文革”期间，因二哥在台湾，还给了弟弟这台相机，导致颜期湛被认定为通敌的特务，被关进“牛棚”，要他交代拍了多少机密传给台湾的二哥，而相机也被没收了。因为有这个家庭背

1948年颜期英给弟弟带回一台二手的美能达相机。相机没有外套，颜期湛用牛皮亲手做了一个

景，他的大女儿1965年高考政审时没有通过。说起这些往事，家书捐赠者颜女士还是非常感慨。目前，这台相机收藏在安海养正中学的校史馆里。

颜女士捐赠的其他信件中有一封写于1988年6月22日，是颜期英的大女婿张振元来大陆旅游时在广州花园酒店写的。当时台湾地区居民赴大陆探亲，事先必须向台湾当局申请并获得同意。而那年张振元来大陆并没有事先申请，他是利用到香港的机会私自参加旅行团入境的。张振元入住花园酒店后，便用酒店的信笺给叔叔颜期湛写信。为了避免未经申请擅自来大陆的事情被台湾当局知道，他在信中专门和叔叔强调："……请您务必于今后的来信中不要提及！！以免暴露我此行之事！！"为引起颜期湛的注意，张振元不仅用了"务必"二字，还特意用波浪线标出

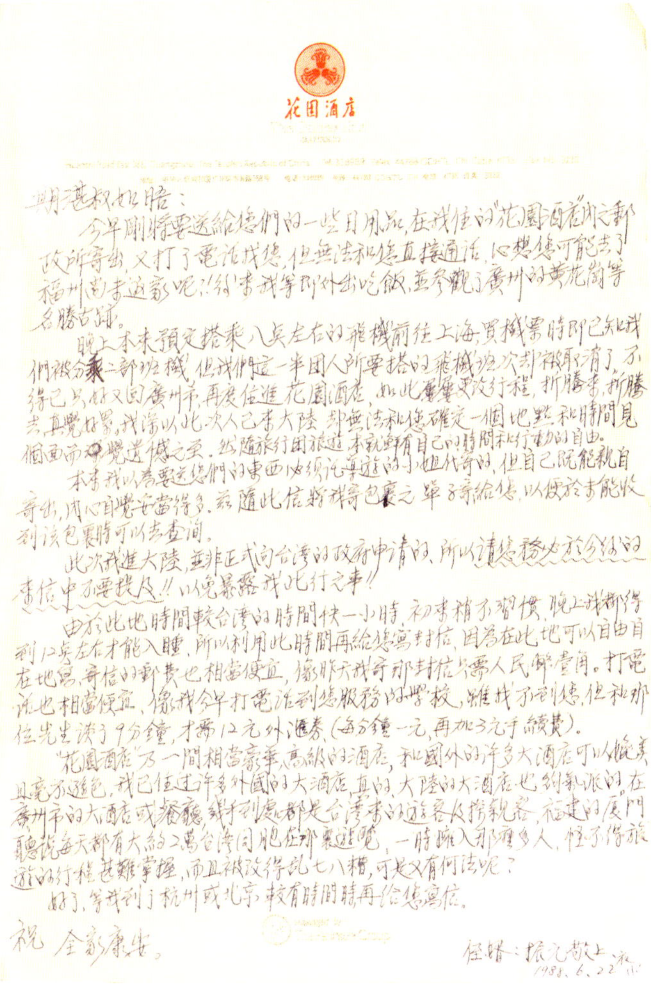

花園酒店

期湛叔婶暗：

今早剛將要送給您們的一些日用品，在我住的"花園酒店"內之郵政所寄出，又打了電話找您，但無法和您直接通話，心想您可能去了福州尚未返家吧？！後來我等即外出吃飯，並參觀了廣州的黃花崗等名勝古跡。

晚上本來預定搭乘八點左右的飛機前往上海，買機票時即已知我們被分乘二部班機，但我們這一半團人所要搭的飛機班次却被取消了，不得已只好又回廣州市，再度住進花園酒店，如此屢屢更改行程，折騰來，折騰去，真覺好累，我深以此次人已來大陸，却無法和您確定一個地點和時間見個面而深覺遺憾之至。然隨旅行團旅遊，本就鮮有自己的時間和行動的自由。

本來我以為要送您們的東西必須託導遊的小姐代寄的，但自己既能親自寄出，內心自覺妥當得多。茲隨此信將我寄包裹之單子寄給您，以便於未能收到該包裹時可以去查詢。

此次我進大陸，並非正式向台灣的政府申請的，所以請您務必於今後的來信中不要提及！！以免暴露我此行之事！

由於此地時間較台灣的時間快一小時，初來稍不習慣，晚上我都得到12點左右才能入睡，所以利用此時間再給您寫封信，因為在此地可以自由自在地寫，寄信的郵費也相當便宜，像昨天我寄那封信只需人民幣壹角。打電話也相當便宜，像我今早打電話到您服務的學校，雖找不到您，但和那位先生談了9分鐘，才需12元外滙券（每分鐘一元，再加3元手續費）。

"花園酒店"乃一間相當豪華、高級的酒店，和國外的許多大酒店可以媲美且毫不遜色，我已住過許多外國的大酒店，真的，大陸的大酒店也夠氣派的。在廣州市的大酒店或餐廳，幾乎到處都是台灣來的遊客及探親客，福建的廈門聽說每天都有大約2萬台灣同胞在那裏遊覽，一時擁入那麼多人，怪不得旅遊的行程甚難掌握，而且被改得亂七八糟，可是又有何法呢？

好了，等我到了杭州或北京較有時間時再給您寫信。

祝 全家康安。

侄婿：振元敬上
1988.6.22 夜11

颜期英大女婿张振元的来信

这句话。如此谨慎，是因为当时两岸虽然可以通邮，但从大陆寄到台湾的信件是有可能被审查的。那时候两岸已经开始交流接触了，但台湾民众还那么小心翼翼，而在对峙期间，无形的藩篱就更是难以跨越了。

说回1985年，当时各地间的交通不如现在便利，颜期湛得从晋江搭乘大巴辗转到香港，和来香港的二哥颜期英会面，然后从香港乘坐“鼓浪屿号”邮轮到厦门后再搭班车回晋江安海，可谓舟车劳顿。“鼓浪屿号”是1980年元旦推出的厦门—香港的定期邮轮。1987年10月台湾当局开放台湾居民赴大陆探亲，但由于两岸尚未直接通航，许多闽籍台胞回大陆时，都先到香港，然后乘坐“鼓浪屿号”返乡。在那个阶段，“鼓浪屿号”可谓“亲情号”，满载着两岸同胞数十年的思念。从船票上可以看到，颜期湛买的是当时最便宜的舱位，票价是港币320元。1985年，1元港币按官方汇率约可兑换人民币4角，320元港币相当于人民币128元左右。那时颜期湛作为普通教师，月工资才60元左右。不过，即使是在那物质和金钱相对匮乏的年代，和近40年的思念相比，不菲的路费又算得了什么？颜期湛一直保留着从香港返程的船票，其实也是把对台湾二哥的念想一并珍藏起来。

颜期英回到台湾后一直郁郁寡欢，经常想到母亲，经常流泪，责怪自己是不孝儿，未能在母亲面前尽孝。也许因为心情抑郁，一年后颜期英便离开了人世，令人唏嘘。

其实尽管两岸对峙时期颜期英无法和大陆的亲人们见面，但20世纪70年代后期他还是想方设法和故乡取得了联系。

颜女士捐献的这些家书中最早的一封写于1978年6月15日，最晚的一封写于1985年10月21日。收到这些信件的过程也许在今天的人看来堪称匪夷所思。它们都无法直接从台湾寄往祖国大陆，总是要经过曲折复杂的过程。其中，有一封是颜期英在马来西亚写好后寄出的，两封在菲律宾马尼拉书

1987年11月4日，首批台胞乘“鼓浪屿号”邮轮由香港抵达厦门的场景

（福建画报社供图）

写并寄出，从香港寄出的则有三封；此外，还有一封是颜期英在台湾写好，再由他的大女儿颜玉华去日本旅游时寄出。这也是当时许多台胞联系大陆亲人的常用办法。

据颜女士说，最早的信件是颜期英通过印尼泗水的姻妹湘竹转寄的。湘竹姻妹是颜期湛妻子的妹妹。颜期湛回信有时通过印尼姻妹湘竹，有时先寄给颜期英在香港的朋友许斌，麻烦他转交。由于当时形势还比较严峻，家里不敢保留这些信件，阅后就烧掉了。那时颜期

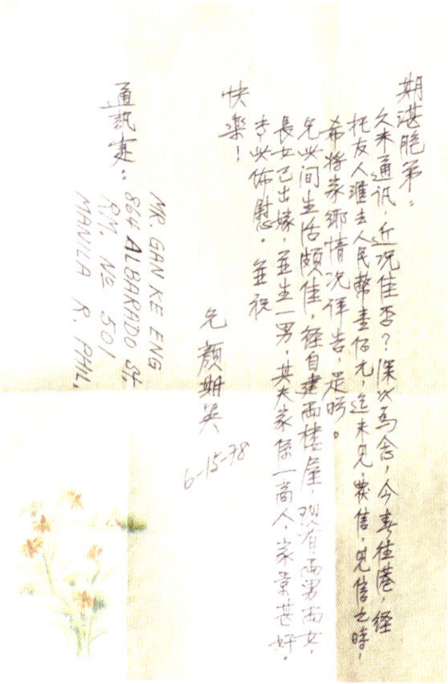
期湛胞弟：
久未通讯，近况佳否？保以马舍，今春佳巷，经托友人难去人民帮查何九，迄未见来信，兄信之时，希将家乡情况详告，是盼。
兄此间生活颇佳，经自建两楼屋，现有两男两女，长女已出嫁，亦生一男，其夫家系一商人，家景甚好，幸此佈慰。並祝
快乐！
兄 颜期英
6-15-78
通讯处：
MR. GAN KE ENG
864 ALBARADO St.
RM. No 501
MANILA R. PHIL.

1978年颜期英在菲律宾书写并寄出的信

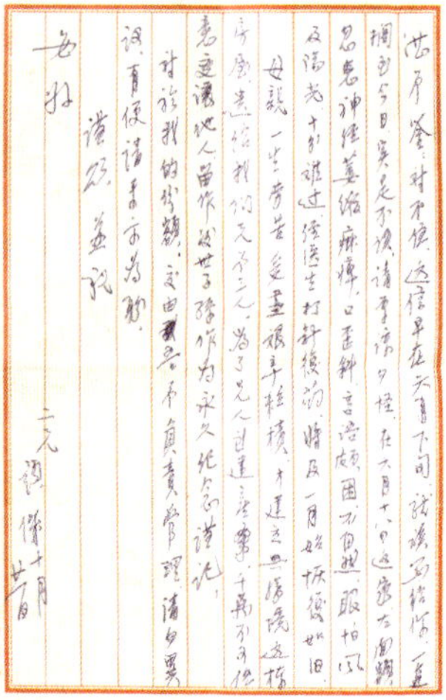

1985年颜期英从香港转寄的信

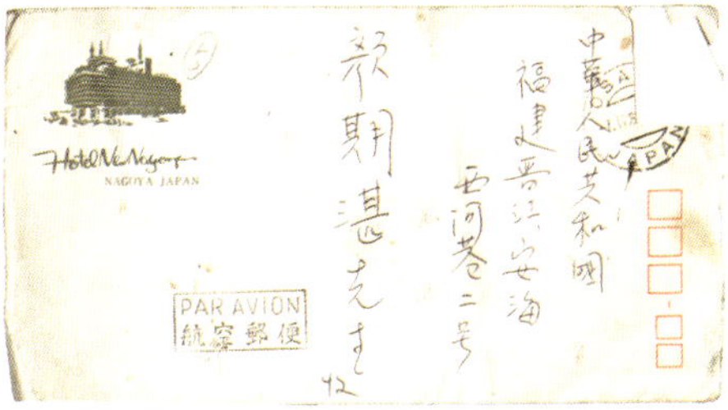


1980年颜玉华去日本时帮颜期英寄信的信封

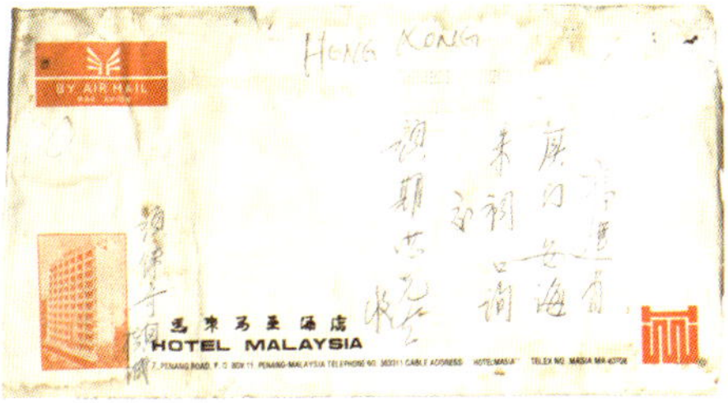


1981年颜期英从马来西亚寄信的信封

英的母亲和哥哥已经去世了，姐姐不识字，所以他只能和弟弟颜期湛书信联系。

和颜期湛联系上后，颜期英对家乡亲人的思念之情如影相随。不管是到香港地区，还是菲律宾、马来西亚，他都要赶紧给弟弟写封信，不断重复的就是一个“念”字。如在菲律宾写的一封中写道“深以为念”，在菲律宾写的另一封是“不胜念念”，在马来西亚这封更是“但心甚挂念，大概率有关你”。思念无声，但就像空中的星星，照亮心灵，点点滴滴，让人备感温馨。

从马来西亚寄出的信落款没有年份，但从邮戳上依稀可辨识出是1981年。信里，颜期英提到自己来马来西亚是参加南音演奏会。南音的发祥地是泉州，与闽南人的生活密切相关，只要有闽南人聚居的地方几乎都有民间南音社团。除了台港澳地区，南音也传播到新加坡、菲律宾、马来西亚等国

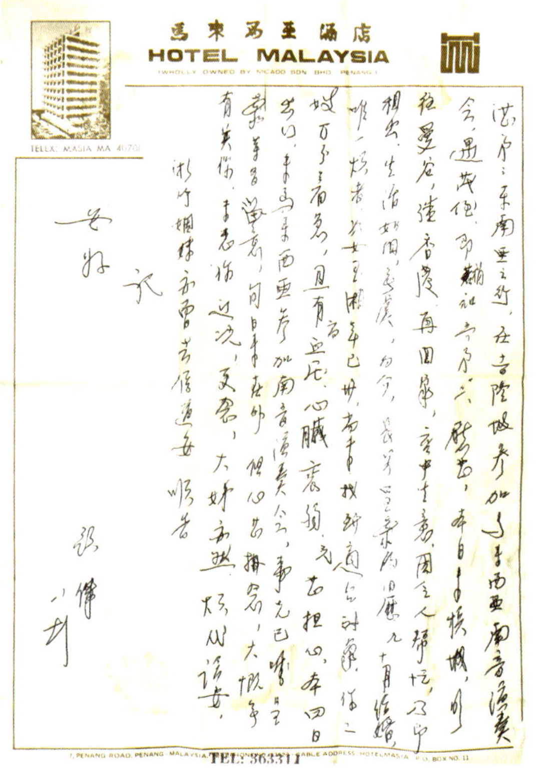


1981年颜期英在马来西亚书写并寄出的信

家，成为维系海峡两岸同胞及海内外华人华侨重要的精神纽带。据不完全统计，自改革开放以来，海内外举办各种南音大汇演（大会唱）活动至少有20多届，通常都会邀请台湾的弦友组队参加。据颜女士介绍，颜期英热爱南音，经常到处演出。

虽然颜期英先生带着未能再回故乡的遗憾去世了，但值得庆幸的是，海峡两岸兄弟俩的后人一直保持密切联系，颜期英的大儿子颜呈嘉与二女儿颜玉湘分别于2002年、2023年回到晋江，走访亲戚，祭拜祖先，完成了父亲的遗愿。2023年10月4日，颜女士陪着从台湾来的颜期英的儿子、女儿及其子女到中国闽台缘博物馆参观“骨肉天亲　血脉相连——海峡两岸家书特展”。他们看得很仔细，在自己父亲的家书故事前驻足了很久。颜呈嘉很感慨地说，父亲以前身体很好，可是自从1985年到香港和弟弟见面回来后便心情抑郁，身体一日不如一日，一年后就去世了，可见奶奶的离世对他的打击。颜玉湘则回忆说，父亲以前叫她们以后要嫁到大陆来，这样他就可以经常回来了。父亲当年貌似开玩笑的话，现在回想起来，才知道思念的分量有多重。

颜期湛的小女儿陪颜期英的儿子、女儿及其子女参观中国闽台缘博物馆

家书是身处不同地方的亲人联系的重要方式，记载着当时的社会情况和思念情愫。人们在写家书的时候，往往是内心情感最丰富、最真挚的时候，句句真情、字字心声。可以说，没有什么比写一封家书更能直接地表达情感和思念了。

（张雅真）

# 如果，能把海水喝干就好了

## ——章氏兄弟家书故事[1]

1987年12月的某一天，年近花甲的老兵洪石登上了从台北飞往香港的航班，他要在香港中转回故乡福建晋江。1949年，洪石随国民党撤退到台湾，5月台湾方面开始实施戒严，严格限制人员往来。自此两岸长期处于敌对状态，导致许多像洪石这样的老兵与大陆亲人分离近40年。1987年10月台湾当局开放台湾居民赴大陆探亲，虽然仍有种种限制，但从11月起就有老兵经由香港等第三地中转回到大陆，与亲人团聚。洪石也在返乡之列。

这次返乡，洪石除了完成自己的团圆梦外，还有一项特殊的使命——代传家书。他的上衣口袋内，叠放着一封“台湾高雄章月理寄福建晋江章天思”的信。那时两岸通信还很不容易，他在故乡亲人的家书中，看到一页笔迹

---

1　应家书当事人后代的要求，本文的人物、地点、时间均虚化，情节略有改动。

不同的信纸。写信人自称是洪石故乡的邻居，请求他帮忙在高雄寻亲。洪石按照信上的线索，找到了永安街一栋矮小的平房。敲开锈蚀的铁门，一位鬓发灰白、瘦削矮小的老妇人出现在眼前。当洪石说出那个名字时，妇人愣在原地，随后红了眼眶，紧紧攥住他的手，嘴里不住重复着那个名字，直到泣不成声地跪倒在洪石跟前。

那个名字叫“章强”。

想到当时的情景，洪石不禁用力按了按自己胸前的口袋，再次确认家书安然无恙。

## 一、离

20世纪40年代，晋江池店的阿华永远失去了自己年仅19岁的长子章思。阿华痛不欲生，请人来算命，得到指示应该到台湾去给章思抱养个儿子。当时闽台两地很多丧子的家庭，都会抱养一个孩子作为儿子或孙子抚养长大，以延续香火，也让自己老有所依。阿华经人介绍乘船到高雄，中间人带来两个姓“章”的小男孩，一个叫章强，当时5岁，另一个叫章健，只有1岁。阿华原本只打算抱养哥哥，又见弟弟噘着小手十分可爱，就将兄弟俩都抱了去。为着留下对章思的念想，阿华给兄弟俩取名章天思、章天念。

5岁的章天思伸出小小的手，牵着弟弟更小的手，眼里满是害怕和慌乱。年幼的他们还没对家乡高雄熟悉起来，就被带到了一个陌生的地方。

由于家里负担太大，阿华将章天思留在自己身边当作孙子抚养长大，把弟弟章天念转卖给邻村一名寡妇。不久后，寡妇改嫁，小小的章天念又一次失去了家，好在阿华的姐姐收留了他。但阿华姐姐家并不宽裕，章天念的生活过得十分拮据。

兄弟俩不会想到的是，在他们被抱来晋江的那个晚上，高雄家中17岁大哥章刚的命运也从此被改写了。打鱼回来的章刚不见了两个弟弟，打听后知道是被爸妈以养不起为由卖去了晋江池店。章刚伤心欲绝，无法想象自己疼爱的弟弟们将来的处境，他连夜跟黑船从高雄追到了晋江。命运似乎太爱捉弄可怜人，就在章刚漂洋过海到达晋江后不久，台湾当局宣布了戒严，他从此有家不能回。举目无亲，为了生存，章刚只好做了黑船老大的学徒。船老大只把章刚当免费劳动力，苦活累活都让他干，又缺衣少食地对待他。没过几年，章刚被船老大贱卖给邻村一户人家做了上门女婿。

## 二、寻

章天思在晋江的邻居中，有一户洪姓人家的长子叫洪石，年轻时因随国民党撤退而滞留台湾。1987年听说洪石与晋江亲人取得了联络，章天思就拜托洪石帮助兄弟仨寻找高雄的家人。他给洪石写了一封求助信，信中写明兄弟仨在高雄老家的原名——老大章刚、老二章强、老三章健，写明了家中亲人的姓名——爸爸章来发、妈妈范阿美、大姐章月理、小妹章月琴。但关于住址，他只模糊记得是在一条叫“永安”的街上，那里有一座土地庙，土地庙起左数第三间破旧的平房就是他的家了。

岁月如潮，冲刷着记忆的礁石，却冲不淡寻亲的执念。洪石年逾花甲时，终于等来了两岸冰封消融。重逢那日，家中亲人早早就在车站翘首以盼，而托他寻亲的章家三兄弟也焦急地伫立在旁。与亲人相认后，洪石注意到章家兄弟有些不同寻常：明明章家大哥章刚刚过六十，而老二、老三尚在半百之年，却都看上去苍老异常。章刚双眼布满血丝，拄着拐杖蹒跚上前，急切地询问洪石在高雄寻亲的情况。洪石拿出了在高雄见到的那位老妇——大姐章月理托他带来的书信和照片。章家兄弟连声道谢，不住地说洪石是他们老章家的大恩人。章天思竟跪下要给洪石磕头，洪石赶紧将他扶起来，嘴里忙不迭说着“使不得、使不得”。章家兄弟围在一处，看着那张崭新的全家福，端详着上面每一个熟悉又陌生的家人。其实，只有章刚记得两个姐姐的模样，老二、老三被抱养时年龄实在太小了，对家人的记忆只剩下模糊的一丁点儿。“月理、月琴……”章刚带着弟弟们重新认识照片中两位精神矍铄的妇人。洪石告诉他们，这是姐妹俩在他回来探亲前，特地领着全家人去拍的，照片中的大家都打起了十二分的精神。老三章天念嗫嚅着问起爸妈是不是已经不在人世了，洪石只得低下头，不敢再看章家兄弟一眼。“没关系，我们早就想到了，四十年过去了啊。”章家兄弟自我安慰着，也安慰着洪石，因为他们知道，洪石的父母也已在十年前相继离世了。

## 三、信

从此，高雄的章月理、章月琴姐妹与晋江的章家三兄弟频繁通信，互诉彼此的思念。由于老大、老三不大识字，信都是由章天思写的。当时，两岸还不能直邮，须经第三地中转，颇多周折。章月理写道：“我的儿子现人在香港工作，所以请他代为转信。因此地不能直接将信寄到你那里去，请不要见怪。”“我儿子可能于3月份回台湾，不能代为转信，可能会中断通信，但我还是会尽量设法再与你们通信。”即使通信过程偶遇困难，但只要能知晓彼此的联络方式，得知彼此的消息，就是最好的幸运、最大的幸福。“万万没想到今生能再有你们的音讯，”大姐章月理在信中激动地感慨道，“记得父母临终前曾一再地嘱咐我要打听你们的消息。”在物资匮乏的年代，不得已将“多余”的孩子卖给他人，让家中大多数人有机会生存下去——这是那个时代贫苦百姓的无奈之举。章家父母因为卖掉两个小儿子而痛失长子，更不料从此天人永隔，遗恨终生，直到临终还在惦念着儿子们……这一切难道是对他们的惩罚？“我也曾在香港住了将近20年，在港期间也一

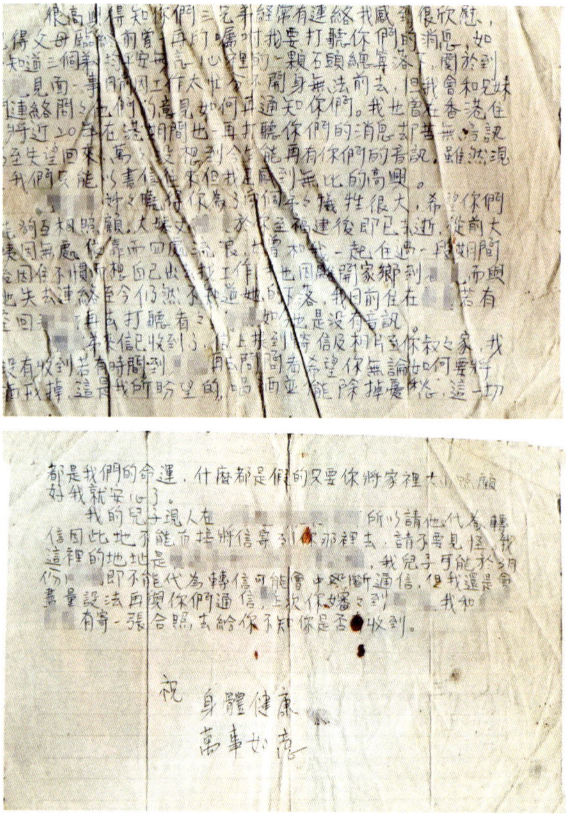
很高興得知你們三兄弟經常有連絡我感到很欣慰，記得父母臨終前曾一再叮囑叫我要打聽你們的消息，如今知道三個弟弟都平安無恙，心裡的一顆石頭總算落下。關於到[redacted]見面一事，目前因工作太忙分不開身無法前去，但我會和兄妹們連絡，聽聽他們的意見如何再通知你們。我也曾在香港住了將近20年，在港期間也一再打聽你們的消息，卻音無音訊，甚至失望回來，萬萬沒想到今天能再有你們的音訊，雖然現在我們只能以書信往來，但我已感到無比的高興。

[redacted]姊姊曉得你為了家[illegible]犧牲很大，希望你們兄弟們互相照顧。大妹[redacted]於來到福建後即已去逝，從前大妹因無處依靠而四處流浪，也曾和我一起住過一段期間，後因住不慣而想自己出去找工作，也因離開家鄉到[redacted]而與我失去連絡，至今仍然不知道她的下落，我目前住在[redacted]若有空回[redacted]再去打聽看看[redacted]如今也是沒有音訊。

[redacted]來信已收到了，信上提到寄信及相片至你叔叔家，我沒有收到，若有時間到[redacted]再去問問看。希望你無論如何要將酒戒掉，這是我所盼望的，喝酒並不能除掉憂愁，這一切都是我們的命運，什麼都是假的，只要你將家裡大小照顧好我就安心了。

我的兒子現人在[redacted]所以請他代為轉信，因此地不能直接將信寄到你那裡去，請不要見怪。我這裡的地址是[redacted]，我兒子可能於3月份[redacted]即不能代為轉信，可能會中斷通信，但我還是會盡量設法再與你們通信。上次你嬸嬸到[redacted]，我和[redacted]有寄一張合照去給你，不知你是否有收到。

祝
身體健康
萬事如意

章月理写给章氏兄弟的家书

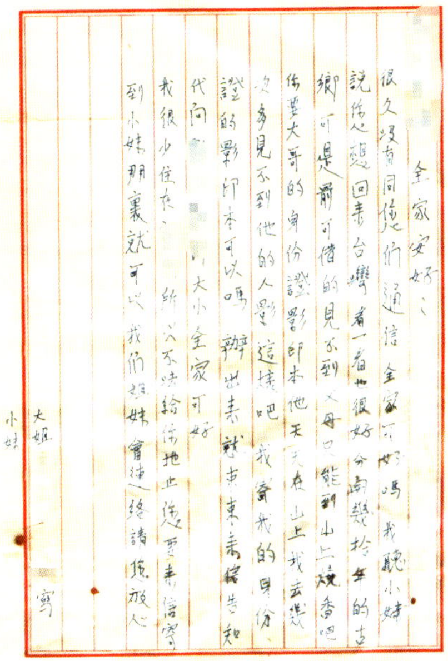

全家安好：

很久沒有同您們通信 全家可好嗎 我聽小妹說您們想回來台灣 看一看也很好 分离幾拾年的故鄉 可是最可惜的見不到父母 只能到山上燒香吧 你要大哥的身份證影印本 他天天在山上 我去幾次多見不到他的人影 這樣吧 我寄我的身份證的影印本可以嗎 辦出來就來來信告知

代向 大小全家可好

我很少住在 所以不能給你地址 您要來信寄到小妹那裏就可以 我們姐妹會連絡 請您放心

大姐 寄

小妹

章月理写给章氏兄弟的家书

再打听你们的音讯。”“如今知道二个弟弟均平安无事，心里的一颗石头总算落下。”在分离的那四十年里，大姐章月理也尝试用各种方式寻找几个弟弟，但都一无所获。好在如今故事圆满，唯一遗憾的是，高雄的长辈已相继离世。“大姨丈于你到福建后即已去逝〔世〕”，“可是最可惜的（是）见不到父母，只能到山上烧香吧”。章月理在信中如是交代，心中的遗憾溢满纸页。这是时代造就的悲剧，平凡的人们无可奈何。

生活的不易加上对家乡的思念，让章天思常借酒浇愁。章月理多次在信中规劝：“希望你无论如何要将酒戒掉，这是我所盼望的，喝酒并不能除掉忧愁，这一切都是我们的命运。”章天思常常徘徊在海边，望着高雄的方向，喃喃自语：“如果能把海水喝干就好了，那样我就能回家了。”章天思曾经干过“蠢事”，他大口把酒喝完，趁着酒劲儿将家书塞进酒瓶里，抡圆了臂膀扔向大海——说不定能漂到高雄呢？他始终坚信，海峡隔不断的，是人心，是两岸亲人对彼此的思念。在他们同望一轮月、同看一片海的时候，月光和海浪已经将他们的深情传递给了对岸的家人。

故事的最后，命运终于眷顾了章氏兄弟，也眷顾了许许多多如洪石一样的老兵，在经历了四十载的离愁别绪后他们得以与亲人团聚。海峡虽长，终是长不过两岸亲人间“才下眉头，却上心头”的深深思念。他们跨过的，不止这一湾海峡，还有数十载“灯半昏时，月半明时”的相思。这两岸无数的家庭，这四十载，有过悲痛，有过绝望，郁结的情绪终因一封封家书的传递得以开解，脉脉情思也因漂洋过海的家书在两岸同胞间交融。

（张　筱）

# ㊄ 血浓于水

（1987 年以后）

# 回家，是永恒的力量

## ——詹前芳家书故事

在海峡两岸都有一个特殊的军人群体：他们饱经硝烟，历经沧桑，因战乱背井离乡，又由于两岸长期隔绝，历经数十载也没有机会回家。以往我们较为熟悉的是“去台老兵”，其实同样也有一群“台籍老兵”生活在祖国大陆。他们通过各种方式寻找对岸的亲人，回家成了他们毕生的心愿……

詹前芳就是这群台湾省籍老兵中的一员。所幸的是，经受近半个世纪骨肉分离之痛的他终于找到了回家的路。回到台湾后，他给留在祖国大陆的大女儿詹淑华的信中这样写道：

淑华，你们好：

旧年尾勋水要（回）大陆，我想自回台湾八年多了，还没有回大陆。回想四十年的老朋友，大家对我无微不至的照顾和关怀，回想起来很对不起失礼。

我在47年淮海战役解放参加革命，经过短短整训后强渡长江，解放上海，在苏州短时间整训，进军福建福州、莆田、仙游等地。那时是29军87师260团3营8连，到福建改为公安3144部队。重点：晋江、南安、安溪、惠安、永春、德化，特别是德化林清龙，国民党副司令刘子宽和永春的坑子口康明深、□太太等匪首。在德化活促〔捉〕刘子宽等等匪首。后28军一个加强营团给□〔国〕军打败。我军去支援，在南日岛

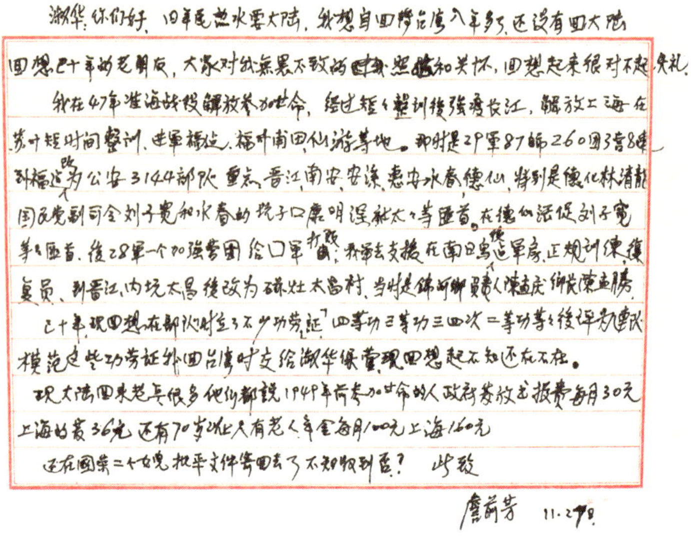
淑华：你们好，旧年底想回去大陆，我想自回归台湾八年多了，还没有回大陆
回想已十年的老朋友，大家对我无微不致的[illegible]照顾和关怀，回想起来很对不起失礼。
我在47年淮海战役解放参加革命，经过短短整训後强渡长江，解放上海，在
苏州短时间整训，进军福建，福州、莆田、仙游等地。那时是29军87师260团3营8连
到福建改为公安3144部队，重点：晋江、南安、安溪、惠安、永春、德化，特别是德化林清龙
国民党副司令刘子宽和永春的坑子口康明深、□太太等匪首。在德化活促刘子宽
等等匪首。後28军一个加强营团给□军打败，我军去支援在南日岛建军房、正规训练、复
员，到晋江、内坑太昌，後改为磁灶太昌村，当时是镇前乡负责人陈孟庆、御使陈孟胜。
二十年，现回想在部队时立了不少功劳证：四等功三等功三四次，二等功等等，後评为连队
模范，这些功劳证於回台湾时交给淑华保管，现回想起不知还在不在。
现大陆回来老兵很多，他们都说1949年前参加革命的人政府发放路费每月30元，
上海的发36元，还有70岁以上人有老人年金每月100元，上海160元。
还在国荣二个女儿，批平文件寄回去了，不知[illegible]到否？ 此致
詹前芳 11.27日

詹前芳给大女儿詹淑华的信

后建军房，正规训练，后复员，到晋江，内坑太昌，后改为磁灶太昌村。当时是锦河乡负责人陈直庆、乡长陈孟胜。

巳〔四〕十年，现回想在部队时立下不少功劳。“证”：四等功、三等功三四次，二等功等等，后评为连队模范。这些功劳证我回台湾时交给淑华保管，现回想起不知还在不在。

现大陆回来老兵很多，他们都说1949年前参加革命的人，政府发放书报费每月30元，上海的发36元，还有70岁以上人有老人年金每月100元，上海160元。

还在国荣二个女儿，批□文件寄回去了，不知收到否？此致

詹前芳　11.27日

从信中可以看出，詹前芳对自己加入解放军后经历的战役记忆犹新，他的个人荣誉与国家前途命运紧紧地联系在一起。

詹前芳，1920年2月出生于台湾新竹县，1946年12月跟随国民党“整编70师”来大陆参加内战。1947年1月，这支部队在山东巨金鱼战役中被解放军歼灭，大量台湾省籍士

獎狀

茲有　　同志

因　　為

人民立下功績業經評

定為貳等　特此頒給

獎狀以示表揚

中國人民解放軍福建軍區

司令員 葉飛

政治委員 張鼎丞

第一副司令員 成鈞

第二副司令員 劉永生

副政治委員 劉培善

政治部主任 黃火星

副參謀長 陳鐵君

公元　年　月　日

詹前芳所获二等功奖状

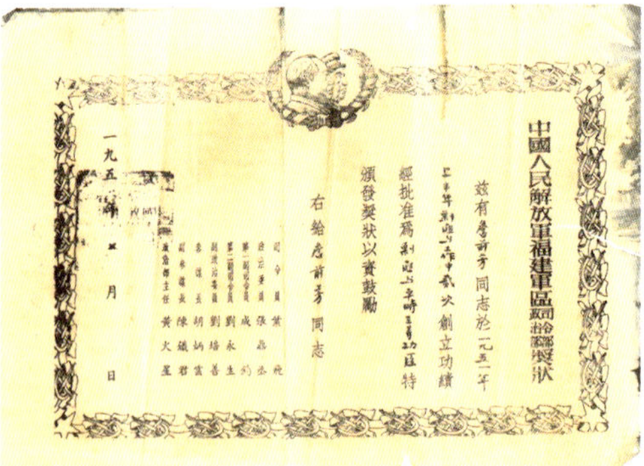

中國人民解放軍福建軍區司令部政治部獎狀

茲有詹前芳同志於一九五一年

創立功績

經批准為　　特

頒發獎狀以資鼓勵

右給詹前芳同志

司令員 葉飛

政治委員 張鼎丞

第一副司令員 成鈞

第二副司令員 劉永生

副政治委員 劉培善

參謀長 胡炳雲

副參謀長 陳鐵君

政治部主任 黃火星

一九五　年　月　日

詹前芳所获三等功奖状

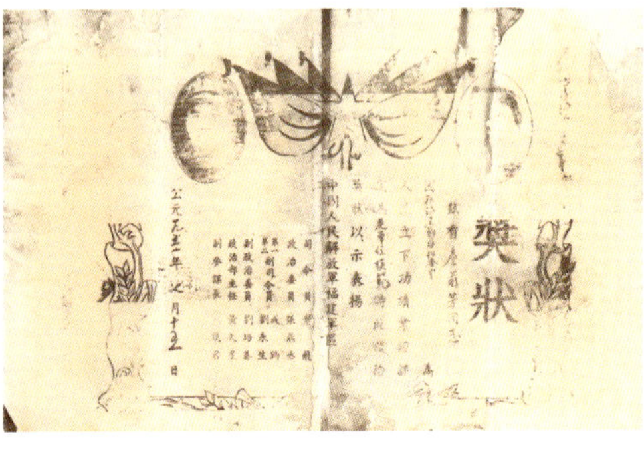

獎狀

茲有詹前芳同志

人民立下功績業經評

獎狀以示表揚

中國人民解放軍福建軍區

司令員 葉飛

政治委員 張鼎丞

第一副司令員 成鈞

第二副司令員 劉永生

副政治委員 劉培善

政治部主任 黃火星

副參謀長

公元　年　月　日

詹前芳被评为连队模范的奖状

兵被俘。那个夜晚，是詹前芳人生的转折点。被俘的他加入了解放军，之后参加了淮海战役、渡江战役等解放战争，踏上了解放南方各省的征途，在历次剿匪战斗中荣获二等功两次、三等功三次、四等功四次，还被评为连队模范。

在消灭国民党反动武装、完成剿匪任务后，大批军队干部陆续转业到地方工作。詹前芳主动选择驻守海防前沿，在距离台湾海峡仅一水之隔的晋江磁灶大宅锦和乡（今磁灶镇太昌村）扎下根来，不仅在此成家立业，更以退伍军人身份投身重点工程建设。从双宅水库的堤坝夯筑到晋江机场的跑道铺设，再到安海糖厂的厂房建设，处处可见他挥洒汗水的身影。他还荣获了“复员军人参与工农建设先进积极分子”光荣称号。虽然有了自己的家庭，但随着年岁的增长，詹前芳愈发盼望与家乡的兄弟姐妹团聚。他始终没有放弃与台湾亲人联系的任何努力，期盼有机会一定要回到台湾。

由于两岸长期无法通邮，他只能通过朋友从香港地区和菲律宾寄信回家打探消息，但却迟迟没有回音。想到老家亲人有可能已经搬迁，詹前芳便拜托居住在香港的石狮友人刘维芬女士前往台湾打探寻找。但由于岛内政治氛围压抑，当时的人们有许多顾虑，往往异常谨慎小心，即使有人询问也只以“没有此人”敷衍，寻亲之路因此变得异常艰辛。但友人刘维芬不放弃寻找，往来台湾十几次，经过三年努力终于联系上了詹前芳在台湾的兄弟姐妹。1983年的某一天，詹前芳突然收到了一封从香港寄来的信，信中夹带着一张全家福。他欣喜地确认照片中正是自己近四十年未见的父母和兄弟姐妹，他也赶忙寄回了自己在晋江的全家福。自此，亲人相认，断了多年的亲情终得以延续。

刘女士维芬好：

每每受顾谢谢。

年日前10月29日寄的信，不知收到如何？

愚每想念吾兄前芳，事过多年，只想见面。愚兄弟等，出国手续一切办好，只等您贵方消息。吾兄若有到贵处时，速电给我，036964924（国际电话），费用一切我付。愚若有接到贵电时，三五天内到贵处拜候。余言面叙，专此达知。

弟 前枝

83.12.29

“愚每想念吾兄前芳，事过多年，只想见面。”詹前枝（詹前芳的弟弟）在给刘维芬的信中难抑对哥哥的思念

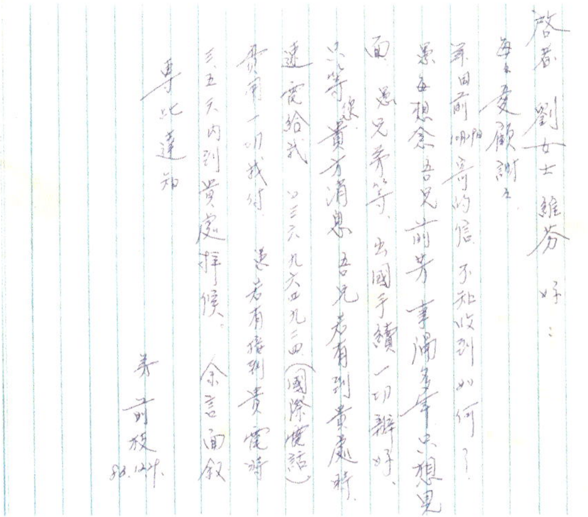

啟者：劉女士維芬好：
每每受顧謝了
前因前附寄的信不知收到如何了？
思每想念吾兄前芳事隔多年只想見
面。思兄弟等，出國手續一切辦好、
只等候貴方消息。吾兄若有到貴處將
速電給我　○三六九六四九二四（國際電話）
費用一切我付。還若有接到貴電將
三、五天內到貴處拜候。余言面叙
專此達知
弟　前枝
88.12.4

詹前枝给刘维芬的信件

之情，表示赴港手续已办好，只待出发。在刘维芬的安排下，詹家兄弟四人终于在香港团聚。在机场他们紧紧相拥，用拥抱诉说着这积蓄了38年的思念。

此后，詹前芳也多次拜托在香港的刘维芬转寄信件及物品给台湾的兄弟姐妹。刘维芬在回信中说："前芳同乡，您寄在我这里一些药，由于未有妥当人可托，有的住很远不便为我带，致至今未寄给他。""我几个月来毛病又多，几时要回台湾尚不知，如果有回去，我会抽空到您弟家看看。"

时间到了1987年5月，台湾街头出现了一批又一批的老兵。他们身穿白衣，上书“想家”二字，要求台湾当局准许滞留在台湾的大陆老兵回家探亲。他们散发传单，上面写着“40年来望穿海峡，苦苦思亲”等痛诉吁请，引起岛内巨大震动。迫于形势压力，当年10月台湾当局同意符合条件的人员可以赴大陆探亲，一场轰轰烈烈的老兵返乡浪潮迅速在宝岛掀起。

“你们能过来，我们回不去啊！”

是啊，去台老兵是回来了，可是滞留在祖国大陆的台湾省籍老兵呢？

想家，想回家，同样是这些老兵最大的诉求。他们强烈要求台湾当局不要设置障碍，允许他们早日回到家乡，与亲人团聚。

在多方的共同努力下，1989年3月，台湾当局发布相关规定，开始受理台湾省籍老兵及眷属返台定居的申请。这让40余年不曾踏上故土的詹前芳终于看到了回家的希望。

弟弟詹前枝在信中询问詹前芳的回乡事宜：

兄长有意回台定居，是否决定？弟要尊〔遵〕照您的意见而行。国〔原〕则上，滞留大陆台籍前军人及眷属返台定居，申请书有二种：①探病、会丧：申请对象要直系父母还在，配偶、子女（兄弟姐妹不

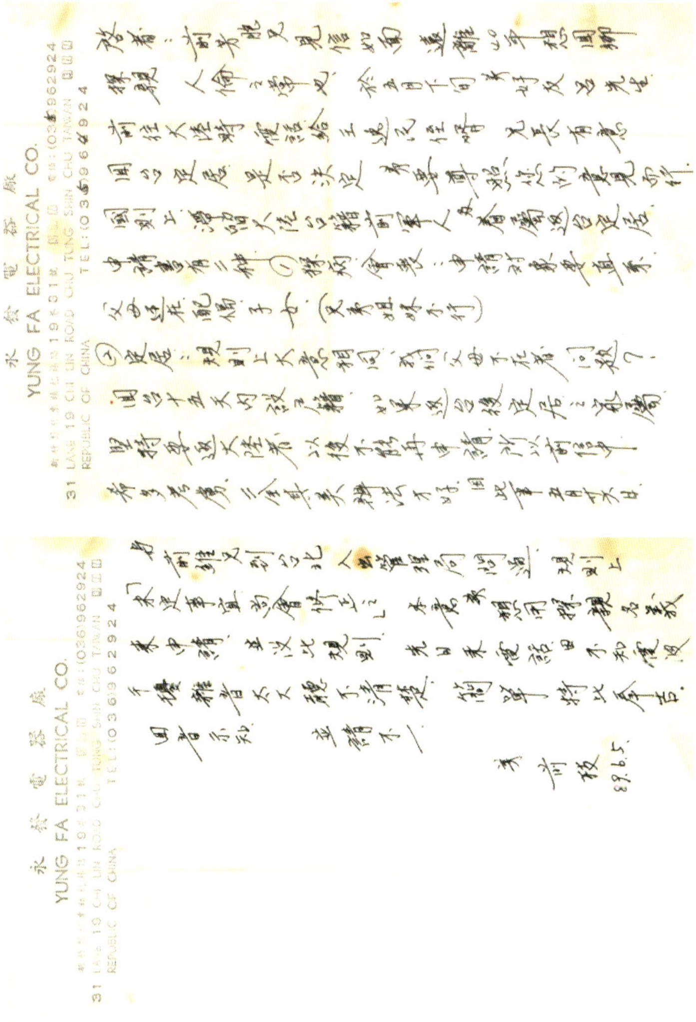

詹前枝给詹前芳的信件

行）；②定居：规则上大意相同，我们父母不在者问题？回台十五天内设户籍，如果返台后定居之家属，坚持要返大陆者，以后不能再申请，所以前信中希多考虑，两全其美办法才好……

1990年，在家人的帮助下，詹前芳终于踏上返乡的路。回到台湾后，詹前芳受到了亲人的热情接待。他在给女儿詹淑华的信中说："兄弟侄儿女亲家朋友等20多人到机场接我"，"特别是前枝夫妻对住宿所需用具，如电视、电冰箱、开水器、电锅、棉皮衣服、碗筷等都准备好给我们用"。

詹前芳的家书既有在福建时写给在台亲人的，也有回到台湾后写给留在祖国大陆的女儿的。这一封封家书如同一条隐形的红线，连缀起詹前芳的牵挂。这一封封家书，不仅是一纸封存的文字，更是情感的纽带与历史的见证。

后来，据詹前芳的侄子詹勋鸿（詹前枝的儿子）回忆："伯父为人踏实、勤守本分。曾经工作过的地方对他也十分赞赏。伯父年龄大了之后每天早上都会去公园散步，下棋养老。当时伯父先后带去的亲人有十几个，现在在台湾已经发展成了五六十人的大家族了……"

其实，像詹前芳这样的老兵还有很多很多。"大陆台

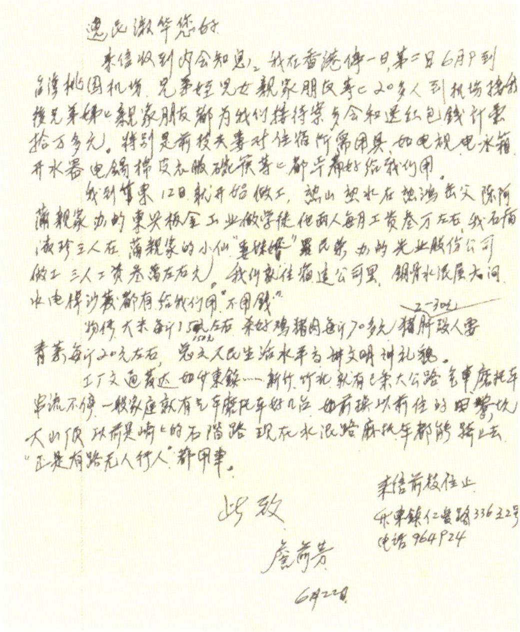
逸民淑华您好

来信收到内容知悉，我在香港停一日，第二日6月9日到台湾桃园机场。兄弟侄儿女亲家朋友等等20多人到机场接我。接兄弟姊姊亲家朋友都为我们接待宴会和送红包钱计要拾万多元。特别是前妻夫妻对住宿所需用具，如电视、电冰箱、开水器、电锅、棉被衣服、碗筷等等都准备好给我们用。

我到竹东12日就开始做工，逸山、坚水在德鸿当父陈阿兰亲家办的东兴板金工业做学徒，他两人每月工资叁万左右，我和淑珍三人在兰亲家的小姑"[illegible]"罗民荣办的光业股份公司做工，三人工资叁万左右元。我们家住在这公司里，钢骨水泥屋大间，水电棉沙发都有给我们用"不用钱"。

物价：大米每斤15元左右（150元），余好鸡猪肉每斤70多元（50-70元），猪肝较人贵，青菜每斤20元左右，总之人民生活水平高，讲文明讲礼貌。

工厂交通发达，如竹东镇——新竹、竹北就有三条大公路，汽车摩托车川流不停，一般家庭就有汽车摩托车好几台。如前埔以前住的田寮坑大山坑以前是崎崎的石阶路，现在水泥路摩托车都能骑上去，"正是有路无人行人"都用车。

此致

詹前芳

6月22日

来信前彼住址

竹东镇仁爱路336巷22号

电话964924

詹前芳给女儿詹淑华的信件

湾省籍老兵返乡探亲协进会”1981年1月整理的名册显示，当时健在的台湾省籍老兵有1000多人（经陆续补充，总数超过1100人）。后据媒体报道，其中有近900人返台定居。

詹前芳终究是幸运的，在古稀之年，他终于踏上了回家的路。

（郑梦妮）

# 情牵两岸，家书述怀

## ——叶柑蔗家书故事

1988年3月，居住在台湾台南市盐水镇（现为盐水区）的叶淑娟女士收到一封特别的信件。

看似平平无奇的信封上，收件人那一栏，整整齐齐地写着包括她父亲在内的四位叔伯的名字。信来自大陆，是托人经由香港送抵台湾的。怀着疑惑的心情，叶淑娟拆开信封，从此开启了一段情牵两岸、跨越二十年的家书往来。

写信人叶柑蔗，是叶淑娟素未谋面的伯伯。

昔日的台南盐水镇叶家，是从叶柑蔗的爷爷叶振念起自晋江迁入的，也算得上当地的望族。清末时，叶家的生意做得很大，光是土地就拥有一千多亩，往来人家非富即贵。这里著名的建筑八角楼，当年的主人王家为叶家的姻亲。

叶振念有三个儿子，其长子叶文耀为叶柑蔗的父亲。

在叶柑蔗幼年时，家境已不及当年光景。为了生计，叶文耀决定举家迁回晋江。叶柑蔗始终不忘离开台湾迁回晋江时的情景：那年叶柑蔗十二岁，已经在台湾上了几年学。动身移居晋江的那一天，一家人都走到门口了，他还特地转回屋里去取书包。他是三个孩子中对台湾的家印象最深的，毕竟两个弟弟当年还小，不懂事。成年之后，叶柑蔗时常与父亲一同回忆当年在台湾的生活。他怀念盛放着他无忧童年的那个远在台湾的家，他想念儿时一起玩耍的堂兄弟们，他一直记得台南的家附近有座庙。

靠着这些记忆，叶柑蔗在心中坚定着回家看看、寻找亲友的想法 。

1988年，两岸局势有所缓和，叶柑蔗便通过香港的朋友捎信给台湾的亲人。因为不知信件能否顺利送达，他便将四个堂兄弟的名字都写在了信封上。信件就这样辗转送到了堂侄女叶淑娟手中。

虽素未谋面，但那份见字如晤的亲切感让叶淑娟欣喜，她在回信中向这位陌生的伯伯介绍自己："伯伯，我是属龙，今年25岁。"

12岁便离家，此时已近古稀之年的叶柑蔗依然清楚地记得故乡每一位亲人的名字，并在去信中一一确认。叶淑

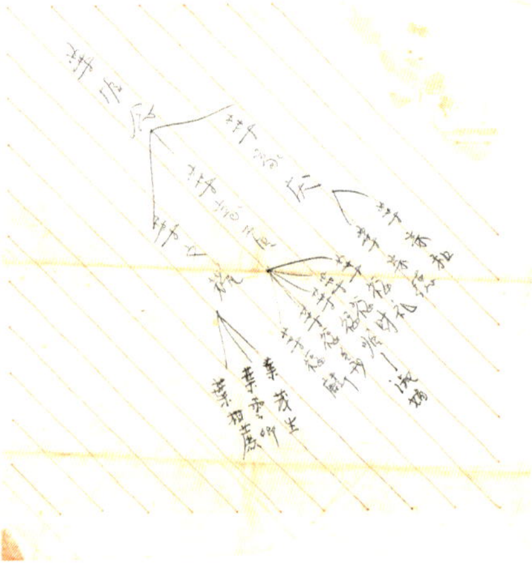
叶淑娟在回信中梳理家庭成员的关系

娟也在回信中耐心答复。

“伯伯您的记性可真好，姑婆听到您的消息很高兴，拿张她的近照，叫我寄给您，还有另一张是您的祖父振念，照得不好，这是从相片中重照的。”（1988年4月21日信）

从此，两地亲人开始书信往来，从最初叶柑蔗与叶淑娟的通信，延续到叶柑蔗之女叶秀金，再到叶柑蔗的外孙女黄丹青，不知不觉跨过了二十多年。

“淑娟姨，受外公的委托，我给您们写一封信。外公非常想念您们及姑太万金。前段时间我到晋江看望他时，他拿出了您们的来信及老太公及姑太的照片，对我讲起了在台的一些事。真奇怪，事隔几十年，老人家居然还记得

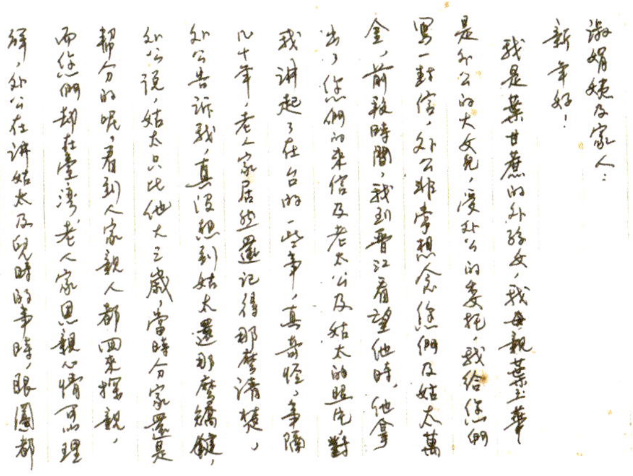
淑娟姨及家人：
新年好！
我是葉甘蔗的外孫女，我母親葉玉華是外公的大女兒，受外公的委託，我給您們寫一封信，外公非常想念您們及姑太萬全，前段時間，我到晉江看望他時，他拿出了您們的來信及老太公及姑太的照片，對我講起了在台的一些事，真奇怪，事隔幾十年，老人家居然還記得那麼清楚，外公告訴我，真沒想到姑太還那麼矯健，外公說，姑太只比他大三歲，當時分家還是都分的呢，看到人家親人都回來探親，而您們卻在臺灣，老人家思親心情可以理解，外公在講姑太及兒時的事時，眼圈都

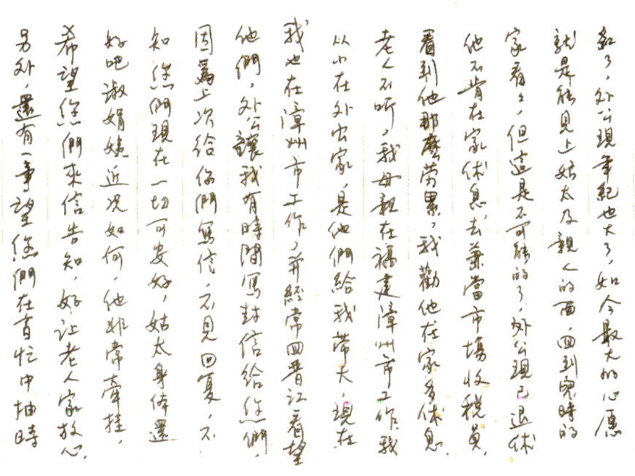
紅了，外公現年紀也大了，如今最大的心願就是能見上姑太及親人的面，回到兒時的家看看，但這是不可能的了，外公現已退休他不肯在家休息，去兼當市場收稅員，看到他那麼勞累，我勸他在家多休息老人不聽，我母親在福建漳州市工作，我從小在外公家，是他們給我帶大，現在我也在漳州市工作，並經常回晉江看望他們，外公讓我有時間寫封信給您們因為上次給你們寫信，不見回复，不知您們現在一切可安好，姑太身體還好吧，淑娟姨近況如何，他非常牽掛，希望您們來信告知，好讓老人家放心，另外，還有一事望您們在百忙中抽時

叶柑蔗的外孙女黄丹青写给叶淑娟的信

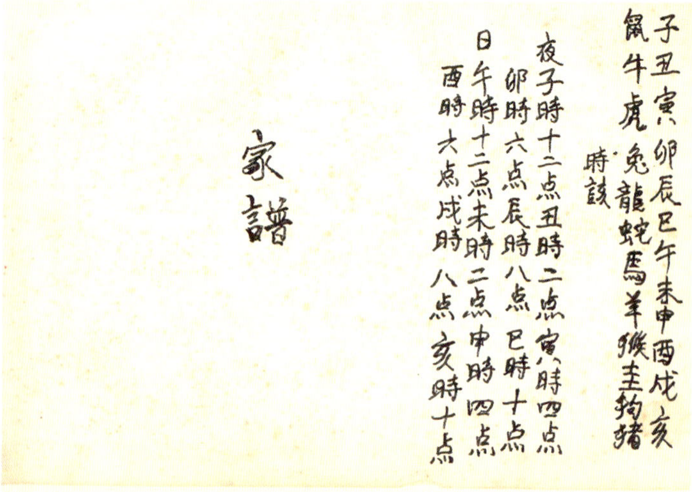
子丑寅卯辰巳午未申酉戌亥
鼠牛虎兔龍蛇馬羊猴圭狗猪
時該
夜子時十二点丑時二点寅時四点
卯時六点辰時八点巳時十点
日午時十二点未時二点申時四点
酉時六点戌時八点亥時十点
家譜

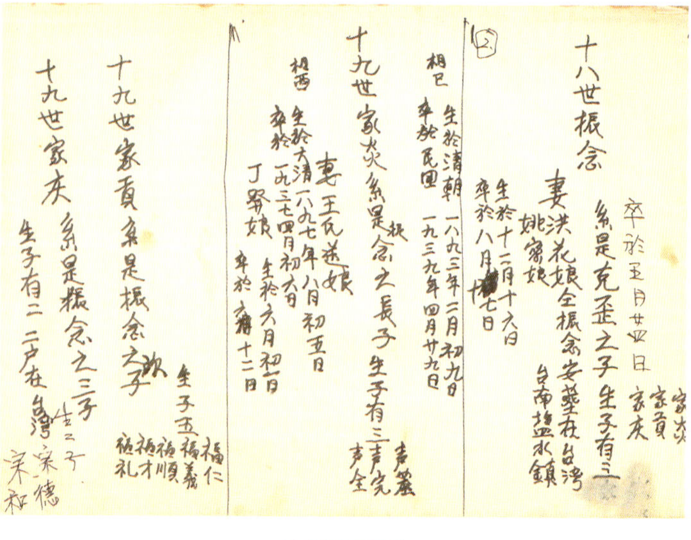
十八世振念
卒於五月廿四日
系是克丕之子 生子有三 家炎 家貢 家庆
妻洪花娘 仝振念安葬在台湾台南盐水镇
姚寄娘 生於十二月十六日 卒於八月廿七日
十九世家炎 系是振念之長子 生子有三 声巖 声完 声全
相巳 生於清朝一八九三年二月初九日 卒於民国一九三九年四月廿九日
妻王氏送娘 生於大清一八九七年八月初五日 卒於一九三七四月初六日
相酉
丁緞娘 生於六月初一日 卒於六月十二日
十九世家貢 系是振念之次子 生子五 福仁 福義 福順 福才 福礼
十九世家庆 系是振念之三子 生子有二 二户在台湾 生二子 家德 家和

叶柑蔗手写家谱

那么清楚……外公在讲姑太及儿时的事时，眼圈都红了。外公现年纪也大了，如今最大的心愿就是能见上姑太及亲人的面，回到儿时的家看看，但这是不可能的了。”1992年，外孙女黄丹青在信中如是说。

家，是每个游子的来处，亦是魂牵梦萦的归途。叶柑蔗迫切想去台湾寻找亲人，奈何赴台手续一直没办妥，直到94岁去世他都未能完成与亲人再见的心愿。归家心切，念家难回，80多岁时，叶柑蔗开始凭记忆手写家谱，从祖父叶振念一辈开始记录。他希望子孙后代能够记住自己的根，未来有一天能够认祖归宗，并将这份家谱续编到大家族的族谱中去。

沟头叶氏属于晋江叶氏的一支，据族谱记载，因当地耕地少，世代以航船、讨海为生，因此自清中期起就不断有族人迁居八闽各地、台湾，甚至“下南洋”，前往东南亚国家谋生，近代又远渡重洋到世界各地开枝散叶、瓜瓞绵延，台南盐水镇叶氏就是其中一支。

现在沟头叶氏居住在大陆地区的人口约1500人，居台、港、澳地区及海外的人口约3500人。从一世祖至今衍传二十四世，全族的辈序从十三世起为“宗继春秋，克振家声，奕世永昌，本源盛大，孝友传芳”。叶柑蔗是其中的声字辈（族谱中叶柑蔗记为叶声蔗）。

2013年，叶柑蔗的儿子叶金灿、叶金辉终于踏上台湾故土，回到台南扫墓祭祖，完成了整整四代人的心愿。而台南叶家人也走上了一条更宽广的回家路。

自通过书信建立起联系后，两地叶家人始终保持着密切的往来。福建晋江沟头叶氏祭祀由来已久，一向秉承春

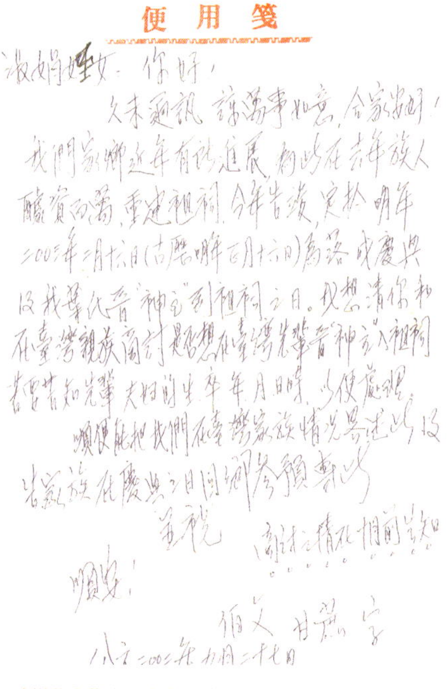
便用笺

淑娟侄女：你好！

久未通讯，谅诸事如意，合家安好！我們家鄉近年有些進展，為此在去年族人醵資約萬，重建祖祠，今年告竣，定於明年二〇〇三年二月十六日（古曆明年正月十六日）為落成慶典及我輩代晉"神主"到祖祠之日。我想請你和在臺灣親族商討是否想在臺灣先輩晉"神主"入祖祠，若要請告知先輩夫婦的生卒年月日時，以便處理。

順便能把我們在臺灣家族情况略述，以便告家族在慶典之日同鄉參閱。專此

並祝

順安！

商討之情况相商告知

伯父 甘蔗 字

于二〇〇二年九月二十七日

叶柑蔗在信中征询在台叶氏族人“神主”入祖祠事宜

祭冬祀的传统，虽然由于历史原因曾一度停祀，但20世纪80年代，邻近宗亲已开启小规模集祭，2003年宗祠重建落成后便恢复举行全族祭祀。在2002年宗祠即将竣工之时，叶柑蔗修书询问台湾亲人："是否想在台湾先辈晋'神主'入祖祠？"（2002年9月27日信）即是否将台湾先辈的神主牌也移入宗祠享受供奉？他的建议得到积极回应，此后每每宗祠举行大型活动，台湾族人也积极参与其中。2014年，晋江沟头叶氏祠堂重建，叶淑娟女士等数位在台族亲亦按族中规矩捐款用于重建及后续宗族活动开展。

自从晋江沟头叶氏族人清末频繁往来于海峡两岸起，为了祝祷平安，他们不仅人渡台，还把祖籍地晋江沟头灵安殿供奉的五姓爷分灵至台湾，供奉于台南的叶氏宗祠内。2019年沟头灵安殿重建，在叶柑蔗之子叶金灿的提议下，去台叶家人也欣然恭请这尊王爷回乡谒祖。

而所有这一切，均起于用尽一生精力隔海寻亲的叶柑蔗，是他用一封封家书，延续了闽台两地亲人的绵绵情思。

（洪晓静）

# 一家人，十五封家书，一次跨越海峡的探亲

## ——李兰凤家书故事

### 一、知

记得是2020年12月的某一天，沈文锋副馆长与我分享了一则因缘际会下得知的故事：台湾媒体人范植明在整理父母收藏的物品时，偶然发现了母亲李兰凤过去三十年中与故乡浦城的弟弟李子和的信件。其中一封泛黄陈旧的信上写了串模糊的电话号码，他抱着期待的心情拨了过去，电话接通了……2020年12月7日，范植明来到浦城与素未谋面的亲人团聚。欣喜之余，他在微信朋友圈发了名为《浦城探亲记——情牵两岸》的短文记录探亲的点滴。

很有幸，几经他人分享，我阅读到了这篇短文。

自从一年多前，我接手父亲母亲的收藏物品，其中，有一封陈旧的信，母亲老家人的来信，我特别的感兴趣。我打了几次电话，找到了信中母亲的外甥，我和浦城家人，建立了一个微信群，保持着联系。这一次，我真的踏上了探亲之旅。

……

透过电话联络，我还在百米之外，两位老人家已在家门口，等待多时，忙不迭地，走下坡来，迎我拥抱、牵手回家！

……

醉后方知酒浓，见面更觉情深。他日，我一定会

范植明

浦城採親記～情牽兩岸。

趁著疫情季節，我在大陸內地停留較長時間，決定安排一趟，探訪母親家人的福建探親之旅。收到我的消息，未曾謀面的浦城家人，立即傳播、聯繫開來，大家都知道，一位從台灣來的「二哥」、「二舅舅」，就要回來了。

從大家積極的溝通，我清楚地明白，浦城家人的期待，是「認真的」。

自從一年多前，我接手父親母親的收藏物品，其中，有一封陳舊的信，母親老家人的來信，我特別的感興趣。我打了幾次電話，找到了信中母親的外甥，我和浦城家人，建立了一個微信群，保持著聯繫。這一次，我真的踏上了探親之旅。

舅舅李子和對我到訪的期待，溢於言表。從我飛機降落在武夷山機場那天，舅舅和舅媽，就多次追問，我哪一天去老家？因此，我第二天上午，就坐著表弟的車，來到鄉下舅舅家。

透過電話聯絡，我還在百米之外，兩位老人家已在家門口，等待多時，忙不迭地，走下坡來，迎我擁抱、牽手回家！一杯桂花熱茶、我分享著台灣家人老照片，午、晚兩頓豐盛的家常特色菜，為我殺了一隻雞、一隻鴨，還有羊肉燉蘿蔔，除了羊肉是買來的，其他全是家裡自己生產的原生態食材。

連續兩天的聚會，上海的小表妹一家人，也開車七個半小時趕回來了。舅舅、舅媽，加上五個表弟表妹和他們的愛人，以及他們的子女，除了幾個大學生，在外鄉就學而不便回家，可以算是到齊了。我也學著聖誕老公公一樣的，帶來許多禮物，和珍貴的照片，與浦城家人分享這次初聚的歡樂。

如同大表妹夫所說：「不是一家人，不進一家門」。數十年的隔離，也阻絕不了，千里之外的親人聚首。我自覺，算是為了罹患痴呆症的母親，今生最後的心願吧！

我的「擅自行動」也獲得了台北哥哥、弟弟的認可，他們的態度，從原本的不置可否，轉為主動囑咐我，應該對於浦城家人的熱情接待，有所積極報答。

醉後方知酒濃，見面更覺情深。他日，我一定會帶著台北的其他家人，再度踏上親人重聚之路，也會有機會，在台灣，迎接浦城家人的來訪。我弟弟也是這麼說：「能為母親做的事，已經不多了，媽媽如果知道，也會很開心的。」

范植明发在微信朋友圈的文章

带着台北的其他家人，再度踏上亲人重聚之路，也会有机会，在台湾，迎接浦城家人的来访。……

原来，李兰凤曾经与故乡浦城亲人频繁通信，并曾三度返乡，探望自己的亲弟弟、亲姐姐，但由于后来她患上了阿尔茨海默病，病情严重，多年的联系中断了。而范植明的偶然发现，让两岸亲人间又续写上了新的故事。

## 二、赴

感动之余，我们立即与范植明取得了联系，得知他在浦城的舅舅李子和家中还珍藏着过去十几年间李兰凤从台湾寄来的信。经过沟通，李子和、吴菊英夫妇愿意将信件全部捐赠给中国闽台缘博物馆收藏，这对于正在征集两岸家书的我们来说是一个天大的好消息！2020年12月8日上午，我们一行三人与范植明在浦城会面。寒暄过后，我们便在浦城县台办王光兴主任、仙阳镇陈武镇长及相关工作人员的带领下，赶往浦城县仙阳镇李子和夫妇的住处。

## 三、访

大家伙儿围坐在一块儿，仔细听着李子和夫妇诉说姐姐李兰凤的故事：她10岁时因父亲去世，家境贫困，被一位同乡收养后离开了故乡，后来辗转到了台湾，从此亲人间便失去了音讯。20世纪80年代，李兰凤凭着零星记忆开始找寻亲人，她依稀记得自己的家乡在浦城，但具体的地址已经忘记了。幸运的是，原以为茫茫无望的寻亲事竟然成功了，同乡中有一位黎先生帮她找到了联系方式，两岸的亲人开始互相写信了。1988年至2001年间，李兰凤曾经三次返乡，后来由于罹患阿尔茨海默病才与故乡亲人失联。所幸范植明接下了两岸亲情的接力棒。

李子和夫妇小心翼翼地取出了珍藏已久的姐姐李兰凤的家书（1988年至2001年，共15封）。从将家书拿出来直到交予我们收下，李子和夫妇的眼睛一直没有离开过家书。在他们眼中，我看到了不舍和想念。我还记得，吴菊英老人用颤巍巍的手把家书交给我时，她在哽咽。我慌了，我并不擅长处理这种场面。我小心地伸出手去等待接下家书，却看到吴菊英将家书紧紧拥入了怀中，大声哭了出来。“这是姐姐留下的东西。捐了以后我就再也看不到姐姐了。”她潸然泪下地说出了这句话。瞬间，泪水充盈了我的眼眶，我呆立在原地，忘了把已伸出的手收回。我看到在场的人都在抹眼泪，听到有人在安慰吴菊英。直到

捐赠现场

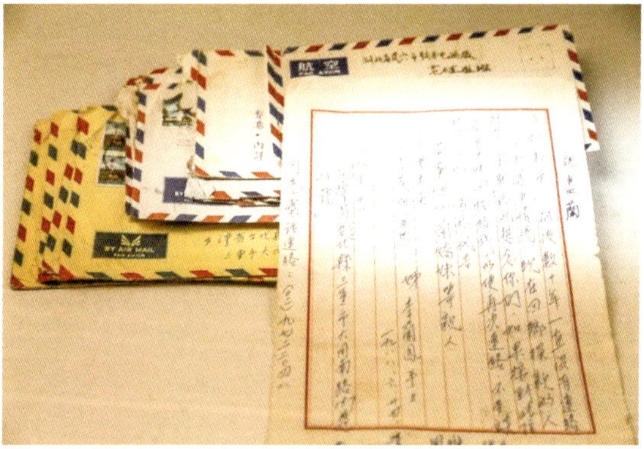

李子和夫妇捐赠给中国闽台缘博物馆的家书

听说我们将制作一套家书复制件送给他们，吴菊英才在李子和的搀扶下放心地把家书交给了我。真正接到这份家书时，我感觉压在手上的分量太重了，这是穿越数十年光阴的真挚情感，根本不是15封家书就能道尽的。

## 四、读

浦城之行后，我马不停蹄联系广告公司制作家书的复制件，排版、选纸、装订，我都一一跟踪，争取用最优的质量、最快的速度完成。一周后，我们重返浦城，将复制件——《李兰凤寄予李子和书信集（一九八八至二零零一）》郑重交到了李子和夫妇手中。老两口高兴坏了，摩挲着书信集不停感谢着我们："谢谢你们，让我们又看到了姐姐！"

同时，我也开始了对这批家书的阅读。在信中，李兰凤回忆了年幼时与家人失散、辗转到台湾的经历："亲爱的弟弟，忆及童年的时候，大约十岁左右，因父亲病故，家境不好，而前面恰是三个女孩，如是母亲就糊里糊涂地把姐送给义父带出远门，从此跟他们走遍大江南北。当时姐年纪小，不懂事，非但不能自行回家，甚至连信都不会写。因此只有日夜思家、思娘，更想念着你们。除此之外，还会有什么办法。记得三十多年前跟义父母由越南到台湾，十九岁那年和范姓夫结婚，生活还算过得去。"（1998年7月12日信）中年的李兰凤经过漫长的寻找，终于等来了家乡的消息，信中她回忆道："今年五月间同乡黎先生返乡探亲，姐托他带回便信几句，真是皇天不负苦心人，终如愿以偿地得到你们的信息。天呀！这不是梦！是真的，确实是真的。”（1998年7月12日信）信中，李兰凤倾吐着自己对弟弟李子和的挂念：“（子和弟）当姐读完你的信后，心里不知是喜是悲，真使人无法形容。姐也一直在想，只要不死，总有一天会见面的，真的。”（1998年7月12日信）对已去世的双亲，李兰凤为自己不能侍奉左右而痛心、自责不已，随信附上重修父母墓地的钱款，并千叮咛万嘱咐弟弟定要尽心将重修父母墓地一事办妥：“（子和弟）去年寄给你的钱，姐叮嘱你将父母遗骨迁葬一处并立墓碑以为永久纪念，俾尽孝思。”（1996年1月25日信）1998年，一场大洪水给祖国大陆造成了巨大的损失，李兰凤得知此事后，急忙寄信故乡，字里行间尽是关切：“好在万千军民致力抢救，得能转危为安。”（1998年9月12日信）

谈到我读完信后的感慨，如果我说“感人至深、热泪盈眶、激动不已”这类词就真的落入俗套了。从儿时与家人失散，颠沛到台湾，四十年后终于得知亲人音讯，重返故乡，因染病再度失联，这中间的种种辛酸，我如何能真正体会一二？我被这段故事感动了，被充满真情的家书感

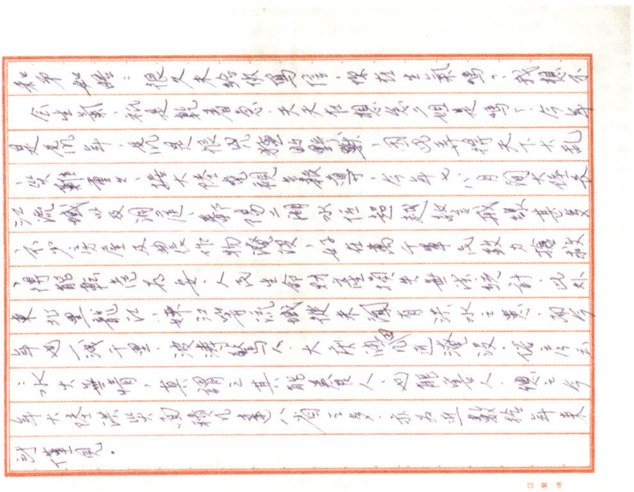

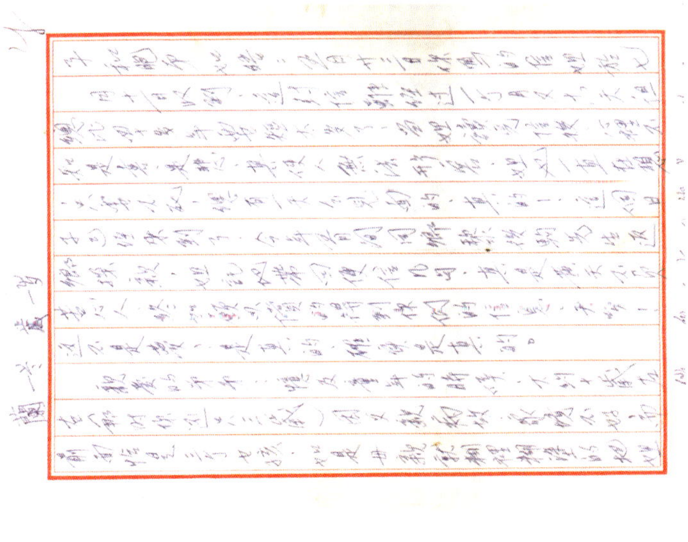

李兰凤写给李子和的信件（部分）

动了，但我未经他人苦，有些情绪我实在没法用文字表达出来。“书不尽言，言不尽意”是这15封家书表达的，也是我想说的。

## 后　记

范植明先生在微信朋友圈发表的短文中写道：“数十年的隔离，也阻绝不了，千里之外的亲人聚首。我自觉，算是为了罹患痴呆症的母亲，今生最后的心愿吧！”不知道现在的李兰凤是否还记得故乡的亲人们，我相信，两岸情刻骨铭心，总会深深烙在脑海中，不管有多大的困难。

李子和夫妇捐赠的这15封家书，现在我馆《骨肉天亲　血脉相连——海峡两岸家书特展》中与其他记录两岸深情的家书一起展出。两岸一家亲，家书抵万金。一封封家书漂洋过海，远道而来，或许会因种种原因不能及时、随时抵达，但虽迟不晚。这中间蕴含的深情，至今读来，韵味犹长，随着时代的演进，历久弥新。

（张　筱）

# 文化寻根

## ——陈臻超家书背后的故事

2019年，我们在民间收藏人士王赞成那里见到了厚厚一叠没有信封的家书，按年度装订，共600多封。这立即引起了我们的好奇：这些家书的主人是谁？怎么都没有信封？它们是如何寄到的？

王赞成告诉我们，这些信件是住在金门的陈臻超从台

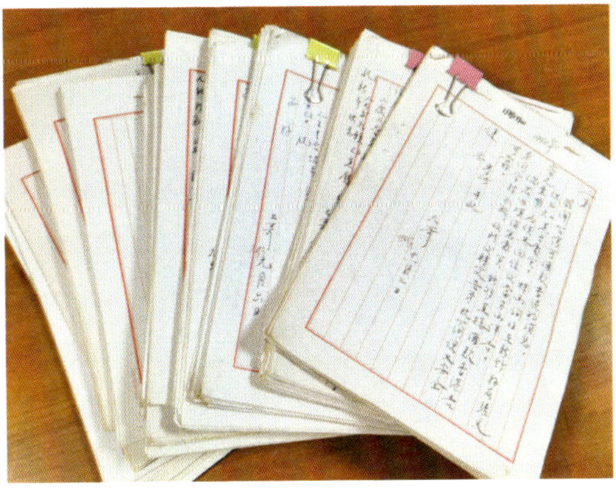

陈臻超寄给二弟陈宜祥的600多封信

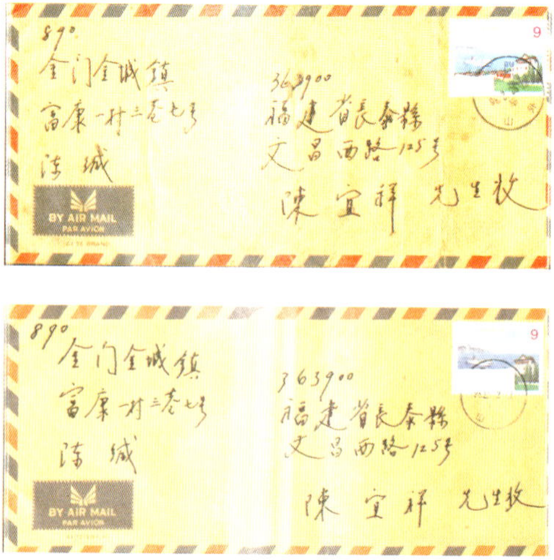

陈臻超写给陈宜祥的信（信封）

湾写给他在祖国大陆的二弟陈宜祥的。由于海峡两岸长期处于敌对和隔绝状态，无法直接通信，这些家书是通过他人辗转带回来的，所以都没有信封。

不过，开始阅读整理这些家书后，我们立即发现，这些家书并非如王赞成所说，是在海峡两岸特殊历史背景下托人转寄或带回，而是通过邮局寄到收信人手里的。因为这些信件写于1989年至2008年间，发生在台湾当局开放与大陆通邮之后，而陈臻超也在信里说到自己等待邮件的急迫心情。后来我们在陈宜祥后人那里得到了两个陈臻超写给陈宜祥的信封，信封上面的邮票、邮戳也说明了两岸当时已通邮的事实。我们猜测，当年收到台湾来信是比较稀罕的，实寄封、信封上的邮票对集邮爱好者都有很大吸引力，经常是要么整个信封被要走，要么邮票被剪下来，所以这些信按年份装订、没有信封便也解释得通了。

由于家书的当事人陈臻超、陈宜祥均已离世，且没有机会收集到陈宜祥写给陈臻超的回信，因此我们一方面努力解读这些从台湾寄来的单向家书，另一方面寻访收信人也就是陈臻超的二弟陈宜祥的后人。通过对部分当事人亲属的寻访，参考从其后人处得到的陈宜祥回忆录《悠悠岁月》，我们得以向大家讲述这个特殊年代发生的故事。

## 从“活着就好”说起

陈臻超1923年9月9日出生于福建福州鼓山后屿，2014年1月3日在金门去世，终身未婚。陈臻超去台湾前曾在后屿中心小学，闽侯田粮处、地政局等处工作，1947年前往台湾，任职于台湾省财政厅，后转任金门税务所处长，此后历任金门“战地政务委员会”侨务科长、地政所主任、自来水厂副厂长、物资供应处科员等职，1982年8月退休。

1989年，同在台湾的福州同乡好友张文宗要回大陆探亲，已进入花甲之年的陈臻超拜托他带着自己的亲笔信，去后屿老家寻访二弟陈宜祥的下落。虽然这封信已经遗失，但陈宜祥始终记得信的内容。陈臻超写道：“兹托同乡投寄此信，问候家中安好。总之，别久念深，等待至今，望与家人团聚，藉慰思情于万一云。”半辈子的思念浓缩在短短几句话里，既看得出他的理性干练，又显示了老人的古文底蕴。

几经辗转，这封写于1989年4月21日的信，陈宜祥到7月才收到。联系上亲人后，陈臻超随即于当年10月11日从台湾经香港再飞往福州。在义序机场见到亲人时，他千言万语汇成一句话：“活着就好！”

令陈臻超遗憾的是父母亲没能等到大儿子回来的那一天，生前他们一直对他放心不下。这也让他在往后的日子里深深自责。从1991年7月24日的信中，我们可以体会陈臻超深深的落寞。

二弟：

七月九日来信收悉。

我内心永远忘不了。

父爱、母爱是天地间至爱，无法描述于万一，写来话长，只有与吾弟诉说而已。

……

所云双亲临终仍念念不忘，如兄不孝，人生何

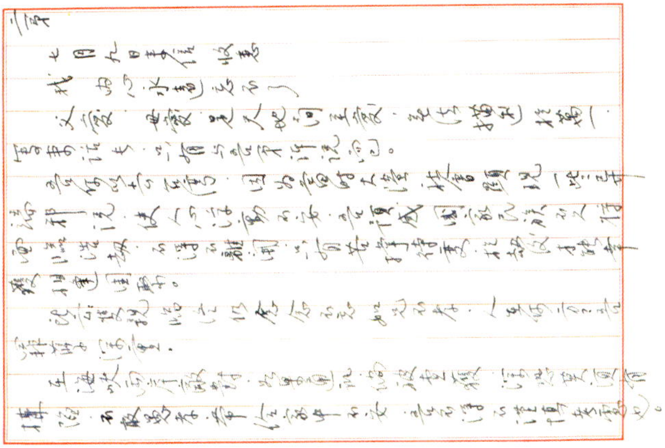

二弟：

七月九日来信收悉

我内心永远忘不了

父爱、母爱，是天地间至爱，无法描述於万一，笔书语言，只有与吾弟评说而已。

吾们此去台湾，因为当时大陆社会显现一些无稽邪说，使人心浮动不安，吾预感国家民族不久将面临浩劫，不得不离开，只有苦撑待变，於劫後才能幸获相逢团聚。

现今发现临终仍念念不忘，如兄不孝，人生何之？吾罪孽深重。

在海峡两岸敌对，如果通讯，倘被查获，深恐莫须有株陷，不敢寄来，希望家中平安，吾不得不谨慎考虑也。

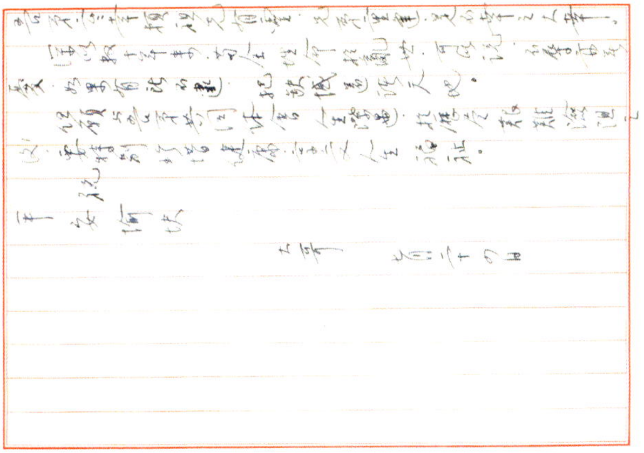

吾弟之幸，获见兄有望，兄弟重逢，是不幸之大幸。深以数十年来，苟全性命於乱世，可以说，不辜负母爱，如果有能不远，把缺憾遗落天地。

但愿与吾弟共同体会人生际遇，於历尽艰难险阻之後，要特别珍惜健康，安享之人生福祉。

祝

平安愉快

大哥 七月二十四日

陈臻超1991年7月24日的信件

方？吾罪孽深重。

在海峡两岸敌对，如果通讯倘被查获，深恐莫须有构陷，不敢愚孝，带给家中不安，吾不得不谨慎考虑也。吾弟云：幸赖祖先有灵，兄弟重逢，是不幸之大幸。

深以数十年来，苟全性命于乱世，可以说，不辱亦无忧，如果有所不逮，把缺憾还诸天地。

但愿与吾弟共同体会，人生际遇，于历经艰难险阻之后，要特别珍惜健康，享受人生福祉。

祝

平安愉快

大哥

七月二十四日

陈臻超给二弟的这封信一开篇便强调父母之爱对他而言非同寻常，“无法描述于万一”。他解释了两岸对峙时期不敢和家人联系的顾虑，表明自己一直在“苦撑”等待重逢。正是对父母的爱让陈臻超总是抱持对重逢团聚的信念和期待。

可以感觉得出来，陈臻超是一个理性、缜密、有爱心、负责任且重视教育的人。这样的个性是如何形成的？

他的家书或许可以给我们一些答案。

## 父慈子孝的理想之“家”

家书既是家庭历史的组成部分，同时也会反映出家风家教。在陈臻超的家书中，他不但和二弟交流生活态度，比如锻炼身体、读书看报、子女教育等，还能充分感受到父母亲的言传身教对他产生的巨大影响。

陈臻超的父亲陈潮裕，字谦，母亲郭梅卿，两人同岁。当年他离开福州去台湾时父母都还健在，正是44岁的壮年。陈家祖上是有钱人，陈臻超的祖父陈则飏开了一家店号“澐清”的酒库，每年冬天都要雇很多工人，酿的酒多达上千坛，在福州市区售卖。陈潮裕继承父业，起初和三叔合伙继续经营澐清酒库，后来因为连年战乱和苛捐杂税，生意越来越难做，于是陈潮裕从酒库退伙，除做点小生意之外，还租了一个小山头种植浙江奉化的水蜜桃，尽力维持一家人的生活。陈臻超的叔父陈添裕英年早逝，遗孀和一双儿女也住在他们家里。十几口人的家庭负担给陈臻超的父亲带来了不小的生活压力。

尽管生活艰难，陈臻超的父亲仍用双肩扛起家庭重担。那份担当深深镌刻在陈臻超的记忆里。留在他记忆里的父亲有智慧，身体健康，中年时已经事业有成。陈臻超

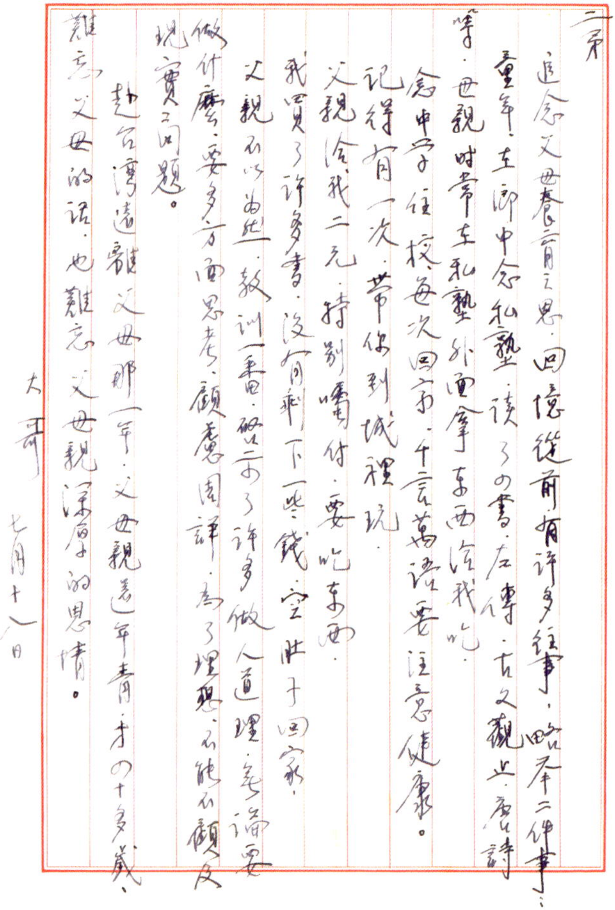
二弟

追念父母養育之恩，回憶從前有許多往事，略舉二件事：

童年，在鄉中念私塾，讀了四書、左傳、古文觀止、唐詩等，母親時常去私塾外面拿東西給我吃。

念中學住校，每次回家，千言萬語要注意健康。

記得有一次，帶我到城裡玩，父親給我二元，特別囑咐，要吃東西，我買了許多書，沒有剩下一些錢，空肚子回家，父親不以為然，教訓一番，使我學了許多做人道理，無論要做什麼，要多方面思考，顧慮周詳，為了理想，不能不顧及現實之問題。

赴台灣遠離父母那一年，父母親甚是年青，才四十多歲，難忘父母的話，也難忘父母親深厚的恩情。

大哥

七月十八日

陈臻超在信中回忆父母的影响

记得，有一次父亲给他2元钱，让他带二弟去城里玩。父亲交代这钱是给他们吃饭用的，结果他买了很多书，把钱都花光了，只好和弟弟饿着肚子回来（从这件事也可以看出陈臻超从小就喜欢看书），被父亲训了一通。父亲陈潮裕并不单纯就饿肚子这件事批评他，而是从理想和现实的关系着眼，教育他以后做事情都要考虑周全。母亲对孩子们也爱护有加，童年在乡里念私塾的时候，母亲经常拿东西到塾外给他吃。上中学时他们住校，每次回家，母亲都要千叮咛万嘱咐，要他们注意健康。

父亲的理性、责任心和母亲的细心均为陈臻超所继承。他为人十分谨慎，两岸对峙状态时他不和大陆的家人联系，以免“带给家中不安”；两岸有通邮渠道后他通常也只写一张信纸，最多不超过两张，以防超重寄不到；信中内容也不涉政治。我们可以从陈臻超1991年6月26日写给二弟陈宜祥的家书，来看看家风家教的影响。信的内容如下。

二弟：

我无法在父亲生前回去，引为终身遗憾。

谨把一些片断〔段〕回忆写下来：虽然时代背景不同，社会演变。

每当清静时，思念吾父生平有智慧、有能力、身体健康，在中年时已事业有成就。十八岁丧父，承担一定家庭的生活，与叔父堂弟继续经营瀴清酒店。后因税重不堪负荷收摊，从农。

与人相处很好，深明人情世故，待人热诚，重情义。为人慷慨，经常接济亲友，交友不分贫贱。

吾父四十岁时，生日那一天，母亲告诉我下课即回家，夜上宴请亲友。此事已无印象。

吾父平常生活懂得物质享受，但不浪费。每逢过年过节，不惜花费购买丰富菜肴，让全家老小改善生活。

吾父工作有时辛苦，从无怨言，家境好时也保持平常，并不夸耀。使人估不透是富还是穷？隐而不显。

吾父对事观察分析有远见，知情、依理，也有法律常识。曾为依妹姑与其翁家因继承丈夫遗产打赢官司。亦曾为四妹伯与某妓结合，出庭打官司。

从未见其因醉酒失态过。吾父有嗜好，例如对烟酒等，能够自我节制。

吾父人生理念相当开明。为功惠遗孀再嫁养育母女事说服功惠认养侄女，但得罪了茂源夫妇。

吾父有相当学识，平时也阅览书报、小说等，因此具有各种思考与见解。乃购王学澄穷秀才的《资治

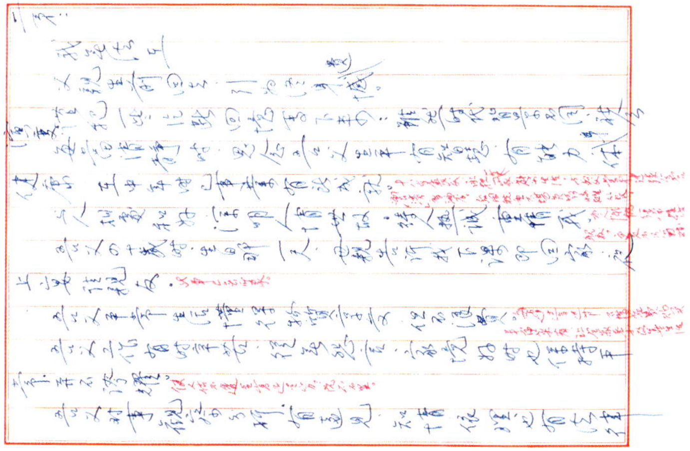

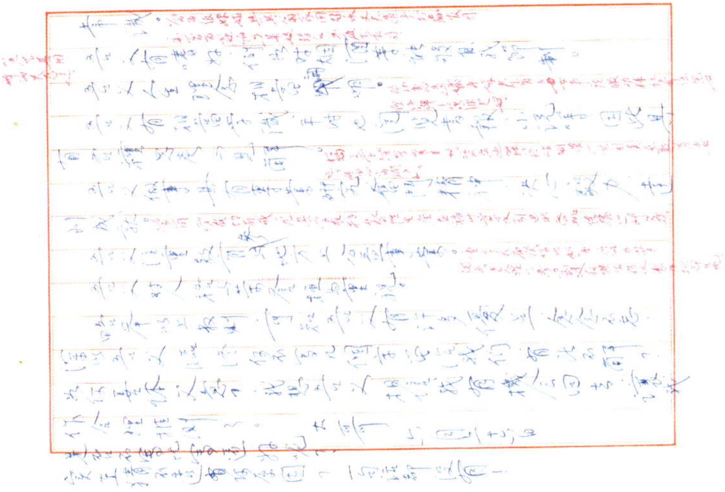

陈臻超在1991年6月26日的信中回忆父亲

通鉴》（俗称纲鉴）供阅读兼教育子女，如“德用心，富润户”。

吾父做事具有专业研究、奋斗精神，决心、毅力、达到成就。学商学农均有成，尤其学农搞开发性生产，在福州首家引进水蜜桃，传播近郊各村。

吾父注重教育，参与地方公益事业。重修大庙顶“临水奶”庙，后辟为小学。仍为“老人院”。参与创建后屿消防队，惠及城郊各地。

吾父对人格与荣誉极为重视。

略举以上数则，可知吾父有许多优点，念念不忘。深以吾父临终何不写几个字留给我们，有所不解？如何善体父意？我想吾父相信我有机会回去，让我作合理推测了。

大哥

六月二十六日

是否不写比写还好呢？

实在猜不透有何原因？一句话都没有！

这是陈臻超给二弟的家书中最长的一封，由此可见他对父亲的感情和父亲在他心中的分量。陈父既追求有质量的生活，又不铺张浪费；既维护传统伦理，又不守旧教条；既重情重义，又相信法治；为人既有原则性又有灵活性，接地气，有同理心。此外，对社会公平、正义、忠诚、荣誉等的认同，在陈父身上也得到了体现。陈臻超从小耳濡目染，并铭记在心，这种家风家教对他的影响是持续和稳固的。

1980年，陈臻超的父亲去世，临终时陈宜祥陪在其身边。据陈宜祥回忆，老父弥留之际，仍念念不忘早年去台湾的长子为何这么久连个音信也没有。陈臻超听说后更是悲痛不已，这也许是陈臻超在回忆父亲的这封信落款之后又补上两句话的原因，可见其内心有多么纠结，用古语“子欲养而亲不待”来形容他的心情再贴切不过。

陈臻超首次回大陆时已经66岁了。此后，写信成为他生活的一个重要部分。根据我们收集到的家书，以及从其他渠道得到的十几份扫描件，陈臻超1989年11月至2008年从金门写给二弟的信件数量达到628封，他也从66岁写到了85岁。这是中国闽台缘博物馆2019年开展两岸家书征集活动以来收集到的单个家庭信件数量最多的。从统计来看，除了其中17封未能确认年份外，头几年信件数量比较多，在1993年达到顶峰，然后呈递减的趋势。

1989—2008年陈臻超寄给二弟历年信件统计

| 年份 | 1989 | 1990 | 1991 | 1992 | 1993 | 1994 | 1995 | 1996 | 1997 | 1998 | 1999 |
|---|---|---|---|---|---|---|---|---|---|---|---|
| 数量 | 5 | 42 | 37 | 51 | 69 | 38 | 41 | 32 | 33 | 36 | 32 |
| 年份 | 2000 | 2001 | 2002 | 2003 | 2004 | 2005 | 2006 | 2007 | 2008 | 其他 | 合计 |
| 数量 | 34 | 25 | 23 | 24 | 23 | 21 | 16 | 19 | 10 | 17 | 628 |

家书逐年减少，字迹日渐潦草无力，就像不断散开且淡化的涟漪，一个不断老去的身影逐渐浮现。据陈宜祥的后人说，2008年之后，陈臻超每个月仍会写一封信回来，只是后面那些信都遗失了。我们猜测陈臻超家写信数量减少的原因，除了他日渐衰老，写字有可能越来越不方便外，兄弟俩的生活趋于稳定，没有什么大的变化，很多话该说的都说了，应该也是通信数量减少的原因；此外，电话的普及也分流了一部分通信需求，有急事的话通过电话联系更加方便快捷。

## 长兄在“家”里的担当

陈臻超是家里的老大，下面依次是二弟陈宜祥、三弟陈挺瑞、四弟陈挺村、五弟陈铁民和六弟陈开华。陈臻超1989年返乡时，除了四弟、五弟和六弟仍生活在后屿老家外，三弟在福州生活，二弟则安家漳州长泰。除了重逢的激动惊喜，陈臻超对五个弟弟不同的生活状况颇有感触。弟弟们的生活、经济状况，尤其是在老家的四弟、五弟和六弟，都不尽如人意。作为长兄，陈臻超在父母过世时不能陪在身旁，在弟弟们成长的阶段也未能给予帮助和指导，都让他有深深的亏欠感。因此重回故乡见到亲人后，他立下了三个心愿，也就是他在1990年最后一天的信中所说的“修墓、重建后屿住家与改善诸弟生活”，为此他决定最少要回三次福州。事实上，他在有生之年往返海峡两岸多达11次。陈臻超立下的这三个心愿一直贯穿于20多年间他与二弟陈宜祥的书信联系中。他不但修祖坟、修祖屋，资助弟弟们，还把这种关爱落实到对他们的个人生活及其子女教育、婚姻等的关注上，甚至延伸到他们的亲戚、同学，比如他曾帮助二弟的厦大同学周某。

数十年对亲人的思念，在首次返乡后，带给陈臻超的那种意犹未尽，释放出一阵阵强烈的情感冲击波。他频繁写信，急切盼望来信，热心地为大陆的亲人提供经济帮助，并且在此后的有生之年多次返乡探亲。例如，他在1989年12月5日的信中提到，他拟于1990年9月再次返乡，而那时他刚刚在二弟陈宜祥家过完中秋节回台湾不到两个月。2008年12月15日之前，两岸通信都要经由第三地中转，因此他收到二弟的信一般需要半个月左右，有时甚至20多天。长时间的等待使陈臻超焦虑。他因为嫌信来得慢，还专门去邮局了解情况（1992年4月12日信）。他写给二

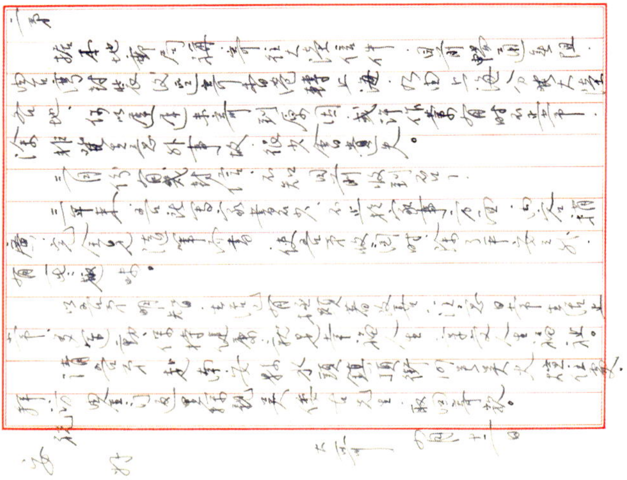

陈臻超在1992年4月12日的信中提到自己专门去了解了邮寄时长

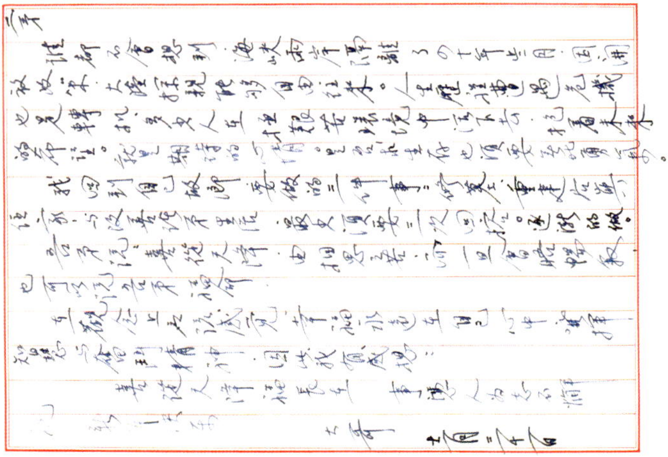

陈臻超在1990年12月31日的信中说要为亲人做三件事

弟的信件总数虽然多，但是每封信基本只有一页信纸，也是担心写多了超重寄不到。他每次回信一般都会注明收到上一封来信的时间。二弟的来信陈臻超都有保存，他曾经算过，二弟的第一封来信是1989年8月2日，至1992年9月9日共写了86封，可惜的是这些信在陈臻超去世后都一并化作了青烟。

2014年，陈臻超在金门去世，二弟陈宜祥带孩子跨海去为他送终。除了对父母的深深愧疚，他和弟弟们重逢后许下的三个心愿可以说都已经实现了。

## “家”作为文化意义上的召唤

陈臻超第一次返乡探亲后，深藏心底的思乡之情犹如沉睡的火山爆发，表现得异常强烈。返回金门以后，他便写了一篇随笔《笑语欢声春满堂》于当年11月刊登于《金门日报》，里面摘录二弟陈宜祥的诗“喜从天降宁非真，返乡探亲似箭心。皓月当空迎归人，挑灯细辨旧时人”，来抒发自己有生之年得以和亲人团聚的喜悦之情。陈臻超初次返乡时已是66岁，直到90岁去世，作为一个退休的老人，他在有生之年独自返回大陆多达11次。他在信中不断诉说自己对故土、亲人的想念，以及能与亲人直接通信的欣喜。选取一二摘录如下。

KINMEN DAILY NEWS

破獲假酒地下工廠

笑語歡聲春滿堂

陳臻超

陈臻超的随笔《笑语欢声春满堂》刊登于《金门日报》1989年11月3日第6版（潘是辉供图）

深以为相别四十年之久，于今能够重逢，无限欣慰。

执笔而书，心中情感难以诉说，盖诉说亦难尽意也，愿彼此珍重。

深以为与吾弟住处仅一水之隔，犹如天涯之远，写不尽思念之情。

两岸隔一水，比邻若天涯；青鸟难飞跃，彩云盼早归。

别久而念深，时常会想到家乡的情景。

海峡隔两岸，家书十余行。行行无别语，只道早还乡。

我想念家人，也同样想到家人想念我。

吾爱弟，极想念，寄望亦殷切，纸短情长，欲言难尽。

所谓家书值千金，回想海峡两岸四十多年隔离，思念不已，于今才可通信，因此珍惜此事多写信。

梦里依稀慈母泪，深刻追思母爱，曾经多次流下多少泪，无限悲伤。

陈臻超从小受过比较好的教育。他比二弟陈宜祥大一岁，他们的童年是一起在福州后屿乡下的老家度过的。在邻乡的黄时贤先生执教的私塾，他俩读过《三字经》《千字文》《四书》《左传》《古文观止》和唐诗等。后来私塾不准办了，家里改聘读过新学堂的陈进标老师教他们英语、数学等。陈臻超爱好文史哲，尤其是古诗词。他平时喜欢读书写文章，在台湾著有一本有关金门历史、名胜古迹和风土民情的《金门随笔》，也时常在报刊上发表文章。他在信里经常引经据典，附上自己写的新古体诗、对联等，字也写得很漂亮。

1991年中秋节前，陈臻超写信给二弟，他以杜甫《月夜忆舍弟》为蓝本写了一首《月夜忆舍弟》，抒发自己与弟弟们相聚的激动心情。

台胞大陆行，立秋一雁声；露从今夜白，月是故乡明；有弟皆分散，探亲喜团聚；寄书随时达，况乃已休兵。

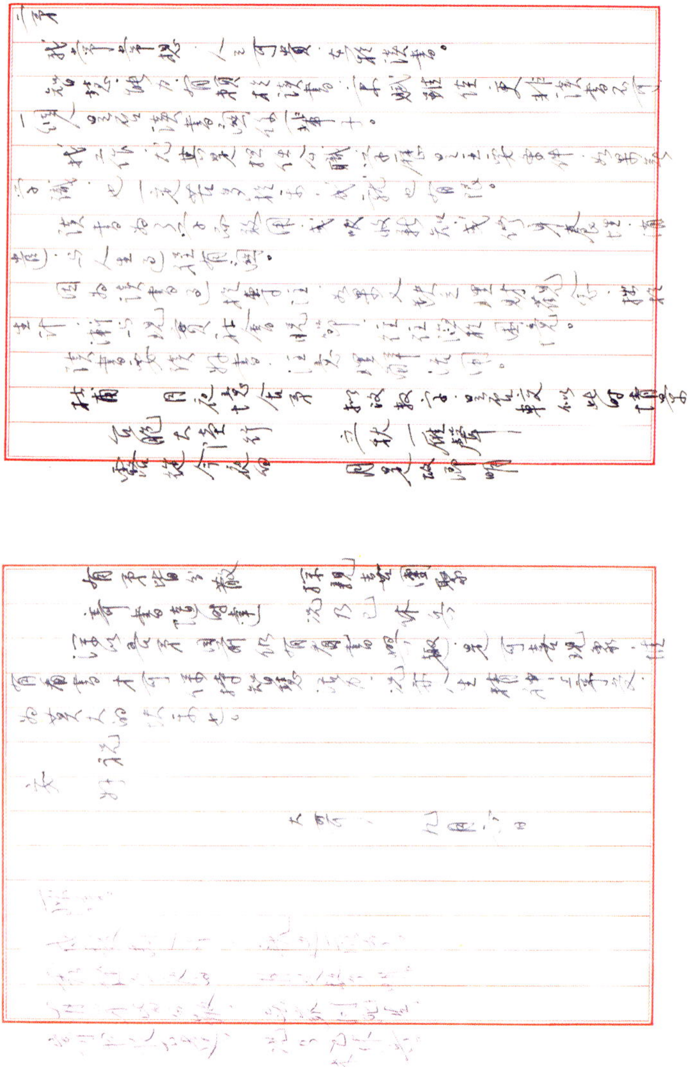

陈臻超在1991年9月6日的信中改写杜甫《月夜忆舍弟》

杜甫的《月夜忆舍弟》描写的是诗人对因安史之乱而失散的弟弟们强烈的忧虑和思念，而陈臻超的新作完全颠覆了原作，抒发的是与家人重逢的激动心情。这也是当年两岸同胞亲人得以团聚的喜悦之情的真实刻画。

### 从“小家”到“大家”的观照

陈臻超给二弟的家书里说的虽然是其个人或家庭的私事，但也反映着海峡两岸关系的半世纪沧桑，反映了中国改革开放后的社会发展。下面不妨略举几个例子。

第一个例子。陈臻超在1991年3月18日的信中感叹，能来大陆探亲，海峡两岸能够自由往来，是居住台湾的外省人四十年来的最大心愿。外省人，在台湾地区是有特定含义的。陈臻超1943年在福建从农学院退学，报名参加福建干部训练团。该训练团主要是为光复后的台湾输送干部人才的。陈臻超后来被分配在闽侯田粮处，1947年去台湾省政府工作。1949年国民党败退台湾，陈臻超和随之而来的一两百万军政人员，被之前就定居在台湾的本地人称为“外省人”，其中不无隔阂之意。只是这些外省人谁都没有料到，他们再次返回大陆已经是四十年后！陈臻超白描般的几

二页

今天收到二月二十六日来信

悉你等目前生活安定与健康，甚很欣慰。

由于海峡两岸能够自由往来大陆探亲，是居住台湾的外省人，四十年来梦寐追求的最大心愿。

回忆在与老家门口有一棵老榕树，苍凉圆荫着我们的家，不知是否还活着。

人生完美不是容易，是理想目标，靠努力与奋斗以达成。你等有许多成就，也值得安慰与庆幸了。

人生如何适应环境、改善环境，也就是求生存之道。对于该做与不能做的事，量力而为之，最重要就是保持健康，有生活情趣才是，也就是积极的人生。

祝

全家福祉

八十年 三月十八日

陈臻超1991年3月18日的信件

句话，道尽了大陆去台人员的盼归心切和悲怆心绪。

第二个例子。陈臻超在1993年1月30日的信中力劝二弟陈宜祥的二儿子不要辞职。该侄子1988年律考通过后，想辞去公职到厦门当律师。陈臻超知道后，在信中反复劝说要慎重。陈臻超也曾在金门基层工作，他以台湾的情况举例，说是1971年前公职人员的待遇仅能维持生活，近十来年才开始改变，希望侄子能看得长远些。更重要的是，陈臻超认为收入多少不是最要紧的，从事公职对家庭更好，也更有价值。此外，陈臻超还认为不少赴大陆发展的台湾人是投机者。台湾地区的经济在20世纪七八十年代快速发展，跻身“亚洲四小龙”行列。当时岛内有大量资金盈余，于是有不少人来大陆寻找投资、发展的机会，其中不乏一些暴发户、投机者。陈臻超知道弟弟们的家庭生活水平不高，但他从自己的经验出发，不希望侄子辞掉“铁饭碗”，担心其另行就业不顺利会导致生活贫困。

第三个例子。陈宜祥1992年11月14日写信给大哥，告诉他家里装了电话。有意思的是，这本来是社会发展带来的好处，却反倒令陈臻超不安，因为他担心二弟由于家里装了电话而不再写信。为此陈臻超回信劝二弟非必要不要打长途电话。在他看来，写信比打电话好，也比明信片好。明信片显得肤浅，写信可以倾诉更多的情感，承载更多的信息，并且可以保存，反复看，得到精神慰藉，又比较经济实惠。那段时间，陈臻超连续几封信谈到了通信的问题。在大陆，居民家里安装电话是从20世纪90年代初开始的，而且装一部电话往往要排很久的队，费用高昂，相对于当时的生活水平而言是有点奢侈的。不过随着科技的发展、生活水平的提高，电话很快得到了普及。据统计，1994年海峡两岸之间的电话通话时间为1亿多分钟，跃居台湾岛外通话量的首位，其中大陆去台电话3340万人次。陈臻超信中这些简短的讨论，既体现了他的人生观、价值观，他的矛盾心态，也是当时大陆人民生活水平提高的一个缩影。陈臻超也许没有想到，科技发展对生活的影响越来越快，也越来越大，现在在日常生活中，即时通信几乎取代了传统的书信。

## 结　语

从陈臻超的家书中，我们读到了人们对于和平统一的渴望、对幸福生活的向往，看到了中国改革开放以来所发生的快速进步，同时我们也感受到，维系陈臻超不忘家乡、关爱亲人的，是传统文化这个无形的力量。比如早年他选择退学减轻家庭经济压力，以支持二弟读厦门大学；晚年他内疚于无法在父母生前侍奉左右，于是重建祖屋、修祖坟。又比如他说过要做三件事情就认真地做；在写在给二弟的家书里，倾注了对亲人无尽的爱和不断的付出，充满责任感；再比如他珍惜两岸局势缓和后和亲人团聚、通信的机会，也对未来的和平统一充满希望……这些无不是中华传统文化在发生作用。陈臻超的家书以及他的故事，体现的正是中国传统文化不朽的价值。

（沈文锋）

# 四代人的寻找　终圆寻亲梦

## ——谢清源家书故事

位于福建晋江的英林镇与金门岛隔海相望，村里的老人说，海堤上刻着的“望祖”两个大字是1985年华侨姚祖烈、姚望深捐款支持家乡建设防浪堤时刻下的，也蕴含着在外游子遥望祖国、遥望祖根之意。2013年8月末的一天，就在“望祖”海堤旁，一名年轻人身披红绸，颈戴花环，站在一座老旧的祖屋前。他是台湾的谢氏族亲谢瑞隆，专程回晋江寻根谒祖。这是海峡两岸的谢氏家族相隔100多年的第一次团聚。

晋江是迁居台湾的澄江谢氏的祖居地。300多年前澄江谢氏先人从晋江出发，迁徙到了海峡对岸的台湾。1874年谢清源的曾祖父从台湾回到晋江修缮祖厝、修整族谱，并就此留在晋江。当时迁居台湾的堂亲还特地从台湾运载杉木回大陆，然而行至澎湖黑水沟时，船只翻沉，重建澄江谢氏宗祠一事也因此“搁浅”。甲午战争后，台湾被日本殖民统治，谢清源的曾祖父与台湾的族亲从此分隔两地，日久便失去了联系。这一隔就是100多年。

## 一、秉承祖嘱

谢清源的父亲谢必明出生于1928年。他清晰地记得小时候爷爷带着他在海边遥望对岸，讲起家族旁支迁往台湾的往事。爷爷叮嘱：“在台湾，咱们有亲人，以后有机会，你们要去找一找。”曾祖父的一句嘱托，成为谢氏家族的一个使命。从谢清源的曾祖父开始，到祖父，再到父亲，三代人伴着海峡的潮起潮落不断走在坎坷的寻亲之路上。

谢必明把寻亲视为他人生中的一件大事，他花了数十年时间挖掘整理家族资料，然而都没有线索。但他从未放弃对台湾族亲的寻访。2001年1月2日，两岸开启“小三通”，这是两岸相隔半个世纪首次正式通航。2003年谢必明赴台湾彰化县田中镇找寻亲人，但还是失望而归。

## 二、走在寻亲大道上的年轻人

谢清源1980年出生于晋江金井镇。为了完成曾祖父、爷爷和父亲的心愿，年轻的谢清源下定决心，一定要想办法找到台湾的亲人，要在他这一代终结这份遗憾。可是仅凭一句嘱托，如何找到台湾堂亲？

在整理父亲留下的一些旧资料时，谢清源意外地发现了两封信。信纸早已发黄，有些字迹模糊不清，但是大致可以看出，是父亲写给谢必胜的。父亲与台湾宗亲谢必胜是在1988年安溪清溪后垵谢氏宗祠落成庆典上认识的，但当时并未深谈。后来父亲通过各种途径获知了谢必胜的联系方式，于是郑重地写去一封信。他将自己所知的线索以及推测都写进了信中，言辞恳切。

必胜兄台大鉴：

安溪一别，倏收四月，时切驰思。遥祝贵体康泰，鸿图大展，万事如意。忆后垵谢氏家庙落成庆典座谈会上，吾兄慷慨陈词，热心公益，关怀桑梓，助人为乐之精神，敦亲睦族之情谊，溢于言表，昌胜钦佩，至今记忆犹新。当时拜托为示查访宗亲一事，恐兄当时人多事繁，详况难以详记。兹逢再图叔等来此为弟之宗族编修宗谱，尚欠台南一系。据祖传：吾祖尚有一系分支台南，乡（村）名仍号为伍堡。民

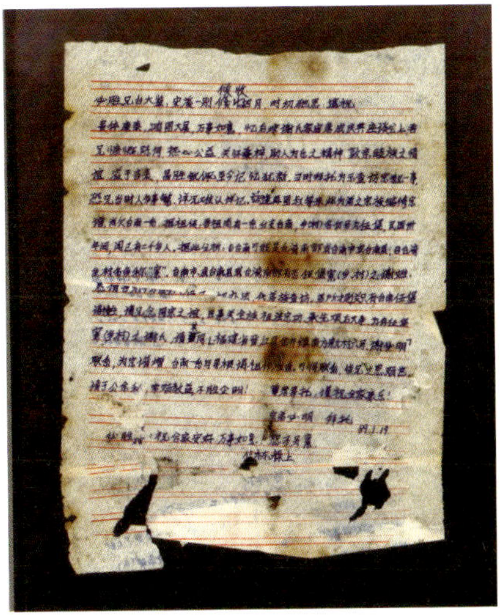

谢必明写给谢必胜的信件

国卅年间，闻已有二千多人。据此分析：①台南可能是台湾南部或台南市或台南县；②台湾乡村名多称“寮”，台南市或台南县或台湾南部有否伍堡寮（乡、村）之谢姓，恳请吾兄千方百计□□一切办法，代弟族查访。弟所提供只有台南伍堡谢姓，请兄念同宗之谊，且事关全族祖法宗功，承先艰后大事。为〔如〕有伍堡寮（乡、村）之谢氏，请其同“福建省晋江县金井镇南方新村六号、谢必明”联系，为宗谱增台南一系与寻根谒祖作准备。可得联系，皆兄之恩赐也。请于公于私，常赐教益，不胜企盼！

尊肃奉托，谨祝全家康乐！

宗弟必明　拜托　89.1.19

必胜叔、婶：祝合家安好，万事如意，恕不另禀。

□栋梁上

侄儿谢再图也给谢必胜写了一封信。信中提到谢必明正在修撰族谱，希望能理清迁徙到台南的那一支谢氏宗亲的近况。他在信中说道：

必胜叔、必胜婶大人尊前，金秋拜别，旋收为月，遥祝：

万事如意。敬启者厚安宝树家族联谊会推聘侄等前来，晋江金井镇为必明宗亲编修宗谱，谈及台南有一支祖系并曾托叔查访。伍堡谢姓人丁稀少，处于各姓之间，频受欺凌，宗亲念垢忍夺四出避难谋生。现留伍堡原籍者寥若晨星。晋居各姓，凝聚团结，同倡修宗谱，拟集各地宗亲，敦亲睦族，盛衰襄助。故恳请吾兄鼎力支持，想尽办法，诸（之后半行无法辨识）……查访，或转托谢姓宗亲代为查访或登报……叔素急公尚义助人为乐，定肯为之烦劳。后果为何请□□福建省晋江县金井镇谢必明。俾释悬念。

尊肃敬颂

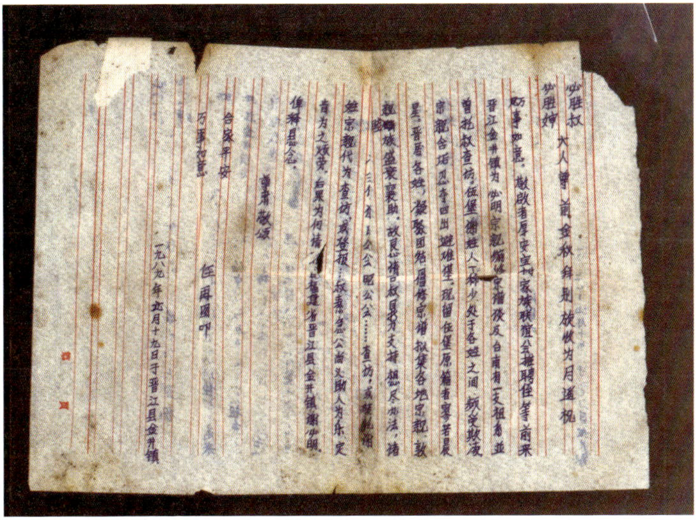
必胜叔
必胜婶 大人尊前：金秋拜别，倏忽为月，遥祝
[illegible]事如意。敬启者：[illegible]家族[illegible]聘任等前来
晋江金井镇为必明宗亲[illegible]宗谱，及台南有一支祖考并
曾托叔查访伍堡谢姓人丁，[illegible]于各姓之间，频受欺凌，
宗亲合族[illegible]出，避难[illegible]，现留伍堡原籍者寥若晨
星，[illegible]各姓，凝聚团结，[illegible]宗谱，拟集各地宗亲，敦
睦族谊，[illegible]襄助，故[illegible]叔鼎力支持，恳尽办法，请
[illegible]公……查访，或[illegible]
无宗亲代为查访，或登报，[illegible]
[illegible]，台[illegible]为何[illegible]福建省晋江县金井镇谢少明。
[illegible]念。
[illegible]敬颂
合家平安
万事如意
侄再图叩
一九八九年元月十九日于晋江县金井镇

谢再图写给谢必胜的信

合家平安

万事如意

侄再图叩

一九八九年元月十九日于晋江县金井镇

然而两封信件发出后都石沉大海、杳无音信……

但是这两封信对谢清源而言非常重要，让他更为了解家族的历史。他开始用心研究族谱，借助网络在各个宗亲网站发布寻亲求助信息：“澄江（伍堡）谢氏家族，在清朝时人丁兴旺，有族人入迁台湾。后因族谱被毁，不知同族的人在哪？请求帮助寻亲。”没想到，不久后网上有了回复。福建省谢氏宗亲委员会会长谢宗楷看到了谢清源所发的寻亲帖，经过核实比对，发现谢清源所发的信息和他手头掌握的一份来自台湾的“福建泉州府晋江县澄江谢氏始祖千禄公派下世系简表”中的信息十分吻合。这份简表显示，迁居台湾的澄江派系谢氏族人依然保留着家乡传统，根据祖先编制的昭穆字辈取名。他当即把这份珍贵的材料发送给了谢清源。收到简表，谢清源如获至宝，通过和家中族谱资料对比，他确认了台湾彰化县北斗镇澄江派系谢氏堂亲，正是泉州府晋江县澄江乡迁台始祖“明初公”（谢明初）的后代。

艰辛的寻亲路让谢清源认识了许多新朋友，在学者李国宏的帮助下，2009年8月谢清源到金门参加两岸族谱展。在那里他获悉台北故宫博物院收藏着一本北斗谢氏族谱。他通过各种渠道拿到了这本族谱的复印件，可是令人失望的是，原来北斗镇的谢氏有两个支派，除了来自晋江的澄江派系，还有来自泉州安溪后垵的清溪派系，而他费尽周折取得的这本族谱正属于清溪派系。

虽然闹了个乌龙，但是目标明确的谢清源还是借助族谱的捐赠人谢文啼老先生和他的儿子谢彰倍的帮助，了解了北斗晋江澄江派系谢氏堂亲的基本情况。

## 三、分隔百余年，亲人终聚首

有耕耘就会有收获，2010年3月22日，谢清源收到谢彰倍来自台湾的信。这是一封他期待已久的信。信上提到：“每年北斗在妈祖圣诞都有举办谢氏宗亲会，两岸相隔数

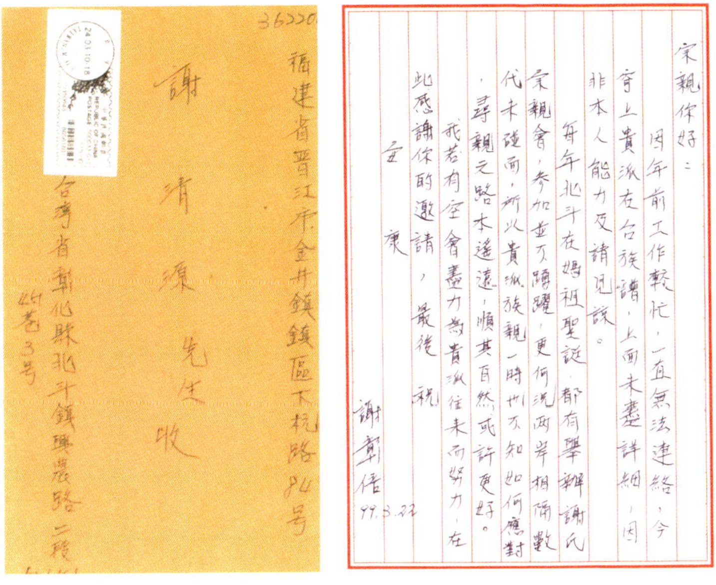


宗親你好：
因年前工作較忙，一直無法連絡，今寄上貴派在台族譜，上面未盡詳細，因非本人能力及請見諒。
每年北斗在媽祖聖誕都有舉辦謝氏宗親會，參加並不踴躍，更何況兩岸相隔數代未謀面，所以貴派族親一時也不知如何應對，尋親之路本遙遠，順其自然或許更好。
我若有空會盡力為貴派往來而努力，在此感謝你的邀請，最後祝
安康
謝彰信
99.3.22

谢彰信写给谢清源的信件

代未碰面，所以贵派族亲一时也不知如何应对。”不过谢彰倍在信件最后表示，会尽自己所能，为谢氏族亲恢复往来而努力，并且随信附上了晋江澄江派系在台的简要谱系。这对谢清源的寻亲起到了很大的帮助。他最终确认了台湾谢氏宗亲主要聚居地在彰化县北斗镇、溪洲乡以及云林县北港镇。

2010年10月底在首届海峡宝树论坛上，谢清源遇到了台湾彰化县北斗镇的谢子文博士，通过查证族谱，确认他的祖籍地就是晋江市英林镇伍堡村。谢清源感慨地说：“我们俩的这次碰面，是自1874年曾祖父回晋江祭祖136年以来，两岸澄江谢氏宗亲的首次见面。”

找到了失联百年的堂亲后代，对家族历史已十分熟悉的谢清源开始着手编修《闽台晋江澄江谢氏族谱》。他说：“目前可以查证的闽台澄江派系谢氏第一次合修族谱是清代雍正三年（1725年）。当时迁台的堂亲曾回到祖籍地，族谱修成后再带回台湾收藏。闽台堂亲第二次合修族谱是同治十三年（1874年）。能够成为第三次合修族谱的亲历者，我感到责任很大，同时也备感荣幸！”

“澄江吾家乡，伍堡思亲人”，海峡两岸的澄江（伍堡）谢氏宗亲逐渐取得联系，有所互动交流。2012年，谢清源在台湾云林县北港镇见到了93岁高龄的谢丽崑（迁台第十九世）；2013年8月27日，迁台第二十世谢瑞隆回乡寻根谒祖；2015年，迁台第二十一世谢郑汝芬携女儿谢衣凤回乡寻根祭祖……

## 四、情系两岸的不了亲缘

至此，谢清源完成了家族四代人的心愿。海峡两岸同根同祖、血脉相连的渊源是时间和空间阻隔不断的。如今，两岸亲人通过社交软件频繁联系，为两岸亲情的不断延续架起一座连心桥。

（李云煌）

# 跨越海峡的乡愁

## ——黄宗吉与黄天柱的书信故事

两岸家书是两岸同胞、海外侨胞的涉台往来信件，是两岸同胞交流交往的直接见证，是“以情促融”的重要载体，是“迁台记忆”档案文献的重要组成。作为唯一一家对台专题博物馆，中国闽台缘博物馆自2019年5月起，一直面向海内外征集海峡两岸的往来书信。这些珍贵的信件续写两岸同胞的亲情友情，见证两岸同根的血脉情缘。馆藏信件中有一封黄天柱与黄宗吉的往来信件，讲述了一段寻根的故事。

信件的主人公黄宗吉出生于1930年，是澎湖县马公市菜园里、旅高（雄）黄氏第二代后裔。1985年，回澎湖祭祖时，他和族亲们聊起不知祖辈来自哪里，一时竟辗转难眠。水有源头树有根，怀着一定要弄清“源头在哪里”的信念，黄宗吉积极参与高雄市黄氏宗亲会筹组工作，后任

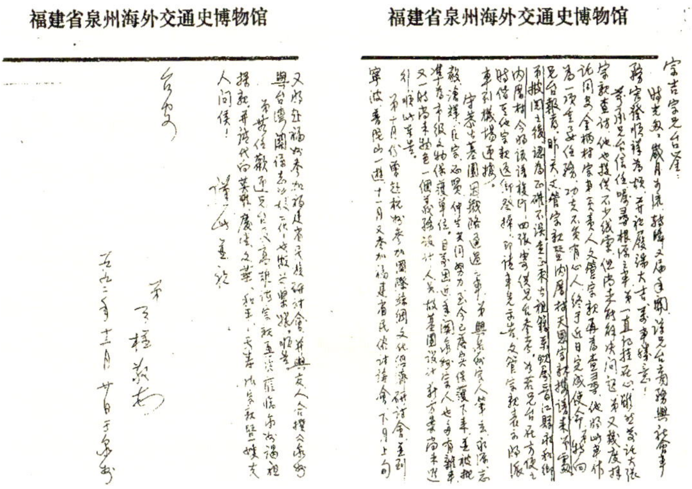
福建省泉州海外交通史博物馆

福建省泉州海外交通史博物馆

黄天柱1992年12月写给黄宗吉的信件

理事。1987年10月，台湾当局开放台湾居民赴大陆探亲。1989年5月14日，高雄黄氏宗亲会泉州祭祖团成行。黄宗吉随团来到魂牵梦萦的祖籍地泉州檀樾祠拜谒紫云始祖，并在活动中担任祭祖司仪，终于达成了长久以来寻祖拜祖的心愿，与泉州宗亲欢喜相聚，以慰多年相思之苦。

台湾地区的姓氏有120多个，其中黄姓近150万人，排在第三位，当地有谚云：“陈林半天下，黄郑排成山。”据高雄宗亲统计，黄姓中有70%～80%属于紫云五安派。公元686年（唐垂拱二年），紫云五安黄氏始祖黄守恭施舍整片桑园给高僧匡护建寺（即今泉州开元寺），如今寺内的檀越祠便是黄氏的祖祠。因建寺之时常有紫云盖顶，故名寺殿曰紫云，泉州紫云黄氏堂号也因此而得名。可惜因历年战乱劫难，大多谱牒已丧失无存。

在这次祭祖活动中，黄宗吉结识了宗亲黄天柱。黄天柱毕业于厦门大学历史系，曾任泉州海外交通史博物馆考古组及学术研究组组长、泉州市博物馆特聘研究员等。黄宗吉委托他帮忙继续寻根。

自此，两人书信往来频繁，不断交流沟通。历经四年艰辛寻根之路，终于在黄天柱及同安宗亲协助下，于1992年寻得澎湖黄氏开基祖“正東公”的祖籍地——晋江永和内厝村。经双方核对家谱，确认无误。1636年（明崇祯九年），黄正東、黄正伍兄弟自福建省泉州府同安县觉山内厝乡（今晋江市永和镇内厝村）渡海到澎湖后，居于莲花宅脚（今澎湖马公市菜园里）。这便是两岸相关资料的记载中，黄姓最早的开台先祖。而且经过比对发现，澎湖菜园黄氏所遵循的字辈与泉州紫云黄氏的安溪支派一致，从侧面说明澎湖菜园黄氏应该是从安溪经晋江、金门或同安到达澎湖的。

黄天柱帮黄宗吉寻到祖籍地后的信件摘录如下。

宗吉宗兄台鉴:

时光匆匆岁月如流,转瞬又届年关,祝兄台商务与社会事务宏发顺祥为颂,并祝履端大吉,万事胜意!

前承兄台信任嘱寻根源之事,弟一直记挂在心,虽然交托大张宗亲查访,他也提供不少线索,但尚未能解决问题。弟又几度拜托同安金柄村宗事负责人文管宗亲再为查寻。他将此事作为一项重要任务,功夫不负有心人,终于近日完成使命。弟特向兄台报告,昨天文管宗亲暨内厝村天恩宗亲携谱来弟处,弟披阅之后,认为正确不误,查正束公祖籍系现属晋江县永和乡内厝村。今将该谱复印四张寄供兄台参考,如若兄台在方便之时偕其他宗亲返乡祭拜,即请事先示告,文管宗亲表示将派车到机场迎接。

守恭公墓园因铁路通过之事弟与泉州宗人笔玄、永源、志毅、沧辉、良宗、正贤、仲生共同努力,至今已落实保护下来,并被批准为市级文物保护单位。日前因近日年关泉州宗人也多有杂事,又一时尚未物色一个义务设计人员,故墓园设计新方案尚未进行,顺此□告。

……

弟□任欢迎兄台及高雄诸宗亲再次莅临泉州谒祖探

亲。并请代向英雄、庆堂、文华、天寿诸宗亲暨嫂夫人问候!

谨此并祝台安

弟天柱敬安

一九九二年十二月廿日于泉州

收到黄天柱的来信后，黄宗吉于1993年9月组织澎湖菜园黄氏宗亲赴晋江内厝谒祖探亲，并赴桐林、同安、泉州等祖祠拜祭，完成了多年的心愿。回台之后，黄宗吉回忆这趟寻根之旅，感恩之情难以言表，特意写下致谢函，来表达对宗亲的感激之情。后来他还参与编写了《紫云黄氏菜园族谱》《江夏黄氏族事文集》。

台湾流传的黄氏紫云派认祖诗有十多种版本，各地歧见不一，影响宗亲团结。认祖诗，也被称为“认亲诗”或“内外八句诗”，其内容和形式在不同地方、不同支系中可能略有不同，但大体上都表达了对祖先的尊敬和对家族的认同。认祖诗就像一组特殊的文化密码，凡是黄姓族人，无论身处何方，只要能背得出“密码诗”，便可认祖归宗，会被视为同宗兄弟，得到本族姓的关照。

1993年，两岸黄氏宗亲经书信沟通，建议由泉州檀樾

1993年9月澎湖菜园黄氏宗亲晋江谒祖团在晋江内厝合影（图片来源：《紫云黄氏菜园族谱》）

祖祠对认祖诗加以统一。经双方同意，确认为：“骏马登程往异方，任从随处立纲常。汝居外境犹吾境，身在他乡即故乡。朝夕勿忘亲命语，晨昏须荐祖宗香。苍天有眼长垂佑，俾我儿孙总炽昌。”意思是骑上骏马登程奔向异地他方，无论到什么地方都要建立纲常。你们居住外境就像居住我境，身在他乡就是新的故乡。朝夕不要忘记父母的叮嘱，晨昏必须给祖宗的牌位上香。苍天有眼应长期庇佑，使我族的儿孙繁荣昌盛。至此，海峡两岸之“紫云黄氏认祖诗”终归统一，并立匾额于泉州檀越祠内，以供后裔遵行。泉州江夏联谊会为了记录此经过，特于诗左旁注如下：

注：此为泉州紫云黄氏始祖守恭公舍园建寺，遣

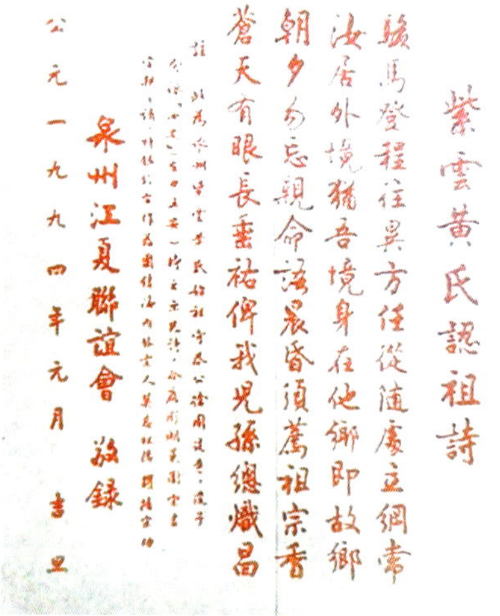


泉州檀越祠内的“紫云黄氏认祖诗”匾额

子分派“四安”（有曰五安）时之示儿诗，今为澎湖菜园宗吉宗亲之请，特录于左作为团结海内外宗人，莫忘祖德，耀播宗功

澎湖菜园黄氏的族谱也在数次返乡寻祖后，于1991年和2015年修订续编，延续着泉澎乡亲的血脉亲缘。两版澎湖菜园黄氏族谱开篇就提出，“台湾访祖到福建，泉州思源溯固始”，强调寻根认祖。

“参天之木，必有其根；怀山之水，必有其源。”中国人特别重视乡土之情，讲究尊祖敬宗，自古以来就有

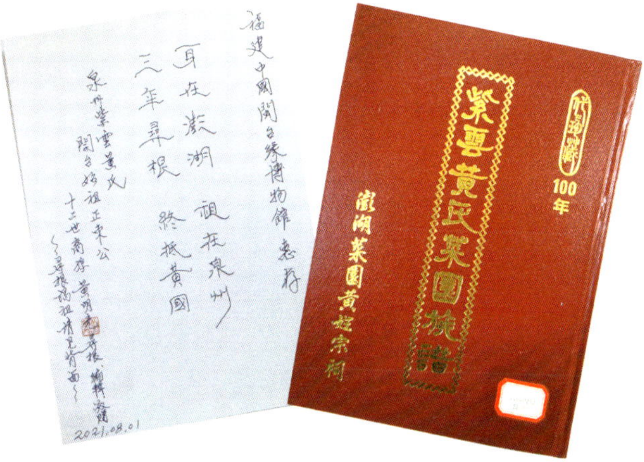


中国闽台缘博物馆收藏的《紫云黄氏菜园族谱》

澎湖马公紫云黄氏菜园族谱重修委员会编写的《菜园黄氏寻根谒祖》

认祖归宗的传统，这也不断增强了中华民族的凝聚力。伴随着闽台民间往来的日趋紧密，越来越多台湾民众来闽寻根。他们一般会以族谱上的记载作为佐证，或依据祖辈的口传信息，在实际的寻根活动中，有的很快就实现了对接，有的却遇到了不少困难，甚至毫无结果。本文中的黄宗吉是幸运的，通过两地宗亲的不断努力，经过四年时间完成了族谱的对接，我们也由此了解到台湾同胞来祖国大陆寻根的不易。水有源，树有根，人有祖，尊祖敬宗、崇孝积德是中华民族的优良传统。无论时代怎么变迁，闽台同胞同文同种、同根同源是永不会改变的。

（庄　园）

# 拳拳之心献桑梓

## ——林硕卿家书故事

“体衰无力，比前退化利〔厉〕害，现无法自动大小便，不能自行翻身、上下床铺”，“苦痛毋以言状”，这是2015年居于台湾的林硕卿写给在祖国大陆的儿子、儿媳的家书，当时的他已是耄耋之年，身患重病。

从信中颤抖的字迹不难看出林硕卿体力不支，握笔困难。是什么让林硕卿仍坚持写信？这封信之后发生了什么？带着疑问，我联系了南安金淘石境村村委会，得知林硕卿已于2015年在台湾过世，现在家中留有儿子与儿媳。

这会是一段怎样的故事？骨肉分离？游子思归？两岸情深？想象着故事的情节，我来到了金淘林氏祖宅前。

接待我的是三位年逾古稀的白发老人，他们是林硕卿的儿子林定凯、儿媳林素珠和金淘石境村原村支书老林。

走进林氏祖宅大门，我一眼便看见供奉在正堂里的照

林硕卿像

片。那是一张意气风发的脸庞，正值不惑之年，睿智成熟，目光炯炯，微笑注视着远方，西装挺括，精神十足。他就是林硕卿。“爸爸走前交代，这是他最喜欢的照片。他说这张最显精气神。他要让故乡永远记住他最精神的样子。”林定

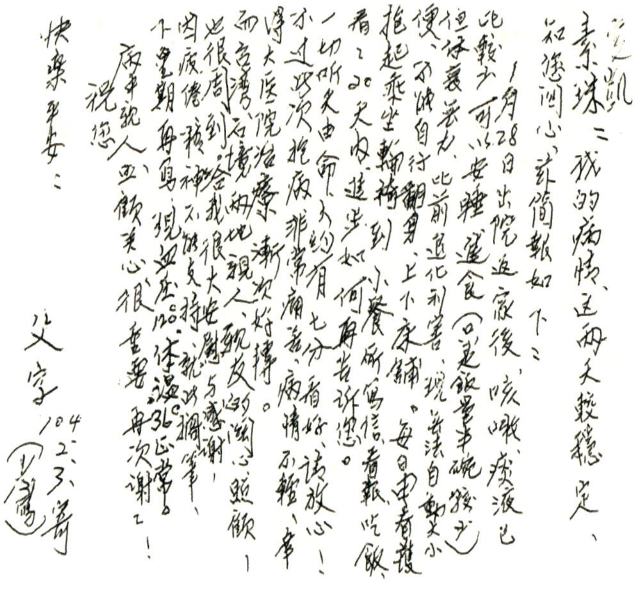

定凱
素珠：我的病情，近兩天較穩定，
知您們關心，特簡報如下：
1月28日出院返家後，咳嗽、痰液已
比較少，可以安睡、進食（口進飯量半碗較少）
但體衰無力，比前退化利害，現無法自動大小
便，不能自行翻身，上下床鋪。每日由看護
抱起乘坐輪椅到小餐廳寫信、看報、吃飯，
看看20天內進步如何，再告訴您。
一切聽天由命，大約有七分希望好，請放心！
不過此次抱病非常痛苦，病情不輕，幸
得大醫院治療漸次好轉。
而台灣的環境和他親人、親友的關心照顧，
也很周到，令我很大安慰與感謝，
因疲倦、精神不能支持，就此擱筆，
下星期再寫，現血壓120，體溫36°C正常。
康平說人血、顧關心，很重要，再次謝謝！
祝您
快樂平安！
父字 104.2.3.寄

林硕卿家书

凯哽咽着向我介绍。是啊，两岸骨肉分离四十载，林硕卿归来时已是古稀老人，故乡从没见过他最精神时的样子，而这张最精神的照片却在林硕卿去世后永远陪伴着故乡。

在这张照片前坐下后，三位老人向我讲述了这么一段故事。

## 一、分离之痛

1920年，林硕卿出生在福建泉州南安金淘石境村。儿时的他无忧无虑，在村中土路上赶鸭子，在老榕树下荡秋千，在稻田间扑飞虱，在溪边捉蜻蜓，顽皮起来甚至到村中私塾窗边学猪叫。长大后他出外求学工作，也十分顾念家人亲朋。

1948年末，28岁的林硕卿受政府委派，到台湾工作。这在林硕卿的人生中还是第一次。他原以为只是去个一年半载，中间也能够回乡探亲，就算工作再忙，至少可以写封信回家问候一声。临走前，他穿上妻子手工赶制的崭新西装，将母亲为他在妈祖庙求得的护身符小心地放进衬衫胸前的内袋——毕竟要渡海，妈祖娘娘可以保佑海上平安无事。而脚上穿的那双皮鞋是当年结婚时父亲送的，这些年来除非是重要的场合，林硕卿是舍不得穿的。这一身行头使得本就踌躇满志的林硕卿更显精神。他和父母妻儿告别，就像以往每一次去上学、工作时一样，潇洒地挥挥手，满以为很快就能见面了。林硕卿踏步走出了家门，走出了金淘，走向大海，走向台湾岛。他的步伐有着年轻人的轻快，有着大干一番事业的信心，有着对未来的期待……

他不会想到，这一别，就是四十年。

1949年，两岸通信往来被迫中断。林硕卿不断打听着台海形势的变化，不断打听着与家人通信的办法，但始终没有什么好消息。获悉故乡的音讯竟成奢望，早知如此，当初离家时不该那么匆忙，多看上一眼家中亲人也好。林硕卿的内心从焦急变成了焦虑，从焦虑变成了忧虑。他夜夜辗转难眠，听着窗外雨打芭蕉声，恍惚间仿佛置身故乡的梅雨季，缱绻其中时，总会猛然惊醒原来只是错觉。林硕卿常提笔给家乡亲人写信，诉说自己在台湾的生活并不顺意；他也不忘叮嘱家中的父母注意身体，嘱咐妻子照料好两个只有三四岁的儿子。当然，这些家书是寄不出去的。林硕卿将纸页整齐地折好，与母亲帮他从妈祖娘娘那求的护身符小心地放在一起。

两岸中断通信往来时间愈久，林硕卿也愈发不安与痛

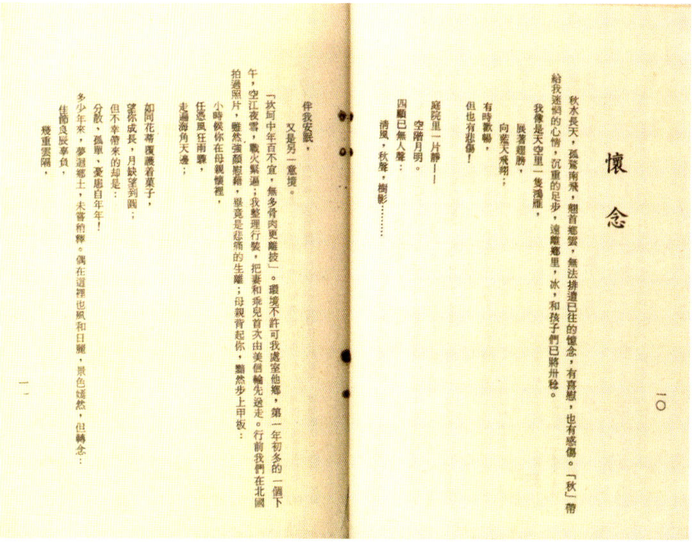

# 懷念

一〇

秋水長天，孤鶩南飛，翹首鄉雲，無法排遣已往的懷念，有喜慰，也有感傷。「秋」帶給我迷惘的心情，沉重的足步，遠離鄉里，冰，和孩子們已將卅稔。

我像是天空里一隻鴻雁，
展著翅膀，
向藍天飛翔；
有時歡暢，
但也有悲傷！

庭院里一片靜——
空階月明。
四顧已無人聲；
清風，秋聲，樹影………

伴我安眠，
又是另一意境。

「坎坷中年百不宜，無多骨肉更離披」。環境不許可我處室他鄉，第一年初冬的一個下午，空江夜雪，戰火緊逼；我整理行裝，把妻和乖兒首次由美僑輪先遣走。行前我們在北國拍過照片，雖然強顏慰藉，畢竟是悲痛的生離；母親背起你，黯然步上甲板：

小時候你在母親懷裡，
任憑風狂雨驟，
走遍海角天邊；

如同花蒂覆護着菓子，
望你成長，月缺望到圓；
但不幸帶來的却是：
分散、孤單、憂慮日年年！

多少年來，夢遊鄉土，未嘗稍釋。偶在這裡也風和日麗，景色嫣然，但轉念：

佳節良辰辜負，
幾重雲隔，

一一

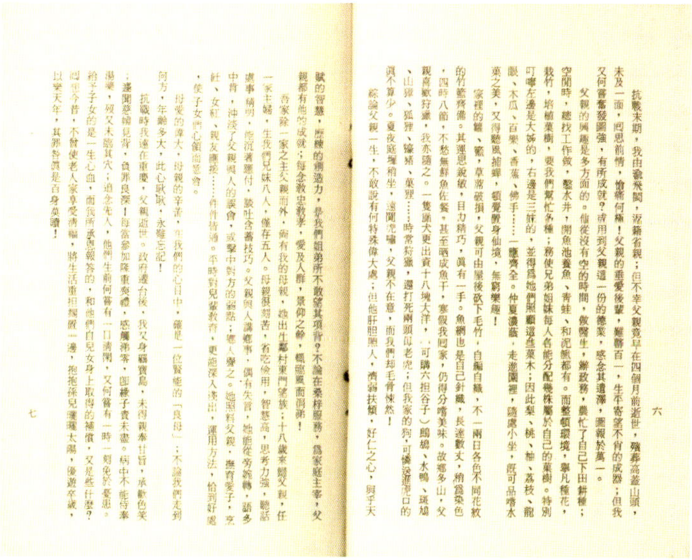

六

抗戰末期，我由渝飛閩，泥薪省親；但不幸父親竟早在四個月前逝世，殯葬高蓋山頭，未及一面，回思前情，愴痛何極！父親的垂愛後輩，鰥寡百一，生平寄望不肖的成器；但我又何嘗奮發圖強，有所成就？祇用到父親這一份的德業，感念其遺澤，圖報於萬一。

父親的興趣是多方面的。他從沒有空的時間，做醫生，辦政務，農忙了自己下田耕種；空閒時，總找工作做，鑿水井，闢魚池養魚、青蛙、和泥鰍都有。而整頓環境，舉凡種花，栽竹，培植菓樹，要我們幫忙各種；務使兄弟姐妹每人各能分配幾株屬於自己的菓樹。特別叮嚀左邊是大姊的，右邊是三姊的，並得爲她們照顧這些菓木；因此梨、桃、柚、荔枝、龍眼、木瓜、百樂、香蕉、佛手……一應齊全。仲夏濃蔭，走進園裡，隨處小坐，既可品嚐水菓之美，又得聽風捕蟬，頓覺置身仙境，無窮樂趣！

家裡的籮、籃，草席破損，父親可由屋後砍下毛竹，自編自織，不一兩日各色不同花紋的竹籃齊備。其運思親織，目力精巧，眞有一手。魚網也是自己針織，長達數丈，稍爲染色，四時八節，不愁無鮮魚佐餐，甚至晒成魚干，寒假我回家，仍得分嚐美味。故鄉多山，父親喜歡狩獵，我亦隨之。一隻獵犬更出資十八塊大洋，（可購六担谷子）鷓鴣、水鴨、斑鳩、山獐、狐狸、豪豬、菓狸……時常狩獵，還打死兩頭山老虎；但我家的狗，可憐淡進虎口的眞不算少。夏夜庭堦稍坐，遠聞虎嘯，父親不在意，而我們却毛骨悚然！

綜論父親一生，不敢說有何特殊偉大處；但他肝胆照人，濟弱扶傾，好仁之心，與乎天賦的智慧，磨鍊的剛毅力，是我們姐弟所不敢望其項背？不論在桑梓服務，爲家庭主宰，父親都有他的成就；每念教忠教孝，愛及人群，景仰之餘，輒感愧而涕淚！

吾家除一家之主父親而外，尚有我的母親，她出生鄰村東門望族；十八歲來歸父親，任一家主婦，生我們兄妹八人，僅存五人。母親很刻苦，省吃儉用，智慧高，思考力強，聽話處事精明，她沉著應付，談吐含蓄技巧。父親與人講應事，偶有失言，她能從旁婉轉，語多中肯，沖淡了父親與人的誤會，或擊中對方的弱點，使人警之。她照料父親，撫育愛子，烹飪、女紅、親友應接……件件皆通。平時對兒輩教育，更能深入淺出，運用方法，恰到好處，使子女們心領而意會。

母愛的偉大，母親的辛苦，在我們的心目中，確是一位賢能的「良母」；不論我們走到何方，年齡多大，此心耿耿，永難忘記！

抗戰時我遠在重慶，父親逝世。政府遷台後，我又身羈寶島，未得親奉甘旨，承歡色笑；遽聞慈親見背，負罪良深！每當參加隆重喪禮，感觸涕零，圖報子責未盡。病中不能侍奉湯藥，殁又未臨其穴；追念先人，他們生前何嘗有一日清閒，又何嘗有一時一刻免於憂患。給予子女的是一生心血，而我所承恩報答的，和他們自兒女身上取得的補償，又是些什麼？回想今昔，不曾使老人家享受清福，將生活重担擱置一邊，抱抱孫兒曬曬太陽，優遊卒歲，以享天年，其罪咎眞是百身莫贖！

七

林硕卿的散文集《春晖》

苦。他拿出那一封封家书，将它们修改编撰成了散文集《春晖》。这本仅有37页纸的薄薄小册子，承载了太多愁思与泪水："多少年来，梦回乡土，未尝稍释。偶在这里也风和日丽，景色嫣然，但转念：佳节良辰辜负，几重云隔，离情万缕，寸纸应难剖。春依旧，人空瘦。泪眼望湿衣衫透。"这边风景再好，身旁没有家人，只会更加寂寞、伤感。当同乡冒着风险送来林硕卿的父母相继离世的消息时，他跪向家乡的方向长泣不止，捶胸自责。他在《春晖》中悔恨："回想今昔，不曾使老人家享受清福，将生活重担搁置一边，抱抱孙儿晒晒太阳，优游卒岁，以乐天年，其罪咎真是百身莫赎！"林硕卿深埋内心的苦痛岂是仅凭文字就能表达得清的？未尽人子、人夫、人父之责的内疚、遗憾折磨着他，每日每夜，无时无刻。

"母亲在父亲去台湾后没几年就病逝了，接着爷爷奶奶也一个个地走了，我们兄弟俩是靠村里人帮衬着长大的。"林定凯说完指了指林硕卿像旁的一张小照片。那是林定凯的弟弟燕生，几年前也去世了。照片中的他定格在了70岁，而旁边的父亲看起来年轻得太多太多。

## 二、终得鸿音

20世纪80年代，两岸逐渐恢复通信往来。即将70岁的林硕卿颤抖着提笔写下家书。他反复誊抄，总感觉要用最方正的字才能体现自己的郑重与激动。信中他写道：“海角共明月，他乡怀故知。不知家中一切可好？”数月后，回信抵达，信封上熟悉的名字——“林定凯”，让他老泪纵横。林硕卿小心翼翼地拆开信件，生怕折损了哪怕一个小角。信中写道：“一切安好，只待游子归。”四十年，等来了，盼来了，在外游子早已把心揉碎，在绝望中等待着希望，终于等来了这么一天。

1989年，林硕卿首次踏上返乡之路。车行至村口，林硕卿一眼便认出了早就等候在此的大儿子定凯、小儿子燕

林硕卿与故乡儿女合影

生。四十年前林硕卿背井离乡时孩子们刚学会走路，如今都已是四十大几的人了。父子抱头痛哭，尽情释放着四十年的思念之情。林硕卿迫不及待地让孩子们领着他来到父母坟前。他长跪在地，不住地磕头；他膝行上前，紧紧抱住父母合葬的墓碑，低声呼唤“阿爸、阿妈”，不住地说着“对不起”……

此后十几年里，林硕卿十次返乡。除了在家乡与亲朋好友共话桑麻外，也尽情游览了祖国的大好河山。祖国太美了，可惜自己错过了四十年。

### 三、心系桑梓

林硕卿的儿媳素珠从卧房中拿出一个铁盒，里面放着一沓收据和捐资证明。这是林硕卿几十年来为家乡做的贡献。得知村中小学桌椅破旧，他当即捐资重建教室；得知有贫困家庭的孩子没有书读，他二话不说汇款资助；见山路泥泞，老人步履维艰，他出钱铺设水泥路；逢年过节，他托人给村中孤寡送去米粮。乡亲们称他为“春晖公”，他摆手笑道：“寸草难报春晖啊。”

金淘石境村原村支书老林回忆起当年杏山小学为林硕卿举行的欢迎仪式。那天是星期六，学校没有课，但林硕

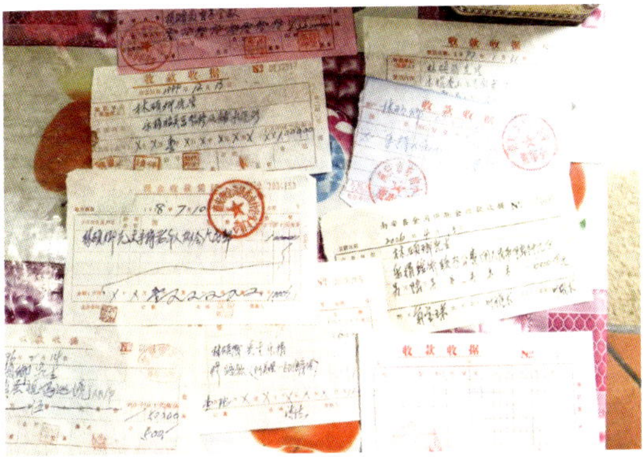

林硕卿为家乡建设捐资助力

南安斉山小学的孩子们夹道欢迎林硕卿

卿从厦门机场坐车回乡到达校门口时，孩子们一窝蜂拥上前将他团团围住，“林爷爷”长，“林爷爷”短地喊个不停。随后，孩子们整齐地分列两旁，为林硕卿让出一条道。“敬礼！”一声令下，孩子们齐刷刷抬手向他们爱戴的林爷爷敬少先队礼。“那天学校没课，林老坚持不让我们告诉孩子他要来的消息，没想到还是被孩子们一传十十传百地知道了，他们就全都跑过来感谢他们的林爷爷了。因为林老，很多孩子才有学上，才有新课桌新书本。”村支书林老动情地回忆道。

## 四、魂归乡里

林硕卿晚年疾病缠身，但他仍坚持给故乡亲人写信。字迹虽歪斜颤抖，却一笔一画力透纸背。儿媳素珠回忆：“爸爸病重，回来一趟不容易，他就常给我们写信。他说，家书回来了，他也就回来了。家书是他的精神。”

林硕卿在2014岁末给儿子定凯、儿媳素珠的信中写道：“明起步入二〇一五年代，岁聿已残，感怀益甚。此次卧病，希望渐有起色。盖自客岁年终，言念乡里景观人事，不顾虑严寒高龄，毅然束装就道，虽经家属劝阻，仍自‘青泉山冈’起飞，抵厦已入暮色。‘自是故乡秋，日暮疏钟，红叶坠相思’，得遂八十年十度还乡之愿望。”在2015年即将到来之际，林硕卿不顾家人的劝阻，“不顾虑严寒高龄”，一路依靠着轮椅，最后一次返乡。

“此次感染性肺炎与支气管扩张症，……苦痛毋以言状。”“回忆近百年来操劳剧创，辛酸备尝，乃至炮火余

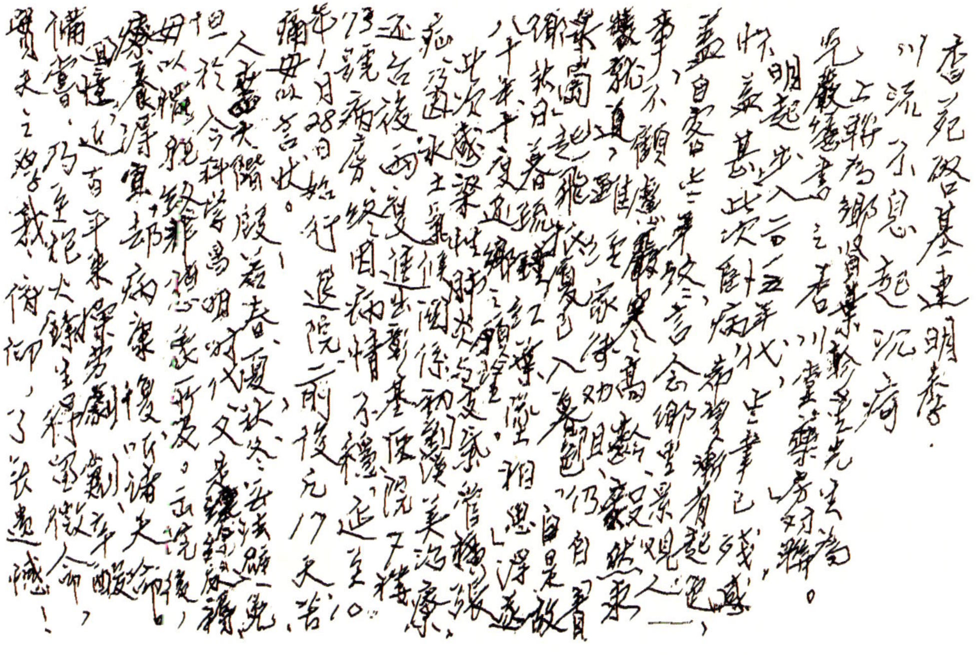
杏苑启基建明春，
川流不息起沉疴。
上联为乡贤叶[illegible]先生为
先严德书之杏川堂药房对联。
[illegible]

林硕卿晚年信件

生得留微命，实天之厚我！俯仰，了无遗憾！”林硕卿在信中写道。一生操劳，生逢令人痛苦无奈的历史潮流，晚年老病折磨，凡此种种都可以被与阔别的家乡亲人重聚所安抚。

2015年，林硕卿已经病得很重了，但在家书里还是尽可能大事化小，不让孩子们担心。这便是文章开头摘引的那封信。其中林硕卿继续写道：“每日由看护抱起乘坐轮椅到小餐所写信、看报、吃饭。看看20天内进步如何再告诉您。……此次抱病，非常痛苦，病情不轻，幸得大医院治疗渐次好转。……因疲倦，精神不能支持，就此搁笔。下星期再写，现血压120，体温36℃正常。”连林硕卿自己也不知道的是，这是他给故乡亲人写的最后一封信了。

几个月后，林硕卿在台湾去世。

家乡的儿女在台湾为林硕卿料理完丧事后，便捧着一张遗照回到了金淘祖宅。这就是那张林硕卿想让家乡看到并永远记住的最精神的照片。神采飞扬的青年人，当初匆匆离家，以为只是暂时离开，不承想被一道海峡阻挡了四十年，最好的年华无缘献予家乡，献给自己最钟爱的土地。悔恨、痛苦、无奈如千斤重担压在林硕卿心上。他的年华在流逝，他在一年年地老去，直到岁月将双鬓染白。老大还乡时的他虽没了当年的那股精神气，却也努力挺直腰背，努力使留在家乡的每一个步伐都铿锵有力。他与家乡痛别的四十年已不可追回了，但回乡的每个当下，他都是最年轻、最精神的林硕卿……直到2014年末坐着轮椅回来。“爸爸虽然坐着轮椅，看得出来他很疲惫，但在家乡，他都在尽力掩盖自己的病容，始终把最好的状态展现给我们。”儿子林定凯说道，“爸爸说过，他在家乡就不会生病。爸爸当年第一次回来，年纪就和我现在这般，可我的状态却比他不上啊。”

从林氏祖宅出来，已是日薄西山时分，夕阳无限好的风光，林硕卿当年也曾在这里看到过。温暖的余晖洒向大地，为金淘的一草一木、一砖一瓦镀上耀眼的金边，一切都是那么美好、充满希望。正如那个永远心系桑梓的老人，拼尽全力，将自己昂扬的精神献给家乡的乐土。这一刻，我知道，林硕卿从没离开过这里。

## 五、夕阳无限

因为心里一直忘不了林家夫妇，惦记着初访时身体已欠佳的林定凯老人，时隔一年，我带着中国闽台缘博物馆的小讲解员再次造访林氏祖宅。

进到大堂，我吃惊地看见林硕卿照片的旁侧又多了一张小照片，是林定凯。

素珠两眼空洞，她无力地把丈夫已于二十天前过世的消息告诉了我。“现在，他们父子仨可以好好团聚了，就剩我了啊。”我不知该如何安慰，手足无措之际我身旁的小讲解员黄筱乙和余政涛上前拉住了素珠的手。“阿婆，林爷爷在照片里看着你呢，你要替他打起精神好好看着金淘啊！”素珠愣神了一会儿，终于，她布满皱纹的脸上露出了笑容。这笑容让我猛然想起了一年前走出林氏祖宅时看到的夕阳，耀眼又温暖。

临走时，素珠老人微笑着对我们说：“爸爸老是和我们提起，台湾和大陆是一家人。天下父母心，哪一个父母没有思念自己的儿女，哪一个儿女没有思念自己的父母，台湾一定要回来的。我想替爸爸看到这一天。”“会的，阿婆。”两名小讲解员坚定的声音融进春日的和风中，欢快地向四周散开。

林硕卿对故乡，一颗拳拳之心而已。

谨以此文致敬所有心系祖国大陆的台湾同胞。

（张　筱）

# 隔海230年，我们回家了

## ——梁栢楦家书故事

### 一封来自祖国大陆的血脉呼唤

梁昆清（1924—1996）在一个偶然的机缘下，获得了一本1984年版台湾地区的《梁氏族谱》影印本。这本珍贵的族谱足足有700多页，如同一部厚重的历史长卷，每一页都记载着梁氏家族在台湾的繁衍与变迁。

他怀着激动与敬畏的心情，开始深入分析这本族谱。海峡两岸虽血脉相连，但文化差异仍然存在，这使得族谱中的许多词汇和表述对他来说都晦涩难懂。他如同一个迷雾中的旅人，努力寻找着通往家族历史的道路。

梁昆清并没有因此而放弃。他深入研究台湾的历史文化，努力理解族谱中的特殊用语和表述方式；他还经常与长辈们交流，听取他们对其中某些内容的解释，从而逐渐摸清了族谱的脉络。他一字一句地阅读着族谱，仿佛在倾听先祖们的低语。他试图从这些文字中寻找在台湾的家族支脉，如同在茫茫人海中寻找失散多年的亲人。

经过长时间的努力，梁昆清依据族谱内的世系表、人物简介和地址，认真搜寻比对，确认自己与台湾高雄的玉养公第39世裔孙梁栢楦同属玉勇（养）公派下，有亲属关系。那一刻，他仿佛穿越了时空隧道，与先祖们的心灵产生了奇妙的共鸣。

梁栢楦，1947年出生于台湾彰化县福兴乡元中村田头仔聚落，高中毕业后移居高雄，从事文化出版经销；育有家豪、毓生二子，并已传承至第41世。

梁昆清怀着激动的心情，提笔写下了一封诚挚的信件，邀请梁栢楦回乡祭祖，共同缅怀先辈。他还附上了自己的联系方式，方便梁栢楦与他联系。

栢楦亲人你好：

今看到台湾寄来梁氏族谱，谱中有玉养公派下的像影及住址。在故乡叔侄共同回忆，从高祖父到现在二百多年，世世都想念嘱传，每逢五月十五玉养公杞神日都思念在台的亲人。而今得知情况，确是故乡叔侄甚然欢喜。

梁昆清写给梁栢楦的信件（信封）

我们玉养公配卓氏，生育四子，名哲都、哲容、哲燕、哲枣，在故乡都、枣二后裔有一百多人。玉养公生前的住宅、去世的坟墓仍依然存在，没有任何的破坏。玉养公的亲小弟前致、前君（则敬）、前俭三兄弟全渡台，在台谱中的俭公派下就是我们的亲人，望代问好。

叔侄们，现在往来交通便利，回故乡寻祖探亲众多，望亲人全样早日回故乡探亲，团拜祖宗，是盼，望复音。

此致敬礼

祝你愉快

梁昆清

一九九〇年十二月十五日

通信住址：福建省南安县翔云乡（即象运乡）椒岭村（即岭头）

然而，这封信如同石沉大海，迟迟未有回音。梁昆清心中虽有些失落，但并未放弃希望。他始终坚信血缘的纽带能够跨越一切障碍。

## 一封特殊的台湾回信

1990年，一封承载着深厚情谊与热切期盼的信件，从福建南安飞往台湾高雄，落入梁栢楦的手中。族叔梁昆清在信中邀请台湾梁氏宗亲回乡谒祖，字里行间流露出大陆梁氏宗亲对家族血脉的珍视和对两岸梁氏宗亲团聚的盼望。但那时的梁栢楦忙于经营事业与家庭，尽管对家族的根源心存好奇，但他始终未予回应。

岁月流转，梁栢楦心中那份对家族的遗憾与愧疚也在逐年累积。偶尔夜深人静时，他会默默展阅这封尘封已久的信件，想象着大陆的家族亲人是何模样。时间如白驹过隙，转眼来到2022年，梁栢楦在主持修订彰化县田头仔梁氏族谱的过程中，发现族谱世系存在缺失。他深感责任重大，决定寻找梁昆清，弥补这一历史空白，让梁氏家族的历史得以完整传承。

于是，梁栢楦将32年前收到的信件原样寄回南安翔云

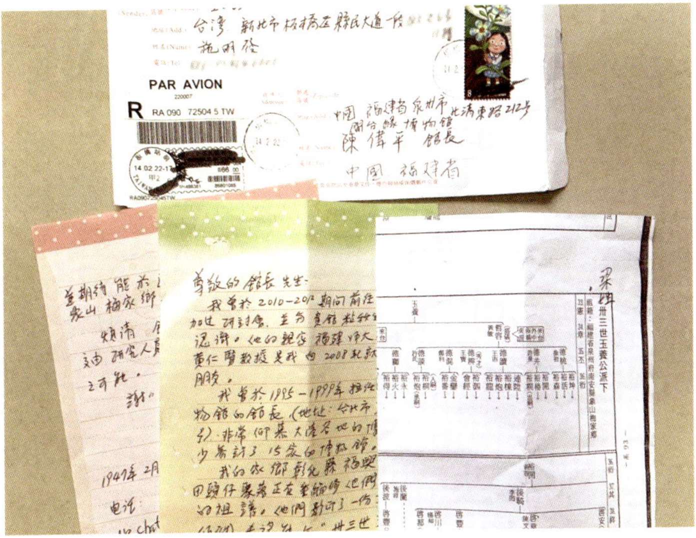


施明发的信及所附玉养公世系表

镇（翔云1992年由乡改为镇），希望能借此找到梁昆清。随着信件的寄出，他的心情也变得焦躁不安。他时常站在窗前，目光紧盯着远方。每当电话铃声响起，他的心跳都会加速，然而等到的往往是失望。他开始担心梁昆清是否已经离世。这样的担忧如同巨石压在他的心头，让他无法释怀。

为了尽快得到大陆方面的消息，梁栢楦四处寻找途径。就在这时，他的老同学——台湾博物馆原馆长施明发，主动提出写信联系中国闽台缘博物馆的陈伟平馆长，希望能借助中国闽台缘博物馆的力量找到梁昆清。

## 两岸博物馆馆长的跨海之托

施明发心怀对历史的尊重与探寻的渴望，郑重其事地写下了一封信，希望能得到陈伟平馆长的协助，对接那本承载着梁氏家族厚重历史的族谱。

尊敬的馆长先生：

……

我曾于1995—1999年担任台湾博物馆的馆长（地址：台北市襄阳路2号）。非常仰慕大陆各地的博物馆，至少参访了15家的博物馆。

我的家乡彰化县福兴乡元中村田头仔聚落正在重编修他们“梁”姓的祖谱。他们影印了一份文件（如信所附），希望能与“卅三世玉养公”的南安象山梅家乡的祖谱对接，并期待能于适当时间组团前往南安象山梅家乡寻根拜祖。

烦请馆长先生能将所附资料交由研究人员设法查阅有无对接之可能。

谢谢您和贵馆的工作人员。

施明发 敬上

2022.2.14

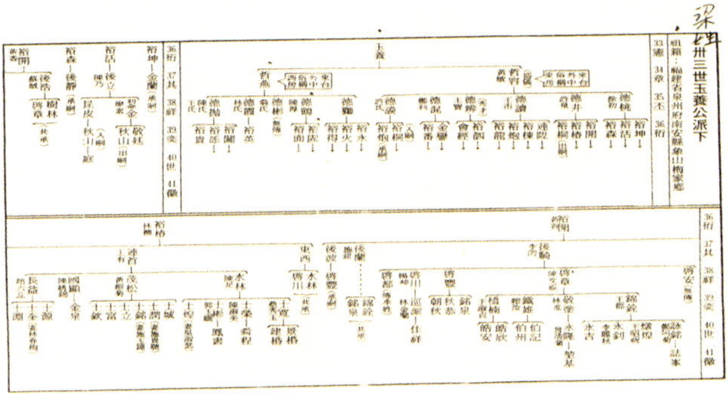

台湾彰化县田头仔梁氏世系图

陈伟平馆长在接到信件后，心中涌起一股责任感。他深知，这不仅是对他个人的信任，更是对两岸文化交流与传承的期待。他毫不犹豫地表示：“跨海之托，不可辜负。”

而随信所附的台湾彰化县田头仔梁氏世系图，更是一份珍贵的家族资料，详细记录了从第33世玉养公至第41世9代共100余人的名字。这份世系图，不仅是家族记忆的载体，更是连接两岸梁氏宗亲情感的纽带。

中国闽台缘博物馆的工作人员了解到这一需求后，迅速投入了查找工作，很快就锁定了馆藏的《象山梁氏家谱》（2003年增修本）。这套族谱共12卷，以十二地支为卷名，内容翔实，为查找和对比工作提供了有力的支持。

在比对族谱的根枝脉络时，工作人员发现象山梁氏文

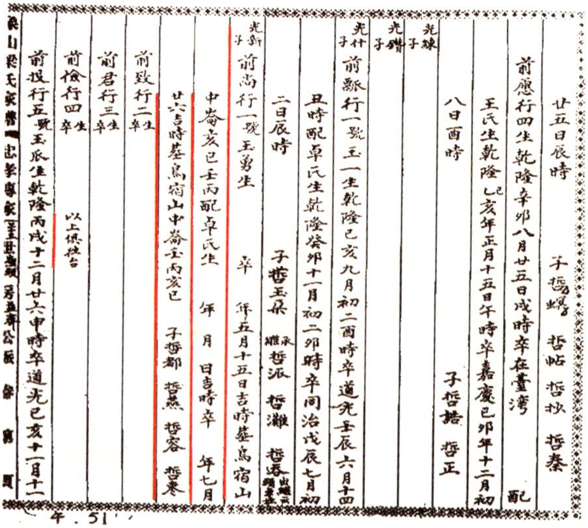

廿五日辰時　子哲蟳　哲帖　哲抄　哲秦
前應行四生乾隆辛卯八月廿五日戌時卒在臺灣　配
王氏生乾隆乙亥年正月十五日午時卒嘉慶己卯年十二月初
八日酉時　子哲措　哲正
光棣子
光鐟子
光什子　前鄹行一號玉一生乾隆己亥九月初二酉時卒道光壬辰六月十四
丑時配卓氏生乾隆癸卯十一月初二卯時卒同治戊辰七月初
二日辰時　子哲玉朵　承繼哲派　哲灘　哲春
光新子　前尚行一號玉勇生　卒　年五月十五日吉時葬烏宿山
中畚亥巳壬丙配卓氏生　年　月　日吉時卒　年七月
廿六吉時葬烏宿山中畚壬丙亥巳　子哲都　哲燕　哲容　哲棗
前致行二生　卒
前君行三生　卒
前儉行四生　卒　以上俱往台
前投行五號玉辰生乾隆丙戌十二月廿六申時卒道光己亥十一月十一

象山梁氏家譜　忠孝傳家　卷　第　頁

午．51

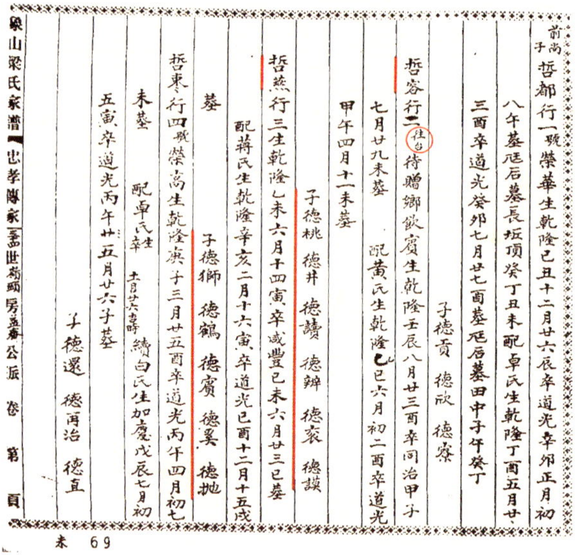

前尚子　哲都行一號榮華生乾隆己丑十二月廿六辰卒道光辛卯正月初
八午葬厝后墓長坵頂癸丁丑未配卓氏生乾隆丁酉五月廿、
三酉卒道光癸卯七月廿七酉葬厝后墓田中子午癸丁
子德貢　德欣　德寮
哲容行二（往台）待贈鄉飲賓生乾隆壬辰八月廿三酉卒同治甲子
七月廿九未葬　配黃氏生乾隆乙巳六月初二酉卒道光
甲午四月十一未葬
子德桃　德井　德讀　德辨　德袞　德謨
哲燕行三生乾隆乙未六月十四寅、卒咸豐己未六月廿三巳葬
配蔣氏生乾隆辛亥二月十六寅、卒道光己酉十二月十五戌
葬　子德獅　德鶴　德賓　德奚　德拋
哲棗行四號榮高生乾隆庚子三月廿五酉卒道光丙午四月初七
未葬　配卓氏生　卒　十月廿六吉時　續白氏生加慶戊辰七月初
五寅、卒道光丙午廿五月廿六子葬
子德還　德再治　德直

象山梁氏家譜　忠孝傳家　卷　第　頁

未　69

《南安象山梁氏族谱》中关于玉养公及后代迁台的记载

仲公派自第31世起昭穆为“文光前哲　德裕后昆　序次传承　诒燕子孙”，其中第34世“哲”字辈、第35世“德”字辈与第36世“裕”字辈，与田头仔世系图中34世至36世字辈相符，有世系对接可能。

工作人员凭借丰富的历史资料和专业知识，逐页逐句地分析族谱内容，力求准确理解其中的信息。他们在“丑卷”中查得第34世的哲都、哲容、哲燕、哲枣四兄弟，与田头仔聚落的哲容、哲燕相同；第35世中，哲容六子德桃、德井、德读、德辦、德滚、德谟，哲燕五子德狮、德寉、德宾、德奚、德抛，均与田头仔聚落哲容、哲燕派下的名字相同或相似。而哲容、哲燕之父前尚，在“午卷”第51页人物信息中记载为“光新子前尚，号玉勇”，而彰化县田头仔梁氏世系图中的记载是玉养公。古代修编族谱时往往口说笔录，难免讹误，因此这两个名字很可能存在同音字的混淆。闽台缘博物馆及时向对方反馈了研究进展和发现的问题。施明发馆长收到后，也对相关资料进行了深入研究。通过多次的沟通和交流，他与梁栢楦一致认为，在闽南话中，“养”和“勇”同音，因此“玉养”和“玉勇”很可能是同一个人。

随后，中国闽台缘博物馆与南安市翔云镇翔云村梁书记电话沟通，确认象山梁氏的岭头、道轩、光内等支派源于现在的翔云村和椒岭村，始建于明末崇祯年间的象山梁氏宗祠便坐落于翔云村。这一发现为梁氏家族的寻根之旅提供了重要的线索和依据。

中国闽台缘博物馆立即组织了一次实地考察，由陈伟平馆长带队前往南安翔云镇翔云村。他们深入梁氏家族的聚居地，与当地村民进行面对面的交流和访谈，收集到了大量珍贵的第一手资料。工作人员根据这些信息，精心整理出从田头仔玉养公上溯到象山开基祖文仲公的完整脉络，并附上相关的族谱页面。这些珍贵的资料经由施明发馆长反馈给彰化县田头仔梁氏宗亲。梁栢楦收到后激动不已，他表示这些资料对于正在进行的族谱重修工作具有极高的价值。

施明发馆长对两地族谱的比对考证工作也给予了高度评价。他认为，象山谱的信息填补了田头仔梁姓聚落始祖玉养公系出何处的空白，同时也弥补了台湾彰化县福兴乡中水村与秀水乡梁氏宗亲1984年编印的《梁氏族谱》中的断代缺憾。这一发现不仅使两岸的《梁氏族谱》接合成了上下连贯的谱系，更再次证明了两岸同胞血脉相连、血浓于水的历史渊源。

于是，彰化县福兴乡元中村田头仔聚落新编修的《梁氏族谱》，将梁栢楦所记录的对接过程《博物馆馆长牵线　闽台梁氏族谱对接》作为首篇文章收录其中。这无疑

彰化县福兴乡元中村田头仔聚落新编修的《梁氏族谱》

是对两岸博物馆馆长及工作人员辛勤付出的最好肯定。

同年5月，施馆长再次发来微信，请求帮助田洋仔的梁氏族人进行寻根工作。有了上一次的成功经验，这次跨海之托也迅速而顺利地完成了。不到半年的时间里，两岸博物馆馆长携手助力寻根之旅，不仅为梁氏家族找到了失散多年的亲人，也为两岸文化交流与传承增添了浓墨重彩的一笔。施馆长感慨道："两岸系出同源，让台湾子民知追本溯源，贵馆之贡献胜过其他拉近两岸人民情感之方式。"

### "种子行动"：希望下一代也能来

在一个阳光明媚的日子，一封来自台湾的信件跨过海峡，最终抵达了南安翔云镇。但遗憾的是，梁昆清早已去世。他的儿子梁振权收到信件后，既震惊又感动。他们没想到，在梁昆清去世多年后，这封邀请信还能够回到家乡。

他们打开信封，品读梁昆清工整而有力的字迹，仿佛能够感受到他的热情和期待。他们为梁昆清的遗憾感到惋惜，也为梁栢楦的诚意所感动。

在中国闽台缘博物馆的帮助下，梁栢楦和梁振权取得了联系。当梁栢楦得知信件送达时，族叔梁昆清已离世，他的心中充满了遗憾和失落。但幸运的是，梁昆清的儿子梁振权接过了父亲的“寻亲棒”，积极与他联络。虽然初次交流时，两人有些生疏，但他们都对家族的历史和文化怀有浓厚的兴趣。他们开始频繁交流，分享着各自家族的故事和变迁，也共同缅怀梁昆清。这不仅弥补了梁栢楦心中的遗憾，也让他更加深刻地体会到家族的重要性。他决定回大陆寻根谒祖，与亲人们共同维系这份深厚的家族情感。

2023年5月11日，梁栢楦携眷偕同玉养公派下第40世裔孙梁火旺、梁奇新兄弟，第40世外裔孙施明发等5人，组成台湾田头仔梁氏宗亲泉州象山寻根祭祖会亲团，踏上了这片熟悉而又陌生的土地。他们此行不仅是为了回应33年前族叔梁昆清的盛情邀约，更是为了寻找深藏在血脉中的家族根源。梁栢楦把这次返乡之旅称为“种子行动”，意在播下寻根会亲之基础，把路线、人员联络方式留下来，希望下一代也能来，让更多族亲返乡谒祖。

会亲团首先来到了中国闽台缘博物馆。对于闽台缘博物馆的感激之情，梁栢楦难以言表。他深知，如果没有闽台缘博物馆的支持，他可能永远都无法找到缺失的世系，也无法与大陆的亲人取得联系。他们无私、热情的帮助，让他感受到了海峡两岸人民之间的深厚情谊。

隔天，梁栢楦一行踏上了回乡谒祖的旅程。在南安市翔云镇翔云商会，梁栢楦与同辈宗亲梁振权的双手紧紧相握，这一刻的相聚仿佛跨越了时空的阻隔。已是古稀之年的梁栢楦热泪盈眶，他动情道：“这里是我们的根，我们回家了。”

他们一同来到梁氏祖祠，上香、鞠躬，拜谒先祖灵位。两地亲人虽多年未曾谋面，却不显陌生，乡音拉近了彼此的距离。他们共话情谊，诉说骨肉亲情。

象山梁氏第33世玉勇（养）公育有四子，梁振权的先祖哲都行老大，梁栢楦的先祖哲燕行老二，梁火旺、梁奇新的先祖哲容行老三。清乾隆年间，因生活困苦，哲容、哲燕两兄弟身怀清水祖师的香火，毅然离开家乡，翻山越岭来到蚶江港，再搭船渡过“十去六死三留一”的黑水沟，在鹿港上岸，又走三个小时才到中庄，在那里落地生

梁栢楦和翔云梁氏宗亲

梁火旺祭拜玉勇（养）公

根，开枝散叶。如今田头仔梁氏有100多人。

两岸同宗的梁氏族人一起站在先祖曾经生活过的椒岭村高院16号前，祖宅虽已荒废，却是梁栢楦一行人无数回忆的起点。他们听着宗亲们讲述先祖的故事，看着古厝及周围的环境，不时拿起手机、相机记录下这难得的时刻。“看这崇山峻岭，我们的先祖义无反顾地走出去！勇气让人敬佩！”哲容的后裔梁火旺、梁奇新兄弟站在祖宅前感慨万分。他们表示，迁台的后辈都应来故乡走走看看，这里不仅是他们宗族的源头，更是他们的根。

在梁振权的带领下，梁栢楦一行翻山越岭来到梁氏祖墓祭拜。当他们来到玉勇（养）公墓前时，一阵蒙蒙细雨刚好洒落坟头，仿佛是天公作美，为这场跨越海峡的寻根之旅增添了几分庄重与神秘。雨水落在从台湾带回来的那一页页族谱世系图上，仿佛也在诉说着家族的历史与传承。

清乾隆年间，象山梁氏宗族众多成员远赴台湾，开启了他们在那片土地上的繁衍生息之旅。田头仔聚落自开基祖迁台以来，已历经230余年的沧桑岁月。当年那封跨越海峡的书信，承载着两岸梁氏宗亲的深厚情谊与共同记忆，又经过两位博物馆馆长的牵线、谱牒文献的实证以及众多热心人士的共同努力，终于成功弥补了闽台梁氏血脉传承的历史空白。

闽台族谱作为“迁台记忆”档案文献的重要组成部分，印证着台湾与祖国大陆一以贯之的血缘和文脉关系。这些珍贵的文献资料，如同一条条隐形的纽带，紧密地联结着两岸同胞的血脉亲情。在两岸家书中，许多台湾同胞都表达了强烈的寻根谒祖愿望，希望能找回失落的家族记忆，与大陆亲人共叙天伦之乐。

中国闽台缘博物馆凭借馆藏丰富的族谱资源，近年来已成功助力多个姓氏的闽台宗亲实现对接。这些成功的案例不仅彰显了博物馆在促进两岸文化交流与融合方面的重要作用，更为其他姓氏的宗亲提供了宝贵的经验和借鉴。

未来，中国闽台缘博物馆将继续发挥馆藏文献资源优势，深化谱牒研究和文化交流工作，通过举办展览、论坛、研讨会等活动，进一步推动两岸族谱对接和文化交流合作。同时，博物馆还将积极服务台湾同胞寻根溯源的需求，为他们提供更多便捷、高效的帮助和支持。

（李　瑜）

# 结　语

历时五年，我们终于迎来《两岸家书》的出版！

首先，祝贺我们自己。是“相信”让我们“行远”，相信两岸家书的价值，相信得道多助，相信今天和明天……

其次，感谢每一位家书捐赠者。是你们的深情，让两岸同胞在任何时候都不会断了思念；是你们的家书，让世人见证了丝丝入扣的两岸一家亲；是你们的信任，让我们能够读到如此多感人的故事。是你们，让我们相信值得！

最后，期待更多人同行。如果你手上也有两岸家书，期待与我们分享；如果你也了解与宝岛台湾相关的一家一户一人一事，期待与我们分享；如果你也重视两岸家书的价值与意义，期待与我们分享。如果你与我们一样，让我们同行。

五年前，我们从馆藏一百多件两岸家书出发，一点点一步步地去发动、征集、收录、访问、研究、利用。五年来，每逢遇到困难，我们都会回头问自己，起初为何要做这件事？现在因何坚持不放弃？答案是一样的：两岸家书是两岸历史文献中最特别的一种，它们不仅随时代变迁着传递方式，也随不同人不同家庭变化着内容，却有一样未曾变过，那就是跨海的牵挂！这份牵挂是两岸一家亲最有力的见证，是两岸同胞最真挚的情感，是不论分离多久都不能割断的血脉。

今天，我们从馆藏三千多件两岸家书以及文献中挑出这二十二组，将它们的故事编撰成书。这是有心也是无意。有心，在征集与研究过程中，我们被感动了——虽然都是别人的故事，却如此鲜活与厚重，因此我们决定要讲给更多人听；无意，这次没有讲述的故事并非不感人，之后我们将陆续为读者们呈现更丰富的两岸家书世界。

2023年9月，《中共中央、国务院关于支持福建探索海峡两岸融合发展新路　建设两岸融合发展示范区的意见》发布，顺应两岸要和平、要发展、要交流、要合作的主流民意，两岸家书的挖掘、保护和利用必将在两岸融合发展中发挥更大的作用！

《两岸家书》的出版正当其时。

中国闽台缘博物馆《两岸家书》项目组

2024年5月

**图书在版编目（CIP）数据**

两岸家书 / 中国闽台缘博物馆著；沈文锋主编. 
福州：福建人民出版社，2025.9（2026.1重印）.
ISBN 978-7-211-09883-5

Ⅰ. I26

中国国家版本馆CIP数据核字第20259SV735号

两岸家书

LIANGAN JIASHU

**作　　者：** 中国闽台缘博物馆　著　沈文锋　主编

**策 划 人：** 黄苇洲

**策划编辑：** 潘静超　　**美术编辑：** 白　玫

**责任编辑：** 陶　璐　　**责任校对：** 李雪莹

**出版发行：** 福建人民出版社　　**电　　话：** 0591-87604366(发行部)

**地　　址：** 福州市东水路76号　　**邮　　编：** 350001

**网　　址：** http://www.fjpph.com　　**电子邮箱：** fjpph7211@126.com

**印　　刷：** 福州印团网印刷有限公司

**地　　址：** 福州市仓山区建新镇十字亭路4号

**开　　本：** 889毫米×1194毫米　1/32

**印　　张：** 11.125

**字　　数：** 185千字

**版　　次：** 2025年9月第1版　　2026年1月第2次印刷

**书　　号：** ISBN 978-7-211-09883-5

**定　　价：** 78.00元